国家社科基金青年项目"'关键词批评研究'的理论范式及其在中国的批评实践研究"
教育部人文社科规划青年项目"'关键词批评'研究"
浙江省之江青年人才资助项目
浙江大学一流基础学科建设计划资助项目
浙江大学文科教师教学科研发展专项资助

"关键词批评"研究

黄 擎 等 著

创于1897　**The Commercial Press**

2018年·北京

图书在版编目（CIP）数据

"关键词批评"研究 / 黄擎等著. — 北京：商务
印书馆，2018
ISBN 978-7-100-15813-8

Ⅰ.①关… Ⅱ.①黄… Ⅲ.①中国文学－当代文学－
文学评论－文集 Ⅳ.①I206.7-53

中国版本图书馆CIP数据核字（2018）第025293号

"关键词批评"研究

黄 擎等 著

商 务 印 书 馆 出 版
（北京王府井大街36号　邮政编码 100710）
商 务 印 书 馆 发 行
三河市尚艺印装有限公司印刷
ISBN 978 - 7 - 100 - 15813 - 8

2018年6月第1版　　　开本 710×1000　1/16
2018年6月第1次印刷　　印张 17 1/4

定价：60.00元

参加写作人员（按音序排列）

黄　擎　　孟　瑞　　杨　艳　　叶沈俏

序

党圣元

由黄擎教授领衔撰写的《"关键词批评"研究》专著，即将由商务印书馆付梓。在该著杀青之际，黄擎便与我联系，请我为该著写一个序，但因文事与庶务繁多而一直没有腾出手来，以致拖延至今，这也正是我的事到临头也不着急性格的体现。

黄擎长期从事文学理论批评研究与教学，勤于著述，出版有《废墟上的狂欢——"文革文学"的叙述研究》《视野融合与批评话语》《文艺批评话语研究：20 世纪 40—70 年代》等学术专著多种，发表有《时代铭纹深重的话语风貌》《文学研究中的"关键词批评"现象及反思》《文艺意识形态本性论研究检视》等学术论文数十余篇，是一位具有较为敏锐的理论眼光和问题意识的学者。"关键词批评"传入中国之后，黄擎敏锐地认识到了这一文化研究、文学批评方法的理论意义和对当代中国文学理论批评的借鉴作用，因此及时地对"关键词批评"展开自己的研究，这部专著就是她以"关键词批评"为研究对象申请国家社科基金立项之后，经过数年的潜心研究而取得的最终成果。

作为一种文化研究、文学批评类型，"关键词批评"在 20 世纪中叶兴起于西方，于 20 世纪 90 年代中期翻译介绍进来之后开始了它的中国旅行。"关键词批评"最早是由英国著名文化理论家和马克思主义文化批评家雷蒙·威廉斯（Raymond Williams）所提出来的，他在《文化与社会：1780—1950》（*Culture and Society: 1780-1950*, 1958）和《关键词：文化与社会的词汇》（*Keywords: A Vocabulary of Culture and*

Society, 1976, 1983）这两本书中提出和创设了"关键词批评"这一概念，尤其是后一本书，不但直接以"关键词"来为书命名，而且通过有力的理论阐发和具体运用，建构出了一种以核心术语为考察重心，从历时和共时层面进行梳理，并且致力于揭示出词语背后的政治思想倾向与人文踪迹的批评方法。雷蒙·威廉斯的"关键词批评"，起先在文化研究领域产生影响，随后逐渐蔓延开来，影响到文学研究领域，成为一种文学批评类型。作为文学批评类型的"关键词批评"，以其独到的研究视角和开阔的理论视野，新颖的思想理念与方法视角，为文学理论批评提供了一种全新的理论范式。"关键词批评"于20世纪90年代中期传入中国，开始了它的中国旅行，并且对当代中国文学理论批评从话语到观念产生了特定的影响。

黄擎的这部著作，分为上下两编，上编阐述"关键词批评"的生成语境与理论构建，全面系统地分析了"关键词批评"在西方的萌生、发展状况，以及衍生情况，并且重点从理论特质和理论形态两个层面具体解析了"关键词批评"的理论范式。下编对"关键词批评"在我国的译介传播和在批评实践中的具体问题进行讨论，主要考察了"关键词批评"在我国的勃兴及在文学和文化研究领域的接受和运用状况，探讨其对我国文学研究的学术价值及借鉴意义，并指出其面临的理论"陷阱"与实践误区。此外，书稿在"绪论"和"结语"中还对"关键词批评"的概念界说、研究范围、研究价值及发展前景等进行了评说。在研究和撰述的过程中，黄擎注重借鉴并综合运用影响研究、个案研究、计算风格学等方法，在我国近年学术思想变迁的宏阔视野中对"关键词批评"的理论范式及其在我国的批评实践做出了综合研究，这样的研究路径，在思路上是清晰的，在认识上是透彻的，在学术上是严谨的，对于厘清"关键词批评"的来龙去脉、理论内涵、话语形态，以及梳理和总结"关键词批评"自传入中国之后，国内学界对其的解读理解和实际运用，等等，均具有积极的学术拓展和理论深化意义。

毋庸置疑，"关键词批评"虽然没有成为"昨日黄花"，但已经不是当下文学理论批评中的热点、焦点性问题了，这对于追新逐异成癖的当代中国文学理论批评而言，是再正常不过的事情了。但是，这并不意味着"关键词批评"在当代文坛上已经销声匿迹、烟消云散了，事实上它已经在晚近20年来的文学理论批评中留下了自己深深的印痕，从方法到观念两个层面产生了诸多的影响，体现在当下文学理论批评研究的问题意识生成、观察点聚焦、切入点选择、分析工具运用、话语表达方式等许多方面，都可以发现"关键词批评"的身影。尤其值得注意的是"关键词"至今仍然是文学批评理论中出现频率很高的一个热词，而从"关键词"入手对传统文化、传统文论进行历史语义学深度研究，以及中西文论关键词比较研究，正呈方兴未艾之势，这些都不应该看作是"关键词批评"热点过后的绕梁余音，而应该视为"关键词批评"的本土化之开始。从这一意义上来讲，黄擎领衔撰述的这部著作，正是"关键词批评"热点过后的冷思考，其学理上的缜密、持论上的审慎，以及在思想认知和理论阐释方面的一系列具有创新性的见解，对于当下文学理论批评更加准确有效地运用"关键词批评"这一理论范式和分析工具，对于"关键词批评"的本土化、中国化，均具有积极的推动、深化意义，学术价值确实值得充分重视。

　　是为序。

党圣元

2017 年 11 月 25 日于京西北寓所

目　录

下　编　影响研究与价值评析

绪 论

世纪之交以来，全球化、信息化、技术化、市场化、娱乐化等趋向愈演愈烈，文学日益明显地置身于多元文化、多重维度、多种层次细密交流的时代，这些跨文化的交流与发展构建了文学发展的新的时代境遇。而新时代语境熏染下的文坛也映现出多元共生、繁杂斑驳的文艺镜像，在这样一个挑战与机遇并存、危机与转机同在的时代，涌现出诸多值得学术界关注和深思的文学现象。"关键词批评"现象就是其中一个。有研究者称自从20世纪90年代中期"关键词"概念进入我国以来，"已经成为知识界、读书界普遍的认知方式和思维习惯"，人们甚至到了"言必称'关键词'的地步"，"关键词批评"也已然成为"风靡一时的文化风尚和文学热潮"，从学术层面而言，其对于文学理论的影响之巨"绝不逊于"近代以来我国文论中出现过的任何一次潮流。① "关键词批评"对我国文学和文化研究的影响的确不容漠视，笔者拟在新时代文化语境中对"关键词批评"的理论范式及其在我国的批评实践展开研究。

一、"关键词批评"释义

本书所谓的"关键词批评"指20世纪中后期初兴于文化研究领域后逐渐蔓延

---

① 参见陈平原：《学术史视野中的"关键词"》（上、下），《读书》2008年第4、5期；姚文放：《话语转向：文学理论的历史主义归趋》，《文学评论》2014年第5期。

开来的一种文学批评类型。它源自雷蒙·威廉斯[1]在《文化与社会：1780—1950》、《关键词：文化与社会的词汇》[2]中的创造性想法。其中，《关键词：文化与社会的词汇》不仅直接以"关键词"为书名，而且在理论特质、文本体例诸方面切实开创了"关键词批评"这一新的批评类型。《关键词：文化与社会的词汇》一书影响深远，该书中译本封底称其为一部历史语义学、语言社会学及文化研究的重要著作。这是十分确当的评价。概而言之，"关键词批评"建构了一种新的理论范式，以核心术语为考察重心，从历时和共时层面梳理并揭示出词语背后的政治思想倾向与人文踪迹，具有独到的研究视角和开阔的理论视野。

其实，在雷蒙·威廉斯之前，无论是西方学术界还是我国学术界很早就出现了关注核心概念范畴的研究。如西方早期对"悲剧""崇高"等的解析，我国古代对"情""理""气"等的探究，都在对重要概念或范畴的界定和阐释中建构并推动了相关研究的深入发展。近现代以来，对核心概念范畴的研究仍然是学术界的关注点之一，其中，最接近于"关键词批评"的当属威廉·燕卜荪（William Empson）的《复杂的结构》（*The Structure of Complex Words*, 1951）。该书运用词义分析来阐释文学作品，首先依照"出现频率""与主题相关""与人物形象的品格有关""能体现作品中的喻意"等条件选择核心词汇，接着通过《牛津词典》查找词义，考察其历史演变，再结合语境、语气等揭示词义并对之进行分析，最后达到对具体文学作品的整体把握。[3]威廉·燕卜荪及此前其他学者的相近文学批评实践虽未形成明确、系统的"关键词批评"，但已经暗涌着"关键词"意识，我们可以称这一阶段为"前关键词批评时期"。"前关键词批评时期"的相关研究与"关键词批评"既有联系又有区别，本书第七章第三部分讨论相关话题时将就此展开具体分析。

此外，还有必要指出的是，笔者所探讨的"关键词"与图书馆学、信息情报

---

① Raymond Williams 有"雷蒙·威廉斯""雷蒙德·威廉斯""雷蒙·威廉姆斯"等不同中译名，笔者采用"雷蒙·威廉斯"这一译名，在引用相关评析时则根据所引文献采用的译名，特此说明。

② 本文首次出现异域作者及论著名称时标注外文，后文再次出现时如无特殊情况不再标注，特此说明。

③ 吴学先：《燕卜荪的词义分析批评》，《外国文学研究》2001 年第 1 期。

学、计算机科学中用于检索与标引的"关键词"不完全相同。宋姝锦通过对 20 世纪 70 年代以来中外辞书收录"关键词"一词及其词条释义的变化，梳理了"关键词"由最初的文献手工索引，发展到计算机机编索引，再到计算机信息检索，进而从自然科学领域引入人文科学领域的过程，并指出，在这一发展历程中，其"外延不断扩大，认知不断加深，显示出这类词语类型持续发展成长的生命力"①。笔者所探讨的"关键词"与图书馆学、信息情报学、计算机科学中用于检索与标引的"关键词"都是承荷核心要义并起着关键性作用的词语，但后者仅用于文献检索，而前者则包孕着更为丰厚的意涵及功能——"研究者能够以此为线索找到清晰的研究角度、保持清晰的逻辑思路，并进行更为有条理的叙述和研究"②。雷蒙·威廉斯开创的"关键词批评"就是"通过分析浓缩和承载特定论域核心内容的关键词来深入研究此论域"③，他是在"特定的活动及其阐释中具有意义和约束力的词汇"与"在思想的特定形式中具有意义和指示性的词汇"④ 这两层意义上对文化和社会领域的"关键词"进行探讨的。

　　宽泛地看，凡是文学和文化研究成果的标题中出现了"关键词"或与其含义相近字样的论文、著作，以及那些标题中虽未直接出现"关键词"字样，但实质上是以"关键词"为写作核心架构的论文、著作均属于"关键词批评"。前者如刘登翰撰写的《双重经验的跨域书写——美华文学研究的几个关键词》（《文学评论》2007 年第 3 期）、刘彦顺撰写的《时间性——美学关键词研究》（人民出版社，2013）等。后者如南帆主编的《二十世纪中国文学批评 99 个词》（浙江文艺出版社，2003）、安德鲁·本尼特（Andrew Bennett）与尼古拉·罗伊尔（Nicholas Royle）合著的 *An Introduction to Literature, Criticism and Theory* 等。安德鲁·本尼特与尼古拉·罗伊尔合撰的此书原名直译为中文应当是《文学、批评与理论导论》，汪正龙、李永新根据该书批评理念与全书架构的特点，极为妥帖地将其中文

---

① 宋姝锦：《文本关键词的语篇功能研究》，复旦大学汉语言文字学博士学位论文，2013 年，第 9 页。
② 同上文，第 1—2 页。
③ 同上。
④ 汪晖：《旧影与新知》，辽宁教育出版社 1996 年版，第 103 页。

版译为《关键词：文学、批评与理论导论》①。

　　我们也可以称"关键词批评"为"关键词研究"或"关键词写作"，不过，如果要进行严格区分的话，三者还是有所区别的。从适用范围而言，"关键词批评"仅限于文学和文化研究，而"关键词写作""关键词研究"不仅包括文学批评及文化研究领域中与"关键词"有关的写作，还包括哲学、教育学、社会学、医学、政治学、心理语言学、地理学等其他研究领域中与"关键词"有关的写作，如郑金洲主编的《基础教育改革的关键词》（福建教育出版社，2005）、张凤阳等撰写的《政治哲学关键词》（江苏人民出版社，2006，2014）等，范围比"关键词批评"要宽泛得多。较之"关键词研究"这一名称，"关键词写作"范围则更为宽泛，不仅涵盖各学科的研究领域，还可以指称近些年来在各种非学术性写作中大量出现的以"关键词"为构架的写作现象。譬如新闻报道中出现的"关键词写作"现象就引起了一些研究者的关注，宋姝锦在《文本关键词的语篇功能研究》中就曾指出，"以关键词概括、总结新闻事件，并通过对关键词的解读和评析进行新闻报道，成为一种新兴的、具有很强生命力的新闻写作范式"②。陈平原则不无幽默地准确描绘了"关键词写作"如星火燎原般之发展态势："关键词的独特魅力从学界蔓延到百姓的日常生活，各行各业都有了自己的'关键词'图书。"③当然，我们也可以把文学和文化研究领域之外的"关键词研究""关键词写作"看作是"关键词批评"对其他学科研究领域产生的辐射性的外围影响，即从泛指的意义上视之为"关键词批评"在各个不同领域中的具体应用。

二、"关键词批评"的研究现状与研究价值

　　20 世纪 90 年代以来，"关键词批评"进入勃兴阶段，相关论著层出不穷。国外学术界除丹尼·卡瓦拉罗的《文化理论关键词》（Dani Cavallaro. *Critical and*

①　该书 1995 年初版，1999 年、2004 年再版 2 次，中译本由广西师范大学出版社 2007 年出版。
②　宋姝锦：《文本关键词的语篇功能研究》，复旦大学汉语言文字学博士学位论文，2013 年，第 2 页。
③　陈平原：《学术史视野中的"关键词"》（上），《读书》2008 年第 4 期。

Cultural Theory, 2001）、托尼·本尼特等人编撰的《新关键词：修订的文化与社会的词汇》（Tony Bennett, Lawrence Grossberg, Meaghan Morris, eds. *New Keywords: A Revised Vocabulary of Culture and Society*, 2005）、史蒂夫·帕德利的《当代文学关键词》（Steve Padley. *Key Concepts in Contemporary Literature*, 2006）等著作之外，还出现了聚焦"关键词"的"劳特里奇关键词""批评新成语""批评思想家"等系列丛书。国内学术界除翻译了雷蒙·威廉斯的《关键词：文化与社会的词汇》（刘建基译，生活·读书·新知三联书店，2005）、于连·沃尔夫莱的《批评关键词：文学与文化理论》（Julian Wolfreys. *Critical Keywords in Literary and Cultural Theory*, 2004；陈永国译，北京大学出版社，2015）等"关键词批评"著作之外，也涌现出了洪子诚、孟繁华主编的《当代文学关键词》（广西师范大学出版社，2002）、赵一凡等主编的《西方文论关键词》（外语教学与研究出版社，2006）、谭善明等撰写的《20世纪西方修辞美学关键词》（齐鲁书社，2012）、盖生撰写的《20世纪中国文学原理关键词研究》（人民出版社，2013）、李建中撰写的《體：中国文论元关键词解诠》（中国社会科学出版社，2014）等多部"关键词批评"著作。此外，自2007年起，还有周宪、杨书澜、李建盛主编的"人文社会科学关键词"丛书，陶东风主编的"文化研究关键词"丛书等颇有影响力的"关键词批评"系列丛书问世。《南方文坛》《外国文学》《中国人民大学报刊复印资料·文艺理论》等学术刊物设立了"文论讲座：概念与术语""当代文学关键词""关键词解析"等与"关键词批评"有关的专栏。相关论文更是数以百计，如古风撰写的《从关键词看我国现代文论的发展》（《文学评论》2001年第5期）、黄开发撰写的《真实性·倾向性·时代性——中国现代主流文学批评话语中的几个关键词》（《中国现代文学研究丛刊》2002年第3期）、张清华撰写的《二〇〇四诗歌的若干关键词》（《当代作家评论》2005年第1期）、刘保亮撰写的《阎连科小说关键词解读》（《名作欣赏》2008年第10期）、姜荣刚撰写的《王国维"意境"新义源出西学"格义"考》（《学术月刊》2011年第7期）等，而中外有关机构合作开展的"中西文化关键词"计划也进入了具体实施阶段。可见，"关键词批评"在我国的文学和文化研究领域均产生了较为显著的学术影响力，并已然在批评实践层面

成为一种重要的理论资源和研究路径。"关键词批评"的功用不可小觑，正如陈平原精辟分析的那样，一方面，"通过清理各专业术语的来龙去脉，达成基本共识，建立学界对话的平台"，另一方面，"理解各'关键词'自身内部的缝隙，通过剖析这些缝隙，描述其演变轨迹，达成对于某一时代学术思想的洞察"。①

然而，纵观国内蔚为壮观的"关键词批评"著述，笔者发现它们在"关键词批评"的应用和研究方面表现出颇为复杂的情形：有的是对雷蒙·威廉斯开创的"关键词批评"的大力推进，也有的仅仅停留于浅层次的"拿来"，甚至还有的是对"关键词批评"的"误读"和"误用"。为什么会出现这样庞杂的境况？究其根源，主要有以下两方面原因：

其一，随着计算机信息检索系统的发展及学术界科学技术报告、学位论文和学术论文写作、发表格式的规范化，"关键词"成了学术性论著的必要和重要组成。作为学术性论著标识的"关键词"，在这个信息化、网络化的资讯爆炸时代，有利于数据的存储、处理、检索、采集、分析、引用及应用等，显得尤为重要。也正是由于这个原因，"关键词"的出现频率极高，越来越吸引眼球并广为人知。这也导致在某种程度上"关键词批评"予人写作门槛相对较低的印象，貌似非常容易入手写作，"关键词批评"也因此很快被大规模地采用。这其中良莠杂陈，既有高水准的学术论著，也难免有粗制滥造之作。有些文章只是枚举与论题有关的若干"关键词"，缺少对"关键词批评"精核的有效把握，却仍然可以洋洋洒洒地写出上万字的论文。这类论作虽不乏亮点，但也确实存在对"关键词"涉及的相关学理问题的探析深度有所缺失，对遴选的数个"关键词"之间的内在逻辑关联缺乏必要的解析，对所涉及的论题缺乏更为深入有力的阐述等问题。

其二，学术界有关"关键词批评"自身的研究相对薄弱，这是造成"关键词批评"在批评实践中泥沙俱下、极具混杂性的一个重要原因。毋庸讳言，与"关键词批评"颇为活跃的批评实践相比，目前我国学术界与其相关的研究确实较少。在笔者 2009 年前后开始关注"关键词批评"时，除陈平原、汪晖等所撰写的屈指

---

① 陈平原：《学术史视野中的"关键词"》（上），《读书》2008 年第 4 期。

可数的几篇专题性论文和笔者参编的《文学批评教程》（蒋述卓、洪治纲主编，武汉大学出版社，2010）首次在文学理论与批评的教材类著作中以专节篇幅予以评析之外，相关研究成果鲜见。其时，既有的研究主要表现为两种形式：一是书评和相关出版物的序言、译者导读等；二是在评析文化研究和雷蒙·威廉斯学术思想时顺带提及"关键词批评"。从立项课题来看，中国社会科学院文学所的户晓辉2003年申请的国家社科基金项目"中外民间文学关键词研究"，是目前笔者所见到的最早在课题名称中出现"关键词"字样的国家级项目。笔者也分别主持了与"关键词批评"相关的国家社科基金青年项目、教育部人文社科规划青年项目各一项。近年来，相关研究逐步增多，甚至出现了以此为选题的博士学位论文（复旦大学汉语言文字学专业宋姝锦的《文本关键词的语篇功能研究》，2013），这是极为可喜的现象。不过，总体观之，学术界对风起云涌的"关键词批评"自身的研究虽然已经从笔者当年申请相关课题时所指出的"散论式零星评介的起步阶段"开始步入较为深入探析的新阶段，一些研究成果也令人眼前一亮，但相关研究多停留于对其萌生阶段的简要评述，缺乏对20世纪90年代以来的国内外学术界"关键词批评"新的发展变化的追踪研究，对其理论范式及在我国接受与发展状况的研究更是不多见。鉴于本书第七章"'关键词批评'在中国的译介及研究状况"将对"关键词批评"的研究状况进行详细阐述，此处就不进一步展开了。

　　综上，有关"关键词批评"的研究现在虽已不再是有待开垦的"处女地"，但仍然有大量深入细致的研究工作值得我们投注精力去推进。在我国近年学术思想变迁的宏阔视野中对"关键词批评"进行全面深入的探究，具有不容忽视的学术价值：对"关键词批评"的理论范式及其在我国批评实践中的理论贡献、批评实绩进行系统研究和学理思考，有助于从理论形态和理论特质两方面科学分析"关键词批评"的理论范式，领悟其核心价值，促进对它的有效运用及深入发展；关注20世纪90年代以降"关键词批评"在国内外批评实践中的新变、推进及存在的问题，探析那些应当注意规避的理论"陷阱"与实践误区，有助于改变"关键词批评"在我国的广泛实践与对其自身研究相对薄弱的不平衡境况；在转型期的历史文化语境中对"关键词批评"进行宏观审度和个案研究有机结合的分析，辨析其所彰显的与我国文学研究中文学理论范式及当代文论转向的复杂关联，有助于考察"关键词批评"在西方萌生和在我国勃兴的文化语境之异同，合理评价与客观省思中西文论的交流与对话工作。

三、本书的研究思路与核心观点

笔者拟借鉴并综合运用影响研究、个案研究、计算风格学等方法，分"生成语境与理论构建"与"影响研究与价值评析"两编对"关键词批评"的理论范式及其在我国的批评实践展开系统研究。这两编既各具相对独立性，又构成一个有机的研究整体。上编基于对"关键词批评"在西方萌生、发展文化语境的分析，重点从理论形态和理论特质两个层面具体解析"关键词批评"的理论范式，为下编阐析其在我国的批评实践夯实理论基础。

20世纪50年代至80年代为"关键词批评"的萌生阶段，上编第一章"雷蒙·威廉斯与'关键词批评'的萌生"从历史语境、政治立场、哲学基础、理论渊源等层面对其进行发生学研究，特别关注雷蒙·威廉斯在"关键词批评"早期实践中对 T. S. 艾略特（T. S. Eliot）和 F. R. 利维斯（F. R. Leavis）文化思想的承继、反拨及对"关键词批评"理论范式的构建作用。第二章"20世纪90年代以来西方'关键词批评'发展检视"侧重梳理20世纪90年代以来"关键词批评"在西方文学和文化研究领域的发展状况，重点分析一些以核心范畴或"关键词"为写作模式的论著及劳特里奇公司的"批评新成语"等"关键词批评"系列丛书。第三章"'关键词批评'生成发展的文化语境"则结合20世纪中叶以来西方文化语境的变迁解析"关键词批评"的生成流变及其内在动因。第四章"'关键词批评'的理论形态"和第五章"'关键词批评'的理论特质"分别从理论形态和理论特质两个维度探析"关键词批评"的理论范式，指出其要义在于：一是具有独特的理论形态，在借鉴辞书编撰理念和文本体例的同时，又突破了对词条进行定评界说的话语权威姿态，表现出鲜明的反辞书性即非权威性与文论性；二是以"关键词"钩沉为写作模式，对核心术语进行历史语义学考察，呈现问题的起源、发展与流变，揭示词语背后的政治立场与人文踪迹；三是关注"关键词"的开放性与流变性，重视其生成语境及在批评实践中的发展变异，体现了充满张力的学术思维特点。

下编主要考察"关键词批评"在我国的勃兴及在文学和文化研究领域的接受、运用状况，结合"关键词批评"在我国批评实践中的具体问题，探讨其对我国文学研究的学术价值及借鉴意义，并指出其可能面临的理论"陷阱"与实践误区。这些问题都是影响并制约"关键词批评"深入发展的瓶颈之所在，它们与上编形成一种相辅相成、互为呼应的动态研究关系。下编第六章"'关键词批评'在中国的勃兴"联系 20 世纪 90 年代以来我国步入急剧转型期的社会语境和互联网时代繁杂斑驳的文化镜像，分析"关键词批评"在我国勃兴的文化土壤与内在需求。第七章"'关键词批评'在中国的译介及研究状况"紧扣"关键词批评"在我国的传播、认同、改造及实践的整体状况，以 1991 年《文化与社会：1780—1950》和 2005 年《关键词：文化与社会的词汇》的译介为节点，考察"关键词批评"译介工作的起步与扩展，并重点对相关研究的贫弱现状及原因进行深度分析。第八章"'关键词批评'在中国批评实践中的新变与推进"紧契 20 世纪 90 年代以来"关键词批评"在我国的批评实践，从三个方面分析其新变与推进：一是不再仅以对"关键词"的词源学追溯为批评重心，而是以其在学科发展脉流和批评实践中的流变为考察中心；二是出现了一些具有新气象的论著，表现出了联系文学文本的批评实践趋向；三是编撰体例有所突破，文论性进一步彰显。第九章"'关键词批评'可能面临的理论'陷阱'与实践误区"指出"关键词批评"在我国虽方兴未艾，但已经显现出了一些应该引起我们重视的不良倾向的端倪。我们应当注意避免"关键词批评"的霸权化、快餐化和唯政治视角的倾向[①]，力争有新的理论

---

① 冯黎明认为，只有通过"关键词"的探析揭示出"隐喻性地潜藏在深处的权力关系或者意识形态"的做法才能称得上雷蒙·威廉斯意义式的"关键词研究"。参见冯黎明：《关键词研究之"关键技术"》，《粤海风》2014 年第 3 期。笔者认为，在重视对词义背后权力关系、意识形态意义揭示的同时，也要避免走向唯政治论，详见本书第九章有关阐析。

提升与实践拓展，为其纵深发展提供良好支撑，新辟更为广阔的发展空间。第十章 "'关键词批评'对中国文学研究与文论转向的理论启示"聚焦文学研究领域，以国内文学批评界有代表性的论著、丛书和专栏为个案，考量"关键词批评"所具有的反辞书性品格及非权威性倾向对文论研究走向理论自觉和相关学科建设的镜鉴价值，即其在方法论上对我国文学研究的全面影响和整体贡献，尤其在促使研究者重视并遴选蕴含巨大理论能量、关系学科魂灵命脉的核心术语，以及实现宏观研究、中观研究与微观研究有机结合，历时研究与共时研究有效兼顾等方面的推进意义。

　　"关键词批评"是近年来涌现的批评新路向，对这样一个尚处于不断发展变动之中的研究对象及其在我国的批评实践进行科学评析和准确定位是本书研究的难点之所在。笔者已有一些相关研究积累，除前文提及的曾在参编的《文学批评教程》中以专节篇幅评析了"关键词批评"（为国内同类著述中首次对其进行专题研究）之外，还在 2010 年 11 月召开的"世界文学经典与跨文化沟通国际学术研讨会"上提交了论文《雷蒙·威廉斯与"关键词批评"的生成》，该文后来刊发于《外国文学研究》2011 年第 4 期。此外，笔者及课题组成员还发表了《论雷蒙·威廉斯"关键词批评"的反辞书性》（《江西社会科学》2011 年第 1 期）、《文学研究中的"关键词批评"现象及反思》（《浙江大学学报（人文社会科学版）》2011 年第 4 期）、《当代文学研究中的"关键词写作"现象》（《山东师范大学学报（人文社会科学版）》2012 年第 4 期）、《20 世纪 90 年代以来中国"关键词批评"发展检视》（《中文学术前沿》第 10 辑，2015 年 9 月）、《"关键词批评"对中国文学研究与文论转向的理论启示》（《中文学术前沿》第 10 辑，2015 年 9 月）、《"关键词批评"生成发展的文化语境》（《中文学术前沿》第 10 辑，2015 年 9 月）、《"关键词批评"的非权威性与文论性》（《文化正义论丛》第 4 辑，浙江大学出版社 2016 年 3 月）、《20 世纪 90 年代以来我国"关键词批评"发展透视》（《浙江社会科学》2016 年第 4 期）等相关研究成果，其中多篇被《中国社会科学文摘》、《文艺理论》（中国人民大学书报资料中心）、《高等学校文科学术文摘》全文或部分转载。这些论文对"关键词批评"的源起、特质及批评实践进行了富有原创性的尝试性研究，系该领域的较新研究成果。在本书中，笔者的重点在于立足新的文化语境，在中西对话与交融的背景下省视"关键词批评"的理论范式及其在我国批评实践中的新变与推进，尤其是对当代文论转型及文学理论与批评发展所具有的镜鉴意义。由于能力所限，笔者在此所做的工作仅仅是个开始，期待有更多学者对"关键词批评"展开更为丰厚更为深入的研究。

上　编

生成语境与理论建构

第一章
雷蒙·威廉斯与"关键词批评"的萌生

如果说文学批评是雷蒙·威廉斯全部思想的起点与核心[1]，那么发轫于20世纪50年代至80年代的"关键词批评"则可谓其文学批评中一颗散发着璀璨光芒的明珠。如绪论所述，"关键词批评"以核心词汇为考察重心与中心，从历时和共时层面对之进行细致梳理，并揭示出这些关键性词语背后隐含的政治思想倾向与人文发展踪迹，具有独到的研究视角和开阔的理论视野。"关键词批评"孕育于文化研究这一母体之中，源自雷蒙·威廉斯的创造性想法。虽然雷蒙·威廉斯本人并没有直接使用"关键词批评"这一名称，但他却是第一位明确提出并全面实践"关键词批评"的学者。雷蒙·威廉斯的《关键词：文化与社会的词汇》一书，正式开创了以"关键词"解析为社会和文化研究有效路径的独特方法，可视为"关键词批评"兴起的标志。不过，"关键词批评"的萌生却可以回溯至20世纪50年代中后期，与雷蒙·威廉斯的文化研究及其从事成人教育的人生经历均有着非常密切的关联。

一、"关键词批评"与文化研究

雷蒙·威廉斯（1921—1988）是对当代马克思主义文艺理论产生了重要影

---

[1] 参见刘进：《文学与"文化革命"：雷蒙德·威廉斯的文学批评研究》，巴蜀书社2007年版，第26页。

响的英国著名学者，他不仅是英国新左派的领军人物，还是当代英国文化研究的重要奠基人之一。雷蒙·威廉斯一生笔耕不辍，著述宏富，除发表为数众多的学术论文、学术随笔及三十余部学术著作之外，还创作了剧本、小说等多部文学作品。阿兰·奥康诺（Alan O'Connor）在《雷蒙·威廉斯：写作、文化与政治》（*Raymond Williams: Writing, Culture, Politic*, 1989）中用数十页篇幅列出了雷蒙·威廉斯编撰的论著目录，其中包括《阅读与批评》（*Reading and Criticism*, 1950）、《从易卜生到艾略特的戏剧》（*Drama from Ibsen to Eliot*, 1952）、《文化与社会：1780—1950》、《漫长的革命》（*The Long Revolution*, 1961）、《乡村与城市》（*The Country and the City*, 1973）、《电视：科技与文化形式》（*Television: Technology and Cultural Form*, 1974）、《关键词：文化与社会的词汇》、《马克思主义与文学》（*Marxism and Literature*, 1977）、《唯物主义和文化问题》（*Problems in Materialism and Culture: Selected Essays*, 1980）等有影响的著述。创作与批评兼善的雷蒙·威廉斯自如游走在文学批评、文化研究、传播学等诸多领域，且均产生了极大的影响，取得了跨越多个学科的学术成就，无愧于爱德华·汤普生（Edward Thompson）称其为"我们时代的骏才"①的赞誉。特里·伊格尔顿（Terry Eagleton）在为阿兰·奥康诺所著《雷蒙·威廉斯：写作、文化与政治》一书撰写的《前言》中也对雷蒙·威廉斯评价甚高，将他与让-保罗·萨特（Jean-Paul Sartre）和于尔根·哈贝马斯（Jürgen Habermas）相提并论，认为他是战后乃至 20 世纪英国最具原创性、最有影响力、最为卓越的文化思想家。特里·伊格尔顿眼中的雷蒙·威廉斯"以其睿智、独到的思想以及其他社会主义同仁所无法企及的涉猎广度"，成为英国左派知识阵营中最具智慧和独立思考精神的知识分子。②

　　雷蒙·威廉斯的《关键词：文化与社会的词汇》与其文化研究开山之作《文化与社会：1780—1950》有着直接的血脉关联。在 1956 年完成、1958 年正式出

---

① J. Higgins. Raymond Williams: *Literature, Marxism and Cultural Materialism*. London: Routledge, 1999, p. 2.
② 参见赵国新：《新左派的文化政治：雷蒙·威廉斯的文化理论》，外语教学与研究出版社 2009 年版，第 4—5 页。

版的《文化与社会：1780—1950》一书中，雷蒙·威廉斯紧密联系社会历史变迁，考察了"工业"（industry）、"民主"（democracy）、"阶级"（class）、"艺术"（art）、"文化"（culture）这五个在现代社会意义结构中占据着极为重要地位的词语的语义嬗变及用法变化，可以说已经开启了其"关键词批评"的早期实践。此外，我们今天在《关键词：文化与社会的词汇》一书中所看到的一些内容，雷蒙·威廉斯当年原本是希望把它们作为《文化与社会：1780—1950》的部分内容一并出版的，后因故而未能如愿。雷蒙·威廉斯在《关键词：文化与社会的词汇》的《导言》中说明他最初选择了 200 多个"在一般的讨论里所看到或听到的，而且在用法上有些是很有趣的，有些是很难下定义"的词语，后来又从中精选了 60 个词语，以注解及短评的形式对这些词义加以讨论，拟以《文化与社会：1780—1950》附录形式出版。① 在出版社的要求下，雷蒙·威廉斯忍痛割爱撤下了这部分内容，并在此后约二十年间不断增删调整。1976 年，该部分内容终于得以《关键词：文化与社会的词汇》之名独立成书并正式出版。1983 年再版时，雷蒙·威廉斯又对全书作了修订，并增加了"无政府主义"等 21 个词条，使该书的总词条量臻至 131 个。

如前文所述，"关键词批评"兴起的标志是雷蒙·威廉斯《关键词：文化与社会的词汇》的问世，其萌芽却始于《文化与社会：1780—1950》一书。正如雷蒙·威廉斯自己所言，他对词汇问题的关注是在写作《文化与社会：1780—1950》时所激发的。不过，如果我们再往更早一些时候回望，可以发现，《文化与社会：1780—1950》一书的写作又是他 1946—1948 年间参与编辑颇有影响的左派杂志《政治与文学》时所发起的一个探讨的延续，即用他们这一代人的经验重新诠释"文化"一词所描述的传统。雷蒙·威廉斯对"文化"的关注与思考在很大程度上与 F. R. 利维斯有关。20 世纪五六十年代，雷蒙·威廉斯深受 F. R. 利维斯的影响，特里·伊格尔顿就曾称他为左翼利维斯主义者。就理论渊源而言，雷蒙·威廉斯

---

① 〔英〕雷蒙·威廉斯：《关键词：文化与社会的词汇》，刘建基译，生活·读书·新知三联书店 2005 年版，第 6 页。

的文化批评思想虽然受到 F. R. 利维斯的直接影响，但他最终实现了对其文化至上论和精英文化批评思想的继承、超越和发展。

F. R. 利维斯是英国当代最著名的文学批评家之一，著有《大众文明和少数人文化》（*Mass Civilization and Minority Culture*, 1930）、《重新评价：英诗的传统与发展》（*Revaluation: Tradition and Development in English Poetry*, 1936）、《伟大的传统：乔治·艾略特、亨利·詹姆斯、约瑟夫·康拉德》（*The Great Tradition: George Eliot, Henry James, Joseph Conrad*, 1948）等影响甚大的学术著作。雷纳·韦勒克（René Wellek）认为他是继 T. S. 艾略特之后 20 世纪最有影响的英国批评家，在英国批评史上占据着与马修·阿诺德（Matthew Arnold）不相上下的地位。[①] F. R. 利维斯在文学批评实践中注重文本细读，但又不同于仅局限于文本内部的新批评，而是将文学作品的阅读与社会生活联系起来。这也许受到了马修·阿诺德 "文学即是生活批评" 的观点和 T. S. 艾略特《传统与个人才能》（*Tradition and the Individual Talent*, 1919）倡导的有机主义文学史观的影响，使得其文学观念带有一定的社会学倾向。[②]

雷蒙·威廉斯对 F. R. 利维斯的文学思想持一种批判性继承的态度，甚至可以说对其的发展远大于接受。雷蒙·威廉斯吸纳了 F. R. 利维斯从文化的表现形式入手考察社会的理路，并在此基础上进一步将文学批评与社会历史批评相结合，拓展了文学研究的领域。雷蒙·威廉斯不赞成把文化仅仅看作承续伟大文学传统、表现人性永恒真理的经典杰作这样的精英主义文化观。F. R. 利维斯在《大众文明和少数派文化》等著述中比较典型地表现出了英国传统人文主义对广告、电视、广播等大众文化的态度，批评了大众传播机构及其产品，并认为媒介和大众文化共同造成了当代文明和传统文化之间的割裂。在 F. R. 利维斯等持文化精英主义批评立场的学者眼中，英国原本是一个有机和谐的社会，文化则是少数天才人物的

---

① 参见〔美〕雷纳·韦勒克：《近代文学批评史》（第 5 卷），伍自修译，上海译文出版社 2002 年版，第 373、391 页。

② 参见赵国新：《新左派的文化政治：雷蒙·威廉斯的文化理论》，外语教学与研究出版社 2009 年版，第 93 页。

创造性成果。正是在少数文化精英的努力下，高雅文学记录并传承了人类对过去的"最佳体验"。然而，随着工业革命的发生、发展，当代社会盛行的是追逐经济利益的大众文化，催生并激发了大众的物质欲望，从而降低了他们的道德水准、文化品格，文化精英应当力挽狂澜，以改变这种颓靡之风气。不过，颇具反讽意味的是，"利维斯们"对大众文化虽持拒斥和否定的态度，却在事实上将其纳入了文学研究的视野。① 而这一点恰恰也给了雷蒙·威廉斯以与 F. R. 利维斯批判大众文化初衷完全相悖的启迪。他认为，文学并非表现人类情感的最高级形式，只是其中的一种形式，文学体现了某些阶级、阶层的社会与文化价值观，文学的发展与社会政治、经济、文化等方面的发展密切相关。雷蒙·威廉斯认为文学对人们社会意识的形成也具有相当重要的影响，因此，解析文学作品产生、传播的社会环境，特别是文学与社会之间的作用与反作用关系，尤其显得重要。雷蒙·威廉斯理想中的文化并非精英文化，他也不承认艺术的特殊地位，而是把它看作普通的文化实践，甚至说"艺术与生产、商务活动、政治、家政管理并无二致"。② 秉持平民立场的雷蒙·威廉斯大胆地将研究视野投注到 F. R. 利维斯等人所鄙夷的大众文化、通俗文学、媒介研究等领域之中，坚信广播、电视、广告乃至体育赛事、流行歌曲等大众文化也承载着社会意义和价值观，有助于人们认识社会，并有着塑造民众思想意识的文化作用，使之首次以非批判对象的形式成了文化研究的对象，这些都对其文化唯物论思想的诞生起到了重要的奠基作用。③

　　雷蒙·威廉斯文化唯物主义理论体系的核心概念，当然也可以称之为"关键词"，即"文化"。雷蒙·威廉斯曾坦言他写作《文化与社会：1780—1950》的主要目的就是为了反对其时英国思想界盛行的以 T. S. 艾略特、F. R. 利维斯为中心形成的精英文化或曰文化保守主义立场。④ 这种精英主义的文化观念名

---

① See Jere Paul Surber. *Culture and Critique: An Introduction to the Critical Discourse of Cultural Studies.* Boulder: Westview Press, 1998, p.236.

② 转引自张平功：《雷蒙德·威廉斯的文化阐释》，《国外社会科学》2001 年第 2 期。

③ 参见赵国新：《新左派的文化政治：雷蒙·威廉斯的文化理论》，外语教学与研究出版社 2009 年版，第 159、132 页。

④ See Raymond Williams. *Politics and Letters: Interview with New Left Review.* London: Verso, 1981, p. 112.

义上是为了捍卫高雅文化，实际上却起到了反对"二战"后蓬勃发展的民主意识、大众教育和社会主义追求的作用，具体表现在对大众、大众传播与大众文化的偏见上。而这些观点恰恰与平民出生的雷蒙·威廉斯所膺拥的草根情怀背道而驰，于是，驳斥这种思想倾向便自然而然地成了雷蒙·威廉斯写作《文化与社会：1780—1950》的动机之一。① 雷蒙·威廉斯本人也直言不讳地宣称，T. S. 艾略特的小册子《关于文化的定义的札记》（*Notes Towards the Definition of Culture*, 1948）是他写作《文化与社会：1780—1950》一书的最初动因。我们也完全可以将《文化与社会：1780—1950》视作雷蒙·威廉斯在与 T. S. 艾略特、F. R. 利维斯的思想对话中展开的关于文化问题的深入思考。刘进认为，在这种对话中，雷蒙·威廉斯"试图以他当时所理解的马克思主义——'社会主义文化立场'来融会、整合利维斯主义"。② 笔者在第三章中还将结合"关键词批评"生成发展的文化语境就雷蒙·威廉斯对"文化与文明"传统及利维斯主义的批判性继承做进一步探讨。

雷蒙·威廉斯在《文化与社会：1780—1950》中对"文化"这一"关键词"进行了透辟的解析，确立了自己不同于精英立场的文化观念。雷蒙·威廉斯开宗明义地坦言自己"试图说明文化观念及其各种现代用法是如何及为何进入英国思想的，同时探讨文化观念从开始到当代的演变过程"，从而"说明并诠释我们在思想和感觉上对 19 世纪后期以来英国社会变迁的反应"。他认为，只有在社会历史发展的脉络中，才能充分理解"文化"一词的用法及其所涉及的各种相关问题。③ 雷蒙·威廉斯在对"文化"一词意涵进行深入思考时，发现其意涵的发展其实是人类对社会、经济及政治生活中的历史变迁引发的一系列"重要而持续的反应"的记录。《文化与社会：1780—1950》在梳理 18 世纪末至 20 世纪中叶英

---

① 参见赵国新：《新左派的文化政治：雷蒙·威廉斯的文化理论》，外语教学与研究出版社 2009 年版，第 76 页。

② 刘进：《文学与"文化革命"：雷蒙德·威廉斯的文学批评研究》，巴蜀书社 2007 年版，第 67 页。

③ 〔英〕雷蒙德·威廉斯：《文化与社会：1780—1950》前言，吴松江、张文定译，北京大学出版社 1991 年版，第 13 页。

国社会思想史的"文化与社会"传统的基础上，回溯了英国工业资本主义以来的文化批判传统，以及"文化"一词在 W. 布莱克（W. Blake）、T. S. 艾略特、W. 莫里斯（W. Morris）等人论著中语义演变的历史，指出"文化"与"阶级""艺术""工业""民主"的关联性蕴含了"思想、历史的结构"。[①]在《关键词：文化与社会的词汇》中，雷蒙·威廉斯以"文化"一词的拉丁文词源 colere 具有的"栽种""照料"意涵为考察的起点，指出其意义、用法与农业生产活动有关。雷蒙·威廉斯发现"文化"一词在其所有的早期用法中，都是一个表示"过程"的名词，意指"自然生长的培育过程"，即对某物（尤其是某种农作物或动物）的照料。16 世纪初，"文化"通过隐喻，由"照料动植物的成长"延伸为"人类发展的历程"。雷蒙·威廉斯认为，"文化"在英文中词义的转变发生于 18 世纪后期至 19 世纪前半叶，而且与"工业""民主""阶级""艺术"等词汇意义的变迁具有一种思想及历史上的关联性。他认为"文化"主要有三类意涵：其一，独立、抽象的名词，用来描述 18 世纪以来思想、精神与美学发展的一般过程；其二，独立的名词，用来表示关于一个民族、一个时期、一个群体或全体人类的一种特殊的生活方式；其三，独立、抽象的名词，用来描述关于知性的作品与活动，尤其是艺术方面的。随后，雷蒙·威廉斯还通过对"文化"一词在德文、北欧语言与斯拉夫语系等中的人类学用法及对相关衍生词"耕种、栽培、教化"（cultivation）、"被耕种的、有教养的、优雅的"（cultivated）的检视，指出其意义的复杂与变异彰显了思维观点的差异、暧昧或重叠，包含了有关活动、关系与过程的不同观点，这种复杂性并不是在"文化"这个词语之中，而是在这些不同的意涵所呈现的问题之中。[②]基于此，雷蒙·威廉斯指出，"文化一词意涵的发展，记录了人类对于社会、经济以及政治生活中这些历史变迁所引起的一系列重要而持续的反应；我们不妨把这段发展的本身看成一幅特殊的地图；借助这幅地图，我们可以探索以上种种历史变

---

①　〔英〕雷蒙·威廉斯：《关键词：文化与社会的词汇》译者导读，刘建基译，生活·读书·新知三联书店 2005 年版，第 4 页。

②　同上书，第 101—109 页。

迁的性质"。① 从雷蒙·威廉斯联系社会发展考察"文化"一词的语义嬗变史,我们也可以推断彼时他已经有比较明确的"关键词批评"设想并开始了早期实践。

简而言之,雷蒙·威廉斯不是把"文化"当作观念形态的东西,而是在历史的动态发展和词义的复杂演进中认识"文化"在改造物质世界的过程中所起的能动作用,因而,透过"文化"一词意涵的发展和嬗变过程可以探索社会历史变迁的性质。雷蒙·威廉斯认为,作为一种特定的生活方式的"文化"是社会意义和价值的载体,并非社会政治、经济的附属物,更非仅为社会经济状况的简单反映,而同样也是整个社会的一个重要的构成因素,且有自身演变的过程,在社会变革中发挥着不可小觑的作用。② 因此,雷蒙·威廉斯视"文化"为各种复杂的社会政治斗争和冲突发生的现实场域,而且他并不像以 F. R. 利维斯为代表的英国传统人文主义研究者那样仅专注于精英文化研究,在相当大程度上忽视甚至否认通俗文化或流行文化的价值,而是吸取 F. R. 利维斯文本分析的方法及其对现实的批判立场,并将之应用于"利维斯们"曾经鄙薄的通俗文化领域。同时,他也不认同将通俗文化与工人阶级文化之间画上等号的做法,从而避免了简单地将高雅文化与通俗文化二元对立。这就意味着雷蒙·威廉斯不仅对原本处于社会边缘、文化边缘的通俗文化的研究价值予以了充分的肯定,而且以一种"平视"的学理态度对高雅文化与通俗文化进行观照和研究,在一定程度上起到了勾连二者之间鸿沟的作用。

在《文化与社会:1780—1950》和《关键词:文化与社会的词汇》中,雷蒙·威廉斯均力图突破传统的文学研究范式和学科疆域,在西方现代工业文明兴盛的文化语境中,另辟从社会大视角和多语境角度诠释具有时代新质的文化研究核心语汇的新路径。这也是其"关键词批评"的一大特点,即不局限于某一学科研究领域,而是在宏阔的社会历史变迁及文化语境中对一些起到重要作用的"关键词"进行深入阐析。毋庸讳言,也正是由于这个原因,雷蒙·威廉斯对文化与

---

① 〔英〕雷蒙德·威廉斯:《文化与社会:1780—1950》导论,吴松江、张文定译,北京大学出版社1991年版,第19页。

② 参见赵国新:《新左派的文化政治:雷蒙·威廉斯的文化理论》,外语教学与研究出版社2009年版,第159页。

社会词汇的考察偏重于社会学和政治学的解读，以致有人批评他在《关键词：文化与社会的词汇》中将自己的文化政治观点渗透至关于"关键词"的解释中，充满党派之见。其实，这一解读倾向与雷蒙·威廉斯本人的阶级出身、政治立场、人生经历均有一定关联。

1921 年 8 月，雷蒙·威廉斯出生于威尔士与英格兰接壤的边地——潘迪（Pandy）的一个劳工阶层家庭。他的祖父曾当过修路工人，父亲也在火车站当过脚夫、铁路信号员。雷蒙·威廉斯的祖父和父亲都是工党的坚定支持者和工人运动的活跃分子，他的父亲更是曾经参加过英国工人运动史上著名的 1926 年总罢工。雷蒙·威廉斯幼年在简陋的乡村小学学习，中学考入位于艾伯加维尼镇上的爱德华一世文法学校。1939 年，雷蒙·威廉斯以优异的成绩毕业，并获得国家奖学金，顺利进入了剑桥大学英文系求学。"二战"爆发后，雷蒙·威廉斯于 1941 年中辍学业，应征入伍。"二战"结束后，雷蒙·威廉斯重返剑桥大学完成学业。在祖父和父亲的政治立场的影响下，雷蒙·威廉斯较早就积极参与工党的政治活动，后来在其学术研究和《边远的乡村》（*Border Country*, 1960）等文学创作中也对工人阶级的现实处境问题进行了持续性的关注和反映。雷蒙·威廉斯被特里·伊格尔顿誉为"英国有才气的马克思主义批评家"和"战后英国独一无二的最重要的批评家"，也曾受到《新左派评论》主编拉宾·布莱克本"英语世界最权威，最坚定，最有原创性的社会主义思想家"[1]的盛赞，但他始终坚持开放姿态和民主思想，在信守马克思主义基本原则和立场的基础上，吸纳各派马克思主义理论的精髓，并结合自己的批评实践，构建出一种新颖的马克思主义文化理论。综观雷蒙·威廉斯的《马克思主义与文学》《唯物主义与文化问题》等著述，可见其文化唯物主义理论体系力图从文化的角度对社会进行探析和批判，强调理论研究对社会实践的干预性，这正是其政治追求、理论思考和社会实践交互影响、逐渐发展的结果。

---

[1]　参见郭宏安、章国锋、王逢振：《二十世纪西方文论研究》，中国社会科学出版社 1997 年版，第 529 页；刘进：《文学与"文化革命"：雷蒙德·威廉斯的文学批评研究》，巴蜀书社 2007 年版，第 3—4 页。

雷蒙·威廉斯的《关键词：文化与社会的词汇》既生发于文化研究之中，其本身又是文化研究的重要羽翼之一。特里·伊格尔顿在《纵论雷蒙·威廉斯》指出，从《文化与社会：1780—1950》到《关键词：文化与社会的词汇》，语言问题自始至终是雷蒙·威廉斯在思想上热情探究的问题之一，在他看来，词语是社会实践的浓缩，是历史斗争的定位，是政治智谋和统治策略的容器。①《新左派评论》把它所激发的知识效应称为"马克思主义的政治经济学批评"。《关键词：文化与社会的词汇》一书中译本的封底也有如是评价：雷蒙·威廉斯一生的知识工作与文化唯物主义息息相关，《关键词：文化与社会的词汇》无疑为此提供了详尽而有系统的注释，也为他的"文化与社会"的方法提供了实际有用的工具。②

文化研究借鉴了文学、历史学等多个不同学科的研究理路，具有鲜明的跨学科特征，而作为英国文化研究发起者之一的雷蒙·威廉斯，其个人的学术研究也同样具有鲜明的跨学科特点。刘进用"博杂的'边界'式写作"来概括雷蒙·威廉斯写作的杂芜状态是颇为贴切的。他认为这种杂芜表象源于其写作对包括人们习以为常的诸多学科界限在内的各种"边界"的打破，而雷蒙·威廉斯的文学批评则是将他穿越各种"边界"的写作统一在"文化革命"主旋律之下的最为重要的组成部分。③特里·伊格尔顿不仅敏锐地察觉到雷蒙·威廉斯始终处于"边界之国"的状态，还联系其来自威尔士边地的阶级背景来说明他为何能保持"平和"与"从容"的心境。④赵国新认为，雷蒙·威廉斯的写作尽管不能直接归于政治学的范畴，但其所有作品都可以视为对以"文化革命"为核心的"长期革命"思想的表达和发展。⑤特里·伊格尔顿还曾用雷蒙·威廉斯自己关注的一个"关键

---

① 参见〔英〕特里·伊格尔顿：《纵论雷蒙德·威廉斯》，王尔勃译，载刘纲纪主编：《马克思主义美学研究》（第2辑），广西师范大学出版社2010年版。

② 〔英〕雷蒙·威廉斯：《关键词：文化与社会的词汇》，刘建基译，生活·读书·新知三联书店2005年版。

③ 参见刘进：《文学与"文化革命"：雷蒙德·威廉斯的文学批评研究》，巴蜀书社2007年版，第5、409页。

④ Terry Eagleton. ed. *Raymond Williams: Critical Perspectives*. Cambridge: Polity, 1989, p. 2, p. 4.

⑤ 参见赵国新：《新左派的文化政治：雷蒙·威廉斯的文化理论》，外语教学与研究出版社2009年版，第17页。

词"——"联系"（connecting）所具有的"运动""复杂""困难""变化"内涵来描述这一博杂状态，进而指出无法用社会学、哲学、文学批评或政治理论等这些既有名称来概括雷蒙·威廉斯的著述，它们既像"创造性"和"想象性"的作品，又像"学术著作"。① 而正如刘进所分析的那样，雷蒙·威廉斯既集理论家的严谨、深刻与文学家的灵动、敏思为一身，又融欧洲大陆传统的理性与英国本土的经验（尤其是凯尔特人的细腻感觉）于一体，这使其得以在创造性写作与学术性研究之间，乃至不同学科和不同文化现象之间自如穿梭。也正因为如此，我们很难用文学家、戏剧教授、文学批评家、文化理论家、社会学家、政治思想家等名称来准确命名他的身份，这些身份他似乎都是，又似乎都不是。刘进认为，也许雷蒙·威廉斯自称的"写作者"（writer）才是最合乎其身份的称谓。②

雷蒙·威廉斯看似博杂的写作表象之下，其实有着一个坚实而统一的内核，即其对激进政治主题的持续坚守并转化为独具特色的"文化革命"（cultural revolution）。③ 雷蒙·威廉斯认为，经济斗争和政治斗争是无产阶级革命不可或缺的组成部分，而文化领导权的形成则是其中一个"深刻而必需的过程"。他把这样一个文化过程称为"漫长的革命"，这并非指经典马克思主义所说的阶级暴力革命，而是指社会整体的历史变迁。雷蒙·威廉斯强调以"文化革命"为核心的这一"漫长的革命"意味着真正的斗争，它"对于组织起来的工人阶级的民主和经济凯旋而言，是必不可少的战斗组成"。④ 有学者指出，与社会的政治变革和经济变革相比，雷蒙·威廉斯更重视文化变革，即思想意识和价值观念的变化对于社会的巨大影响。⑤ 雷蒙·威廉斯从来就不是在象牙塔内进行纯学术研究不问世事的学者，而是秉持一颗与社会发展脉搏共振的火热之心，以极大的社会责任感在

① 参见刘进：《文学与"文化革命"：雷蒙德·威廉斯的文学批评研究》，巴蜀书社 2007 年版，第 5 页。
② 同上。
③ 同上书，第 8 页。
④ 同上书，第 9 页。
⑤ 参见赵国新：《新左派的文化政治：雷蒙·威廉斯的文化理论》，外语教学与研究出版社 2009 年版，第 17 页。

从事文化研究、文学批评的同时积极介入社会实践和艺术实践。这从我们上面对他重视大众文化并以犀利的学术眼光对大众文化进行透彻研究的分析中可见一斑。他早年关注并参与表现主义戏剧运动，晚年还参加了英国政府的文化和艺术政策的制订工作，格外关注科技发展对社会和文化的影响，将学术思考与现实问题密切结合，"以自己毕生的创作活动和理论研究体现了当代西方马克思主义者身体力行、知行合一的典型风范"①。而文化研究就是像雷蒙·威廉斯这样有极强社会使命感的知识分子贯通学术研究与现实政治的重要路径，他摒弃传统的知识分子精英立场及文化等级秩序，秉持非精英主义文学立场，在成人教育等各种文化活动中密切联系左翼工人运动，对利维斯主义和马克思主义进行了有效的改造、融合与推进，将文化自身视为一种介入社会政治和现实的物质性实践力量。

二、"关键词批评"与成人教育

雷蒙·威廉斯的家庭出身背景、丰富的社区生活经验、长年从事成人教育的工作经历及积极投身民主运动的斗争实践，均为其日后进行包括"关键词批评"在内的文化理论探索和批评实践工作夯实了现实基础。纵观雷蒙·威廉斯的学术人生，成人教育这段从业经历的确扮演了非常重要的角色。其实，早在"二战"期间，雷蒙·威廉斯就开始关注军队中开展的成人教育工作，认识到它对平民阶层争取社会平等将产生积极的推动作用。工人阶级家庭的出身也使雷蒙·威廉斯认识到提升工人教育对推广社会主义式民主的意义。1946年毕业后，雷蒙·威廉斯放弃了剑桥大学三一学院提供的职位，前往由牛津大学一些社会主义教员负责的"工人教育协会"（Worker's Educational Association），担任校外成人教育的指导教师，讲授文学和国际时事方面的课程。当时，爱德华·汤普森、理查·霍加特（Richard Hoggart）等许多左派学者或接近左翼的自由派学者也做出了和雷蒙·威

---

① 参见刘进：《文学与"文化革命"：雷蒙德·威廉斯的文学批评研究》序，巴蜀书社2007年版，第2页。

廉斯同样的选择，积极介入成人教育事业。① 对雷蒙·威廉斯来说，从事成人教育工作的这一段人生经历对其日后开展的文化研究及"关键词批评"问世的影响可谓最为直接。

雷蒙·威廉斯坦言当年是怀抱着冀望对社会变迁有所裨益的热忱参与成人教育的，并非旨在创建一门新的学科。然而，文化研究这一影响甚大的新兴学科恰恰就产生于成人教育之中。雷蒙·威廉斯回忆道，当他和理查·霍加特等人开始在大学任教时，采用了此前他们在校外班和"工人教育协会"中从事成人教育时常用的教学方法，把当代文化引入大学的日常教学当中，并将历史与文学、艺术联系起来，面对他们这种做法，大学里的人的反应是纷纷惊呼出现了一门新学科——文化研究。学术界通常也将雷蒙·威廉斯的《文化与社会：1780—1950》《漫长的革命》与理查·霍加特的《读书识字的用途》（*The Use of Literacy: Aspects of Working-Class Life with Reference to Publications and Entertainments*, 1958）、爱德华·汤普森的《英国工人阶级的形成》（*The Making of the English Working Class*, 1963）视为英国文化研究的奠基之作。然而，雷蒙·威廉斯却认为"文化研究诞生于50年代的某某书中"这类说法是不可信的，他坚持的是这样的观点——"有关艺术和文学教学以及它们与历史和当代社会之间关系的视角转变，始于成人教育，而不是别的地方"。② 雷蒙·威廉斯从事成人教育时，还曾与朋友合办了《批评家》（*The Critic*）和《政治与文学》（*Politics and Letters*）杂志。雷蒙·威廉斯后来在接受《新左派评论》采访时直言，他早年创办的《政治与文学》就是面向成人教育的。他指出，当时"工人教育协会"的每一位导师几乎均为某一派别的社会主义者，而且都在从事成人教育工作，因而，他们认为"杂志与这种很有希望的组织形式相关联，它与工人阶级运动有着全国性的联系网络"。③ 按照雷

---

① 参见赵国新：《新左派的文化政治：雷蒙·威廉斯的文化理论》，外语教学与研究出版社2009年版，第12页。
② 同上。
③ 同上。

蒙·威廉斯的说法，如果说《政治与文学》预设的读者群体和实际面对的读者群体的确存在的话，那么其主体无疑就是从事成人教育的导师们和参加成人教育的学生们。[①] 由上述文化实践可以看出，成人教育对包括雷蒙·威廉斯在内的新左派知识分子及英国文化研究的诞生起到了不可忽视的作用。

理查·霍加特同样也认为成人教育的经历是促成雷蒙·威廉斯写作《文化与社会：1780—1950》、爱德华·汤普森写作《英国工人阶级的形成》的重要影响因素，而他自己学术兴趣的形成也与这段成人教育工作经历密不可分。[②] 雷蒙·威廉斯的家庭出身及政治立场都促使他密切关注底层民众的生存状态，也促使他毕业后主动选择了将自己的心血和精力首先投注到成人教育工作之中，为那些相对社会主流文化而言位处社会边缘群体的人们提供教育。而"工人教育协会"发起并推动英国成人教育的出发点，就在于为那些无缘接受正规大学教育的社会底层青年提供人文学科方面的教育，进而促使他们认识到社会变革的重要性和必要性。赵国新指出，这一时期英国的成人教育受到保守的费边社改良主义和左派的激进人文主义这两股政治力量的塑造，它们都在成人教育中寄寓了自己的政治理想，"前者以消除愚昧无知和文化匮乏作为建立合理社会的有效措施，后者把成人教育当成交流思想的论坛，想通过启蒙式学习和不带功利性的教学，让未来的人们变得更加完善"。[③] 由此可见，成人教育不仅具有社会慈善性质的一面，更具有文化政治宣传功能的一面。

雷蒙·威廉斯一直高度重视文化教育工作，他认为这是唤起普通民众民主意识、争取民主权利的一种有效手段。他自言在这一方面受到了 F. R. 利维斯重视教育的思想的影响，因此，当他得知牛津大学为"工人教育协会"开设成人教育时决定投身于这份让他感觉是"福从天降"的工作。[④] 雷蒙·威廉斯一方面将 I. A. 瑞恰慈（Ivor Armstrong Richards）、威廉·燕卜荪、F. R. 利维斯等人所倡导的实用

---

① 参见赵国新：《新左派的文化政治：雷蒙·威廉斯的文化理论》，外语教学与研究出版社 2009 年版，第 161—162 页。

② 同上书，第 162—163 页。

③ 同上书，第 12—13 页。

④ See Raymond Williams. *Politics and Letters: Interview with New Left Review*. London: Verso, 1981, pp. 66-67.

批评应用于成人教育的教学实践之中，另一方面，又突破了深受传统人文主义教育思想影响仅将文学批评专注于经典文学的学科疆域，而是对广告、电影、杂志、报纸等各类当代流行文化形式进行了密切的学术关注。雷蒙·威廉斯通过成人教育工作切实认识到不为精英文化重视（乃至漠视甚或鄙视）的流行文化对于这些主要来自劳工阶层的接受成人教育的学生日常生活的深重影响。因而，雷蒙·威廉斯在从事成人教育工作讲授文学和国际时事等方面的课程时，很自然地开始关注报纸、广播、电视等大众传播媒介，充分认识到这些文化形式在当代社会中的意义和价值，毕竟它们也是接受成人教育的这些学生日常生活的重要组成部分。雷蒙·威廉斯讲授国际关系课程时就时常和学生们一起研读各类报纸上的国际报道及时评内容，其中既有《每日电讯报》（Telegraph）、《泰晤士报》（Times）这样的保守派色彩浓郁的报纸，也有《每日快报》（Express）、《每日邮报》（Mail）之类的透散着平民风格的报纸，还有工党的《镜报》（Mirror）、《每日论坛报》（Daily Herald）及英国共产党的《工人日报》（Daily Worker）等党派色彩鲜明的报纸。[1] 雷蒙·威廉斯认为，阅读文学作品的方法同样可以用于报纸、广告、流行小说、小册子等的阅读之中，而且它的分析方式也同样适用于考察电影、建筑、广播等文化形式。他还称这一方法是"文学导师所能提供的一种最为直接有效的特殊社会训练形式"，并以自己从事成人教育的切身体验为例称"据此进行的试验似乎非常成功"。[2] 因此，雷蒙·威廉斯在从事成人教育时要求学生认真阅读其时影响较大的各大报纸，并对之进行比较分析。除了借鉴运用文本细读等文学批评方法之外，雷蒙·威廉斯还引入了社会学、政治学、历史学等不同学科的视角，引导学生在更为宽广的视域中深入分析这些文化现象，由此反思"二战"之后英国社会历史文化的变迁。

　　如上文所言，毕业后即投身于成人教育事业的雷蒙·威廉斯十分关注"二战"

---

[1]　Tom Steele. *The Emergence of Cultural Studies: Adult Education, Cultural Politics and the English Question.* London: Lawrence and Wishart, 1997, p. 187.

[2]　参见赵国新：《新左派的文化政治：雷蒙·威廉斯的文化理论》，外语教学与研究出版社 2009 年版，第 163 页。

之后英国工人阶级面临的社会、经济、就业等一系列问题，并进行了深刻的文化反思。迥异于彼时秉持精英文化立场的英国学院派学者对流行文化的态度，雷蒙·威廉斯不仅重视对流行文化的研究，而且综合运用社会学、历史学、文献学、文学等研究视角对之进行深入解析。正如他在《传播》（*Communications*, 1966）一书中所申明的那样，广播、电视和各种大众出版物均承荷了一定历史时期的社会意义和价值观念，因而也是一种重要的文化载体。[①] 在流行文化中，雷蒙·威廉斯对电影、电视方面的研究尤为引人瞩目。这一方面与电影、电视等文化形式是接受成人教育的底层民众喜闻乐见的文化传播形式有关，另一方面，也与雷蒙·威廉斯自己对戏剧研究的钟情有关（1946 年，他就是以一篇研究易卜生戏剧的论文获得了剑桥大学优等学士学位的），而电影、电视又与戏剧有着一定的相似性和密切关联。雷蒙·威廉斯研究戏剧、电影、电视、报纸等所负载的社会意义与价值，源于这类文化传播形式是人们（尤其是底层民众）日常生活的重要组成部分，也是他们参与社会的主要媒介。在 1954 年出版的成人教育教材《戏剧表演》（*Drama in Performance*）中，雷蒙·威廉斯就在考察自古希腊至当代戏剧文学创作及演出流变时，探讨了瑞典导演英格玛·伯格曼影片所映现的伦理道德问题，这意味着他将电影这种被视为流行文化重要组成的艺术形式纳入了戏剧文学及表演的研究视域。在与他人合著的《电影导论》（*Preface to Film*, 1954）中，雷蒙·威廉斯同样以严肃的学术眼光对电影进行了关注及分析。

20 世纪 50 年代末，电视在西方甫一普及，雷蒙·威廉斯就敏锐地对这一在当代社会即将产生极大影响力的大众媒体展开了研究，探析其社会影响和价值。雷蒙·威廉斯对电视的分析是从"表现或制约社会关系的制度性结构"这一角度展开的，看到了其间显露的社会、政治、文化的关系架构。他强烈地感受到，在当代社会，电视这种新型科技形式让看戏这种古老的文化形式变成了习惯性体验，而当代社会也因此成为戏剧化社会。雷蒙·威廉斯指出："还没有见过哪个社

---

① 参见赵国新：《新左派的文化政治：雷蒙·威廉斯的文化理论》，外语教学与研究出版社 2009 年版，第 13—14 页。

会有这么多的戏剧演出，或者看过这么多演出……戏剧以各种新形式被纳入日常生活的节奏之中。仅就电视而言，在一天之中，占人口绝大多数的观众，看上三个小时的戏剧——当然是各式各样的戏剧——是稀松平常的事情，而且不光一天如此，而是天天如此。"① 这就是雷蒙·威廉斯所说的戏剧化社会的部分含义。而与特奥多·阿多尔诺（Theodor Adorno）等否定电视作用的学者的观点不同，雷蒙·威廉斯认为电视具有推广文化教育和推动社会民主参与等功用。同时，雷蒙·威廉斯也在《电视：科技与文化形式》中针对带有技术决定论性质的麦克卢汉传播理论提出，不能忽视社会政治因素从而漠视电子传播背后的政治操控。他认为，电视技术等媒体与特定时期的历史、政治等文化语境以及人的主观意图都有着密切的关系。②

20世纪80年代，英国因和阿根廷争夺马尔维纳斯群岛而激战，当时英国主流电视媒体也予以了大量新闻报道。雷蒙·威廉斯"二战"期间曾随所在的反坦克部队参加了著名的1944年诺曼底登陆战役，亲身体验过战争之惨烈。在"二战"之后成为和平主义者的他，积极支持核裁军运动及20世纪六七十年代的反越战运动。而这段参战经历也促使他注意到，英国电视媒体在对这场激烈战争进行新闻报道时所隐含的话语霸权性质，并在《论电视》（On Television）一文中对此进行了精辟的揭示。他注意到英国电视媒体虽然及时大量地进行着有关这场战争的报道，却有意地隐去残酷的战争场面，而代之以演播室里拍摄的沙盘演练——有一个群岛的模型，周围是游弋的飞机和战舰，战舰和飞机的比例尺寸及它们在演播室灯光下所投射出的阴影的比例尺寸，都被极端地夸大。对这场战争，电视报道时竟然没有在屏幕上出现任何实战画面，而只是用徐徐移动的箭头显示英国舰队的行进。英国主流电视媒体刻意用这种虚拟的方式回避正面呈现充满血腥暴戾之气的战争，以避免刺激海量的电视观众进而激发广大民众的反战情绪。而这一做法显然吸取了当年美国电视媒体对20世纪70年代越战报道的教训——"每

---

① 参见赵国新：《新左派的文化政治：雷蒙·威廉斯的文化理论》，外语教学与研究出版社2009年版，第176页。

② 同上书，第179—180页。

天晚上电视上的地面战斗，两军交火和尸体横陈的场面，使美国和其他地方的舆论反对越南战争"。相形之下，英国电视对马岛战争的这种报道策略恰恰有意地疏离了观众与战争的距离，甚至会产生战争规模小、发生在遥远的安全地带、与电视机前的观众自身利益无关等错觉。①

正如雷蒙·威廉斯在对电视等媒介的研究中显现出鲜明的意识形态倾向性一样，在"关键词批评"中，他的政治立场、哲学基础同样对其研究取向、研究方法和研究目的产生了很大的影响。他直言《关键词：文化与社会的词汇》一书对词义的评论并非不持任何立场，词义的演变"不是一个自发的自然过程，往往是不同社会利益集团之间斗争的结果，语言的社会运用乃是'各种转换、利益和控制关系表演的舞台'，词语是各种社会力量交往互动的产物，不同倾向的社会声音在这里冲突和交流"。②雷蒙·威廉斯认为通过深入细致地探究词汇的意义及其用法的变化，能够把握其后隐匿的动机和意识形态意图，发现社会的权力所在和权力分配机制，进而找到抵抗权力的源泉，工人阶级也可以"掌握所有用以传达社会转化的工具"，积极表现自己的语言的力量，把这些力量转化成为挑战"官方意义"霸权和变革社会的武器。③雷蒙·威廉斯较早就敏锐地注意到持精英主义文化立场的学者们戴着有色眼镜看待大众及大众文化，在捍卫所谓经典的同时对大众及大众文化表现出了漠视与排斥。由于自工业革命以来，工人群体构成了现代大众的主体，精英主义者也因此易将"大众""大众传播""大众文化"与工人阶级、工人阶级文化混同，甚至视工人阶级为构成"容易受骗""反复无常""群体偏见""低级趣味"的"乌合之众"的主体。按照这样的逻辑推演，"大量低劣的艺术、低劣的娱乐、低劣的新闻、低劣的广告和低劣的论证"等所谓"大众传播"所产生的东西，也就顺理成章地被描述为"工人阶级文化"了。④为消除这种偏

---

①　参见赵国新：《新左派的文化政治：雷蒙·威廉斯的文化理论》，外语教学与研究出版社2009年版，第181页。

②　参见付德根：《词义的历史变异及深层原因——读雷蒙·威廉斯的〈关键词〉》，《文汇读书周报》2005年5月6日。

③　同上。

④　〔英〕雷蒙德·威廉斯：《文化与社会：1780—1950》，吴松江、张文定译，北京大学出版社1991年版，第379、384、398页。

见，雷蒙·威廉斯在《文化与社会：1780—1950》和《关键词：文化与社会的词汇》中，对"大众""传播"等关键性词汇的内涵进行了考辨。在考察"民众、大众"（masses）语义时，雷蒙·威廉斯指出，描述一个民族中大部分人的轻蔑语由来已久，如"卑微的、低下的"（base）、"低下的"（low）等。"mass"一词大约自15世纪起开始被广泛使用，最初包括两种中性意涵：一是指没有定型的、无法区隔的东西，二是指浓密的集合体。而"masses"的现代内涵则在上述中性意义之外，发生了耐人寻味的变化，竟然出现了贬褒两种完全对立的意义：既指"多头群众"（many headed）、"乌合之众"（mob），与"低下的""无知的""不稳定的"这样的词义联系在一起；又被用来描述上述人，但被视为一个正面的或可能是正面的社会动力。① 通过雷蒙·威廉斯的考察，我们可以清楚地看到"mass"一词的含义是混杂多变的，而不应当像在精英主义的文化观念中那样仅被理解为"乌合之众"，否则，"大众就构成了对文化的永久威胁"，"大众思考、大众建议、大众成见具有了淹没深思熟虑的个人思想和情感的威胁"。雷蒙·威廉斯还鞭辟入里地指出，实际上没有"大众"，有的只是把人看成"大众"的方式。② 换而言之，"大众"在实际生活中是和社会的所有成员融为一体的，当人们用"大众"来指称一个群体的时候，"大众"就成了命名这个群体的一个"他者"。因此，当精英主义者用局限于"乌合之众"这一词义的"大众"来指称现实中的一部分人群的时候，其本身就蕴含了把"大众"看作是"精英"的"他者"的立场偏见。③ 至于"传播"（communication），雷蒙·威廉斯认为作为名词，它具有"普遍""普及"和"传播媒介、通信工具"等基本内涵，作为动词，具有"使普及于大众"之意，二者都是中性的手段或技术。而当文化精英主义者有意把"大众"与"传播"并置，用"大众传播"来命名报纸、杂志、广播、电影、电视等新兴传播媒介时，

---

① 〔英〕雷蒙·威廉斯：《关键词：文化与社会的词汇》，刘建基译，生活·读书·新知三联书店2005年版，第281—289页。

② 〔英〕雷蒙德·威廉斯：《文化与社会：1780—1950》，吴松江、张文定译，北京大学出版社1991年版，第379页。

③ 刘进：《文学与"文化革命"：雷蒙德·威廉斯的文学批评研究》，巴蜀书社2007年版，第75页。

就包含了这样的潜在意图：新兴传播媒介与传统传播方式相对立，前者属于"大众"，后者属于精英。而"传播"方式不仅是单向（one-way）传递，还有双向分享（share）或复式传送（multiple transmission）。"大众传播"带有的复式传送对精英以启蒙姿态向大众进行的单向传递形成了冲击，也由此导致精英主义者对新兴传播媒介心生反感，从而用"大众传播"（"乌合之众的传播"）来指称新兴传播媒介，并用"大众文化"（mass culture）或"通俗文化"（popular culture）来指称相关文化产品，这些命名其实都暗含贬义并显现了精英主义的文化立场。①

正是清楚地看到了文化精英主义者的深层用意，雷蒙·威廉斯才对"文化""大众""传播"等关键性语汇词义演变背后的动因进行了精彩而深入的辨析。而他对"大众"及与此相关的"大众传播""大众文化""工人阶级文化"等概念使用中的精英立场的辨析和驳斥，则是为了恢复这些概念的中性立场。②雷蒙·威廉斯敢于为流行文化正名，并耗费大量心血对之进行研究，在20世纪中叶的英国学术界这样做的确需要极大的学术勇气，其高远卓越的见识也可由此管窥。也许正如有研究者所指出的那样，雷蒙·威廉斯这些大胆的见解只有在学科成见不深、正统思想影响相对薄弱的成人教育中才有产生的可能。③雷蒙·威廉斯谈到成人教育工作经历对自己的影响时，坦率地称自己"后来的许多著述都源自于那次特殊的工作机会"。④而事实上，也正是这段成人教育工作经历促使雷蒙·威廉斯酝酿并完成了被视为英国文化研究代表性作品的《文化与社会：1780—1950》和《漫长的革命》。成人教育工作的体验和历练为雷蒙·威廉斯日后的学术研究投以了巨大的回报，也直接促成了文化研究的诞生。如前所述，"关键词批评"脱胎于文化研究的母体之中，《关键词：文化与社会的词汇》一书就是他在"工人教育协会"

---

① 有关"传播"的讨论参见〔英〕雷蒙·威廉斯：《关键词：文化与社会的词汇》，刘建基译，生活·读书·新知三联书店2005年版，第73—74页；〔英〕雷蒙德·威廉斯：《文化与社会：1780—1950》，吴松江、张文定译，北京大学出版社1991年版，第379—382页。

② 刘进：《文学与"文化革命"：雷蒙德·威廉斯的文学批评研究》，巴蜀书社2007年版，第80页。

③ 参见赵国新：《新左派的文化政治：雷蒙·威廉斯的文化理论》，外语教学与研究出版社2009年版，第13—14页。

④ Raymond Williams. *Politics and Letters*：*Interview with New Left Review*. London: Verso, 1981, pp. 66-67.

授课时与学生讨论后的结晶。雷蒙·威廉斯还在社会实践层面积极参与为民众争取经济、政治、文化权利的现实斗争，支持并推进民主政治运动。即便在 1961 年被剑桥大学延聘为讲师、1974 年升任剑桥大学戏剧学院教授后，他仍然在剑桥大学这一学术权威中心，以其文化理论研究和批评实践向精英文化固守的阵营发起挑战，正如他自己所说的那样——"如果细细品味我几乎所有的著述，你就会明白我一直在批驳我所指向的英国官方文化"[①]。雷蒙·威廉斯的政治信仰和文化立场使他一度成为英国左派知识分子的中心，并对英国新左派运动产生了较大影响，也赋予了"关键词批评"以社会学、政治学的色彩，而非单纯的文化研究。也正是在这个意义上，《关键词：文化与社会的词汇》被誉为"马克思主义的政治经济学批评"。

其实，中西方文论自古以来在阐述一些重要文学观点时都会或多或少地对所涉及的某个或某些核心词汇进行重点解析、考辨，在雷蒙·威廉斯之前，现代文论也出现了 T. S. 艾略特的《关于文化的定义的札记》、雷纳·韦勒克的《批评的诸种概念》（*Concepts of Criticism*, 1963）等著述。然而，从文化与社会的角度对一批特定时期起到重要作用的关键性语汇进行程度更深、广度更大的关注及系统的研究，并上升到方法论层面，进而形成一定的理论范式，促进其在批评实践层面广为运用，还要归功于雷蒙·威廉斯。在他的努力之下，"关键词批评"形成了自己的理论形态和理论特质：以"关键词"钩沉为写作模式，关注"关键词"的开放性与流变性，对之进行历史语义学考察，揭示其后隐匿的政治立场与人文踪迹，在借鉴辞书编撰理念和文本体例的同时，又突破了辞书性，表现出鲜明的反辞书性。本书第四章"'关键词批评'的理论形态"和第五章"'关键词批评'的理论特质"将就此展开详细论述。

---

① See J. Higgins. *Raymond Williams: Literature, Marxism and Cultural Materialism*. London: Routledge, 1999, p. 2.

第二章
20世纪90年代以来西方"关键词批评"发展检视

自雷蒙·威廉斯的《文化与社会：1780—1950》《关键词：文化与社会的词汇》问世以来，"关键词批评"这一批评范式在西方学术界受到越来越多学者的关注，并不断得到应用和发展。本章首先通过文摘和引文（A&I）数据库 Scopus 及谷歌数据库书籍词频统计器（Google Books Ngram Viewer）进行数据分析，而后结合对劳特里奇公司（Routledge）的"批评新成语"（The New Critical Idiom）等系列丛书的检视，勾勒20世纪90年代以来西方"关键词批评"的发展趋势及基本情况。在此基础之上，以安德鲁·本尼特、尼古拉·罗伊尔合著的《关键词：文学、批评与理论导论》、托尼·本尼特等人编撰的《新关键词：修订的文化与社会的词汇》等著述为个案，探析研究者们在批评实践中对"关键词批评"的承继与推进。

一、"关键词批评"的发展概况与趋势

"关键词批评"诞生后，在西方学术界引起了较大回响，20世纪90年代以来涌现了众多关注核心术语及运用雷蒙·威廉斯"关键词"分析模式的论著。笔者以目前全球最大的文献摘要与科研信息引用数据库 Scopus 为样本数据库，以"keyword""keywords""key term""key terms""key concept"和"key concepts"为

并列关系检索词，以"文献标题"为检索字段，以 2016 年 12 月 31 日为 Scopus 的收录文献截止时间，搜索与"关键词"相关的文献，检索到标题含有"关键词""关键术语"或"关键概念"的各类文献共计 5591 篇。[①] 图 1 为这 5591 篇文献的年数量图。聚焦 1959—2016 年间的文献情况，可以发现 1970 年后标题含有"关键词""关键术语"或"关键概念"的年文献数量明显高于 1970 年前；1990 年后，相关文献的年数量总体维持在高于此前年份的数量之上，且呈稳定攀升之态势；2000 年后，相关文献数量进入大幅急速上涨期。

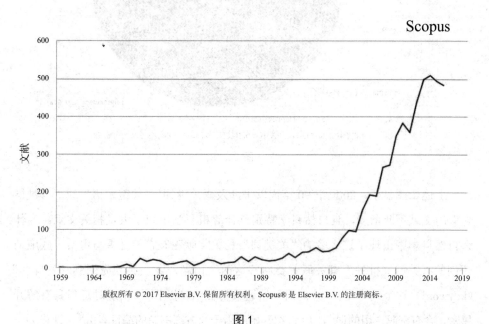

图 1

图 2 是 Scopus 数据库提供的检索文献学科分布图。从各学科的占比情况看，虽然社会科学和人文科学的相关文献数量不少，分别占 15.6% 和 7.0%，但文献占比最高的是计算机科学，高达 53.5%，超过文献总量的半数以上。

---

① 笔者的检索时间为 2017 年 3 月 17 日，检索范围限定为过去 7 天添加到 Scopus 的文献。Scopus 涵盖的文献包括期刊论文、著作丛书、会议论文等。

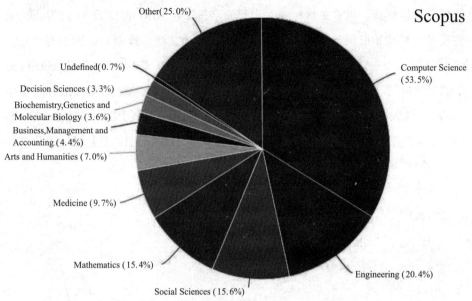

图 2

上述二图显示，20 世纪 90 年代以来涉及"关键词""关键术语"或"关键概念"的文献不断增多，且自然科学特别是计算机科学出现了大量相关文献。为什么自然科学中出现了这么多的"关键词"相关文献呢？它们是否与雷蒙·威廉斯开创的"关键词批评"有关联？要回答这两个问题，我们必须先回到"关键词"（keyword）这个词本身。"关键词"一词最初在 18 世纪中期出现时意指具有解开秘密、含有密码作用的词①，19 世纪开始应用于西方图书馆的编目索引②，即作为一种文献索引工具，"将一个信息集合中的主要内容或关键信息以词语的形式摘录下来，按照一定的顺序排列集合，以供查阅资料"③。20 世纪 50 年代，H. P. 卢恩（Hans Peter Luhn）发明了以统计处理"关键词"为基础的自动文摘法和引文"关键词"

① Bruce Burgett and Glenn Gendler. *Keywords: An Introduction.* http://keywords.nyupress.org/american-cultural-studies/keywords-an-introduction/.

② 陈光祚：《谈谈关键词索引》，《山东图书馆季刊》1982 年第 3 期。

③ 宋姝锦：《文本关键词的语篇功能研究》，复旦大学中国语言文学博士学位论文，2013 年，第 1 页。

索引法，图书馆情报学中的"关键词"方法开始与计算机技术联姻，这是计算机科学领域出现为数众多的"关键词"相关文献的主要原因。此外，由于 Scopus 数据库收录的自然科学文献整体数量比人文社会科学多①，也使得我们检索到的文献学科分布表现为自然科学相关文献占比大幅高于人文社会科学文献。至于自然科学中出现的"关键词"相关文献是否与雷蒙·威廉斯的"关键词批评"有关联，则难以下定论。20 世纪 90 年代后，计算机情报检索中的"关键词"方法随着搜索引擎技术的出现与应用日益普及，"关键词"本身成了一个高频常用词汇，频频出现在网络搜索的工具栏、新闻标题、学术论文的规范格式等处，可能激发了不同研究领域的学者们尝试以"关键词"为切入点做研究，但鉴于雷蒙·威廉斯早在1976 年就围绕文化与社会"关键词"出版了以"关键词"命名的《关键词：文化与社会的词汇》一书，自然科学中出现的"关键词"文献仍然有可能受到其直接或间接影响。

　　回到我们的检索本身来看，由于我们将检索字段限定为"文献标题"，得到的统计结果可能存在两个问题：一是那些标题虽未直接使用"关键词"及类似词语，但实质上是以"关键词"为写作核心架构的著述，无法被计入检索结果之中；二是我们统计的结果未能区分"关键词""关键术语"和"关键概念"的不同应用情况。上文已经提到由于"关键词"本身的特殊性，我们难以论证直接指涉"关键词"的文献是否与雷蒙·威廉斯存在渊源关系，相较而言，有关"关键术语"或"关键概念"的文献的数量变化更能说明雷蒙·威廉斯的"关键词批评"对后世的影响情况。因此，我们尝试借助谷歌书籍词频统计器做一个补充分析。谷歌书籍词频统计器是谷歌公司于 2010 年 12 月推出的一款产品，其以超过 500 万册的数字化谷歌图书（Google Books）为语料库，使用者可以通过输入"关键词"获得按年度显示的词频结果。随着谷歌图书数量的不断增加，语料库也不断扩大，目前可供统计的英语词频检索年限已经由 2010 年的 1800—2000 年

---

① Scopus 将收录的文献分为四大类，分别是社会科学（Social Sciences）、生命科学（Life Sciences）、健康科学（Health Sciences）、物理科学（Physical Sciences），其中社会科学只占 24%。该数据来源为 Scopus Content Coverage Guide（更新时间为 2017 年 2 月 14 日），笔者的查询时间为 2017 年 3 月 17 日。

扩展到了1800—2008年。

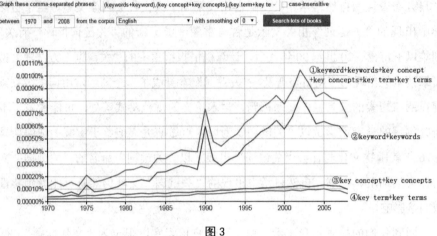

图3

如图3[1]所示，通过谷歌书籍词频统计器考察"关键词"（keywords、keyword）、"关键概念"（key concepts、key concept）和"关键术语"（key terms、key term）原始数据（将"Smoothing"设置为"0"）的词频百分比，直观呈现在我们眼前的是如下发展趋势：1970年至2008年，图中①线所代表的出现在著作中的"关键词""关键概念""关键术语"的三词总词频于1990年达到一个转折峰值，1990年后保持波动增长态势；图中②线所代表的"关键词"的词频趋势与三词总词频趋势大体一致，且"关键词"的词频占比自1980年后大幅高于③线和④线分别代表的"关键概念"和"关键术语"；"关键概念"和"关键术语"的词频占比接近，"关键概念"比"关键术语"的词频略高，1976年后两词的词频一直保持稳定上升趋势，2005年之后略有下降。总体观之，"关键概念"和"关键术语"在书籍

---

① Google books Ngram Viewer, http://books.google.com/ngrams，笔者的检索时间为2017年3月18日，所选语料库为English。

中的出现比率从 20 世纪 70 年代末期起即保持上升趋势。因此，我们有理由推测雷蒙·威廉斯的"关键词批评"在面世后产生了较大的影响并催发了各种样态的"关键词研究"和"关键词写作"。

　　事实上，自 20 世纪 90 年代以来，多个学科领域均出现了围绕某个主题遴选词条并对之进行释义的"关键词写作"。自然科学领域出版了不少相关专业研究书籍和科普读物，前者如哈佛大学出版社（Harvard University Press）出版的《进化生物学的关键词》（Evelyn Fox Keller and Elisabeth A. Lloyd, eds. *Keywords in Evolutionary Biology*, 1998）、W. H. 弗里曼公司（W. H. Freeman）出版的《地貌学的关键词》（Paul R. Bierman and David R. Montgomery. *Key Concepts in Geomorphology*, 2013）等，后者如英国"一个世界"出版公司（Oneworld Publications）出版的《大创见：改变世界的 25 个科学关键词》（Robert Matthews. *25 Big Ideas the Science That's Changing Our World*, 2005），法国杜诺出版社（Editions Dunod）在 2009 年出版的系列科普丛书《生物的 18 个关键词》（Marie-Hélène Grosbras, André Adoutte, Jean-Jacques Perrier and Jean-Louis Serre. *La biologie: En 18 Mots-clés*）、《物理的 18 个关键词》（Eric Bringuier, René Caussé, Michel Mitov, Claude Reyraud and Henri Godfrin. *La Physique En 18 Mots-clés*）、《地球的 18 个关键词》（Claude Jaupart, Fabienne Lemarchand, Paul Tapponnier and Pascal Bernard. *La Terre En 18 Mots-clés*）等。社会科学领域也出现了大量"关键词写作"著作，如日本平凡社（Heibonsha）出版的民族文化类读物《理解日本的 101 个关键词》（Corona Books. *101 Keywords for Understanding Japan*, 1995），美国贝克出版社（Baker Books）出版的神学读物《基督徒生活的关键词：理解和应用》（Warren W. Wiersbe. *Key Words of the Christian Life: Understanding and Applying Their Meanings*, 2002），美国莫罗公司（William Morrow and Company）出版的成功学通俗读物《你是奇迹：卓越人生的 11 个关键词》（Kevin Hall. *Aspire: Discovering Your Purpose Through the Power of Words*, 2009）等。

　　众多学科中"关键词写作"的大量出现与雷蒙·威廉斯的"关键词批评"可能存在一种隐性的互动关系：一方面，由于"关键词"频频出现在网络搜索的工具栏、新闻标题、学术论文的规范格式等处，使越来越多的人关注到了这一词汇及其本身带有的"极强的信息储备与激活功能"[1]，尝试以"关键词"为焦点进行研究，以致一些并未直接受到雷蒙·威廉斯的"关键词批评"影响的作者开始进行"关键词写作"；另一方面，"关键词"一词本身的活跃也有可能刺激雷蒙·威廉斯的"关键词批评"的传播，扩大其影响，使之在文化研究之外更为广泛的领域得到更多应用。

随着"关键词批评"著作在西方学界的逐渐蔓延，其形式也日趋多样。在蔚为壮观的"关键词批评"著作中，有的直接在书名中出现了"关键词"或"关键概念"等字样，如《文化批评关键词入门》（Arthur Asa Berger. *Cultural Criticism: A Primer of Key Concepts*, 1995）、《批评关键词：文学与文化理论》、《新关键词：修订的文化与社会的词汇》等。有的虽然未在书名中直接出现"关键词"，但其实质上是以"关键词"为写作架构并具有"关键词批评"特质，如《文学研究批评术语》（Frank Lentricchia and Thomas McLaughlin, eds. *Critical Terms for Literary Study*, 1990）、《文化理论词汇》（Peter Brooker. *A Concise Glossary of Cultural Theory*, 1999）等。还有的著作所选词目甚多甚广，几乎涵盖了所探讨领域的方方面面，因其论析相对全面客观往往成为相关学科重要的参考书，具有较强的辞书性。如《当代文学理论术语》（Jeremy Hawthorn. *A Glossary of Contemporary Literary Theory*, 1992）、《霍普金斯文学理论和批评指南》（Michael Groden and Martin Kreiswirth, eds. *The Johns Hopkins Guide to Literary Theory and Criticism*, 1994）、《哥伦比亚现代文学与文化批评词典》（Joseph Childers and Gary Hentzi, eds. *The Columbia Dictionary of Modern Literary and Cultural Criticism*, 1995）、《文化与批评理论词典》（Michael Pyne, ed. *A Dictionary of Cultural and Critical Theory*, 1996）、《文化理论家辞典》（Ellis Cashmore and Chris Rojek, eds. *A Dictionary of Cultural Theorists*, 1999）等。这其中，一些著作甚至被称为"百科全书"，如《霍普金斯文学理论和批评指南》第二版中译本封底称该书是一本"享誉学界、内容权威的文学理论百科全

---

[1] 宋姝锦：《文本关键词的语篇功能研究》，复旦大学汉语言文字博士学位论文，2013年，第1页。

书"①。该书汇集了美国、加拿大等国200多位相关专家进行撰写，收录了240余条文学理论"关键词"条目，内容涵盖了从古希腊至21世纪初世界主要文学理论、思潮、流派及重要人物介绍，在一定程度上的确当得起"百科全书"这一美誉。不过，从严格意义上说，它并非真正的百科全书。编者在前言中指出，关于文学理论和批评"已经出现了大量辅助性著作"，这些工具书和参考书"对文学批评和理论的论述或者过于简单，或者面面俱到"，而且"并没有为读者提供一种实用的方法，使他们可以确立一个广阔、深刻和相当灵活的语境，直接介入充斥着文学理论和批评的许多困难的定义和复杂的话语"，正是为了弥补这些遗憾，并考虑到读者的需要，该书"有意压缩了20世纪的内容"，以历史发展为导向选取条目，"条目的大小依据它们在文学研究领域的重要性而定，而对重要性的判断则是根据今天的认识"。②通常，属于工具书范畴的词典类型的百科全书，旨在"供查找和检索知识和信息用的图书"，"一般不以提供系统阅读为目的，而是作为在需要时查考和寻检知识使用的辅助工具"。③与此相应，其释义原则应该是标榜客观性和平等性的。《霍普金斯文学理论和批评指南》在这一点上与之不同，选编词条内容时具有明显的主观意图，因而，可视之为一部具有"关键词批评"特质的著作。

除单本著作形式的"关键词批评"之外，20世纪90年代以降，西方学术界还出现了影响颇大的"关键词批评"系列丛书。如英国劳特里奇公司以"一词一书"和"一人一书"的形式分别推出了"批评新成语"（The New Critical Idiom）系列丛书和"劳特里奇批评思想家"（Routledge Critical Thinkers）系列丛书。前者以单个"关键词"独立成书，后者则聚焦当代批评思想家，主要以一个人物一本书的形式出版，也有围绕一个专题选取几个人物论述成书的形式。

"批评新成语"系列丛书聚焦文学研究的关键议题（key topics），邀请顶尖的文学文化研究者通过"一词一书"的形式，围绕所遴选的"关键词"展开清晰、

---

① 〔美〕迈克尔·格洛登、马丁·克雷斯沃斯、伊莫瑞·济曼主编：《霍普金斯文学理论和批评指南》（第2版）封底，王逢振等译，外语教学与研究出版社2011年版。

② 同上书，前言第12页。

③ 《中国大百科辞典·图书馆学、情报学、档案学卷》，中国大百科全书出版社1993年版，第35—36页。

生动而深入的论析，尝试为读者提供清晰的术语阐释、术语的正确用法和误用
情况，以指导读者将"关键词"与更广阔的文化表征联系起来。该系列丛书自 1995
年开始出版，截至 2016 年 12 月已推出了涵盖如下 65 个"关键词"的著作 ①：《哥特
式》（Fred Botting. *Gothic*, 1995）、《韵律、节奏和诗歌形式》（Philip Hobsbaum. *Metre,
Rhythm and Verse Form*, 1995）、《历史主义》（Paul Hamilton. *Historicism*, 1996）、《意识形
态》（David Hawkes. *Ideology*, 1996）、《浪漫主义》（Aidan Day. *Romanticism*, 1996）、《形
式主义》（George Hyde. *Formalism*, 1997）、《人文主义》（Tony Davies. *Humanism*, 1997）、
《神话》（Laurence Coupe. *Myth*, 1997）、《性》（Joseph Bristow. *Sexuality*, 1997）、《风格》
（Richard Bradford. *Stylistics*, 1997）、《话语》（Sara Mills. *Discourse*, 1997）、《殖民主义和后
殖民主义》（Ania Loomba. *Colonialism/Postcolonialism*, 1998）、《文学》（Peter Widdowson.
Literature, 1998）、《田园诗》（Terry Gifford. *Pastoral*, 1999）、《无意识》（Antony
Easthope. *The Unconscious*, 1999）、《创造》（Rob Pope. *Creativity*, 2000）、《自传》（Linda
Anderson. *Autobiography*, 2000）、《科幻小说》（Adam Roberts. *Science Fiction*, 2000）、
《性别》（David Glover and Cora Kaplan. *Genders*, 2000）、《文化和超文化》（Francis
Mulhern. *Culture/Metaculture*, 2000）、《互文性》（Graham Allen. *Intertextuality*, 2000）、《现
代主义》（Peter Childs. *Modernism*, 2000）、《戏仿》（Simon Dentith. *Parody*, 2000）、《阶
级》（Gary Day. *Class*, 2001）、《跨学科》（Joe Moran. *Interdisciplinarity*, 2001）、《叙事》
（Paul Cobley. *Narrative*, 2001）、《歌谣》（Suzanne Gilbert. *Ballad*, 2002）、《反讽》（Claire
Colebrook. *Irony*, 2003）、《戏剧独白》（Glennis Byron. *Dramatic Monologue*, 2003）、《现实
主义》（Pam Morris. *Realism*, 2003）、《作者》（Andrew Bennett. *The Author*, 2004）、《传
奇》（Barbara Fuchs. *Romance*, 2004）、《主体性》（Donald E. Hall. *Subjectivity*, 2004）、
《生态批评》（Greg Garrard. *Ecocriticism*, 2004）、《魔幻现实主义》（Maggie Ann Bowers.
Magic(al) Realism, 2004）、《差异》（Mark Currie. *Difference*, 2004）、《后现代》（Simon
Malpas. *The Postmodern*, 2004）、《戏剧、戏院和表演》（Simon Shepherd and Mick

---

①   该统计结果根据 OCLC 的 WorldCat（世界各国图书馆中的图书及其他资料目录）得出，检索时间为
2017 年 3 月 22 日，其中一些著作出版时间已参照其他网络资料修正。

Wallis. *Drama/Theatre/Performance*, 2004）、《改编和借用》（Julie Sanders. *Adaptation and Appropriation*, 2005）、《喜剧》（Andrew McConnell Stott. *Comedy*, 2005）、《犯罪小说》（John Scaggs. *Crime Fiction*, 2005）、《类型》（John Frow. *Genre*, 2005）、《悲剧》（Martin Regal. *Tragedy*, 2005）、《摹仿》（Matthew Potolsky. *Mimesis*, 2006）、《崇高》（Philip Shaw. *The Sublime*, 2005）、《表演性》（James Loxley. *Performativity*, 2007）、《修辞》（Jennifer Richards. *Rhetoric*, 2007）、《哀歌》（David Kennedy. *Elegy*, 2007）、《隐喻》（David Punter. *Metaphor*, 2007）、《正典》（Christopher Kuipers. *The Canon*, 2007）、《记忆》（Anne Whitehead. *Memory*, 2008）、《寓言》（Jeremy Tambling. *Allegory*, 2009）、《对话》（Peter Womack. *Dialogue*, 2009）、《历史小说》（Jerome De Groot. *The Historical Novel*, 2009）、《抒情的》（Scott Brewster. *Lyric*, 2009）、《讽刺》（John Gilmore. *Satire*, 2011）、《旅行文学》（Carl Thompson. *Travel Writing*, 2011）、《空间性》（Robert T. Tally Jr. *Spatiality*, 2012）、《时间性》（Russell West-Pavlov. *Temporalities*, 2012）、《童话》（Andrew Teverson. *Fairy Tale*, 2013）、《荒诞》（Justin Edwards and Rune Graulund. *Grotesque*, 2013）、《史诗》（Paul Innes. *Epic*, 2013）、《翻译》（Susan Bassnett. *Translation*, 2013）、《文学地理学》（Sheila Hones. *Literary Geography*, 2016）和《格言与其他短语形式》（Ben Grant. *The Aphorism and Other Short Forms*, 2016）。[①]2017年，劳特里奇公司还在该系列丛书中推出了《崇高》第二版、《接受》（Ika Willis. *Reception*）等书。

"劳特里奇批评思想家"系列丛书则以批评思想家的原始文本为基础，结合每位思想家所处的历史语境说明为什么他/她被认为是重要的思想家、是什么推动了他/她的研究、他/她的主要观点是什么、什么人或事影响了他/她思想观点的生成、他/她的思想又影响了哪些人和事以及进一步阅读的内容等。自2000年至2016年12月[②]，该系列丛书已推出了《弗雷德里克·詹姆逊》

---

① 以上列举的著作时间仅为相关著作的初版时间，其中很多著作多次再版，如《现代主义》已于2016年9月出版了第三版，《改编和借用》于2015年11月出版了第二版等。

② 该统计结果根据OCLC的WorldCat（世界各国图书馆中的图书及其他资料目录）得出，检索时间为2017年3月23日。

(Adam Roberts. *Fredric Jameson*, 2000)、《爱德华·萨义德》(Bill Ashcroft and Pal Ahluwalia. *Edward Said*, 2000)、《西格蒙德·弗洛伊德》(Pamela Thurschwell. *Sigmund Freud*, 2000)、《让·鲍德里亚》(Richard J. Lane. *Jean Baudrillard*, 2000)、《吉尔·德勒兹》(Claire Colebrook. *Gilles Deleuze*, 2001)、《保尔·德曼》(Martin McQuillian. *Paul de Man*, 2001)、《马丁·海德格尔》(Timothy Clark. *Martin Heidegger*, 2001)、《莫里斯·布朗肖》(Ullrich Haase and William Large. *Maurice Blanchot*, 2001)、《卡尔·马克思》(John Higgins. *Karl Marx*, 2002)、《保罗·利科》(Karl Simms. *Paul Ricoeur*, 2002)、《朱迪斯·巴特勒》(Sara Salih. *Judith Butler*, 2002)、《让-弗朗索瓦·利奥塔》(Simon Malpas. *Jean-François Lyotard*, 2002)、《佳娅特利·查卡挝提·斯皮瓦克》(Stephen Morton. *Gayatri Chakravorty Spivak*, 2002)、《罗兰·巴尔特》(Graham Allen. *Roland Barthes*, 2003)、《弗里德里希·尼采》(Lee Spinks. *Friedrich Nietzsche*, 2003)、《雅克·德里达》(Nicholas Royle. *Jacques Derrida*, 2003)、《朱丽娅·克里斯蒂娃》(Noelle McAfee. *Julia Kristeva*, 2003)、《米歇尔·福柯》(Sara Mills. *Michel Foucault*, 2003)、《斯拉沃热·齐泽克》(Tony Myers. *Slavoj Zizek*, 2003)、《西蒙娜·德·波伏娃》(Ursula Tidd. *Simone de Beauvoir*, 2003)、《雅克·拉康》(Sean Homer. *Jacques Lacan*, 2004)、《斯图亚特·霍尔》(James Procter. *Stuart Hall*, 2004)、《霍米·K.巴巴》(David Huddart. *Homi K. Bhabha*, 2005)、《路易·阿尔都塞》(Luke Ferretter. *Louis Althusser*, 2005)、《雷蒙·威廉斯》(Sean Matthews. *Raymond Williams*, 2005)、《安东尼奥·葛兰西》(Steven Jones. *Antonio Gramsci*, 2006)、《保罗·维利里奥》(Ian James. *Paul Virilio*, 2007)、《斯蒂芬·格林布拉特》(Mark Robson. *Stephen Greenblatt*, 2007)、《特奥多·阿多尔诺》(Ross Wilson. *Theodor Adorno*, 2007)、《依芙·萨芝维克》(Jason Edwards. *Eve Kosofsky Sedgwick*, 2008)、《伊曼努尔·列维纳斯》(Seán Hand. *Emmanuel Levinas*, 2008)、《汉娜·阿伦特》(Simon Swift. *Hannah Arendt*, 2008)、《让-保罗·萨特》(Christine Daigle. *Jean-Paul Sartre*, 2009)、《弗·雷·利维斯》(Richard Storer. *F. R. Leavis*, 2009)、《瓦尔特·本雅明》(Barbara Engh. *Walter Benjamin*, 2009)、《吉奥乔·阿甘本》(Alex Murray. *Giorgio Agamben*, 2010)、《保罗·吉尔罗伊》(Paul Williams. *Paul Gilroy*, 2012)、《弗朗茨·法农》(Pramod K. Nayar. *Frantz*

Fanon, 2012）、《米哈伊尔·巴赫金》（Alastair Renfrew. *Mikhail Bakhtin*, 2014）、《汉斯-格奥尔格·伽达默尔》（Karl Simms. *Hans-Georg Gadamer*, 2015）等涵盖多位当代重要批评思想家在内的 40 部著作。[①] 该系列丛书除了上述这种"一人一书"的形式之外，还有围绕某一专题集中论述数个思想家的形式，如《美国小说理论家：亨利·詹姆斯、莱昂内尔·特里林、韦恩·C. 布斯》（Peter Rawlings. *American Theorists of the Novel: Henry James, Lionel Trilling, Wayne C. Booth*, 2006）介绍了亨利·詹姆斯（Henry James）、莱昂内尔·特里林（Lionel Trilling）、韦恩·C. 布斯（Wayne C. Booth）三位小说理论家，《赛博文化理论家：曼纽尔·卡斯特尔和堂娜·哈拉维》（David Bell. *Cyberculture Theorists: Manuel Castells and Donna Haraway*, 2006）主要介绍了曼纽尔·卡斯特尔（Manuel Castells）和堂娜·哈拉维（Donna Haraway），同类型的著作还有《女权主义者电影评论家：劳拉·穆尔维、卡亚·西尔弗曼、特瑞莎·德·劳拉提斯、芭芭拉·克里德》（Shohini Chaudhuri. *Feminist Film Theorists: Laura Mulvey, Kaja Silverman, Teresa de Lauretis, Barbara Creed*, 2006）、《城市理论家：瓦尔特·本雅明、亨利·勒菲弗和米歇尔·德·塞杜》（Jenny Bavidge. *Theorists of the City: Walter Benjamin, Henri Lefebvre and Michel de Certeau*, 2006）、《现代小说理论家：詹姆斯·乔伊斯、多萝西·理查逊和弗吉尼亚·伍尔夫》（Deborah Parsons. *Theorists of the Modernist Novel: James Joyce, Dorothy Richardson and Virginia Woolf*, 2006）、《后现代诗学理论家：查尔斯·伯恩斯坦、琳·海基尼安和史迪夫·麦卡弗里》（Peter Jaeger. *Theorists of Postmodernist Poetry: Charles Bernstein, Lyn Hejinian and Steve McCaffery*, 2006）、《现代诗学理论家：T. S. 艾略特、T. E. 休姆、埃兹拉·庞德》（Rebecca Beasley. *Theorists of Modernist Poetry: T. S. Eliot, T. E. Hulme, Ezra Pound*, 2007）和《文学史上的经典哲学家：柏拉图、亚里士多德、朗吉努斯》（Robert Eaglestone. *Classical Philosophers on Literature: Plato, Aristotle, Longinus*, 2015）等。

---

①　以上列举的著作时间仅为相关著作的初版时间，统计数据则把同一本书的多个版本算作一部，如《西格蒙德·弗洛伊德》出版过 2 个版次，在这里仅算作一部书。

此外，劳特里奇出版公司还推出了"劳特里奇关键指南"（Routledge Key Guides）系列丛书。1994 年至 2016 年 12 月，该系列丛书共有百部著作问世。其中一些著作反响甚好，多次再版，如《交流、文化与传媒研究》（*Communication, Cultural and Media Studies*）① 出版了四个版本，《社会文化人类学的关键概念》（Nigel Rapport and Joanna Overing. *Social and Cultural Anthropology: the Key Concepts*, 2000, 2007, 2014）出版了三个版本，《文化理论：关键概念》（Andrew Edgar and Peter Sedgwick, eds. *Cultural Theory: The Key Concepts*, 1999, 2008）② 出版了两个版本，显示出蓬勃的学术活力。2017 年 8 月，《电影研究关键词》（Susan Hayvard. *Cinema Studies: Key Concepts*）将推出第五版，其前四版分别出版于 1996 年、2000 年、2006 年和 2013 年。

除劳特里奇公司出版了"关键词批评"相关丛书之外，西方还有不少出版社也推出了相关丛书。如美国他者出版社（Other Press）出版了由娜迪亚·塔吉（Nadia Tazi）主编的包括《关键词：真理》（*Keywords: Truth*, 2004）、《关键词：身份》（*Keywords: Identity*, 2004）、《关键词：性别》（*Keywords: Gender*, 2004）、《关键词：经验》（*Keywords: Experience*, 2004）和《关键词：自然》（*Keywords: Nature*, 2005）在内的"关键词系列"（Keywords Series）丛书。该丛书是由国际独立出版联盟（The Alliance of Independent Publishers）筹建的一个计划，汇集了来自欧洲、非洲、阿拉伯世界、美国和中国的学者，选取人类普遍面对的"关键词"进行研究，以展现和理解人类境况。美国纽约大学出版社（New York University Press）也从 2007 年开始推出了"关键词"丛书。截至 2016 年 12 月，该丛书已出版了《美国文化研究关键词》（Bruce Burgett and Glenn Hendler, eds. *Keywords*

---

① 该书初版名为 *Key Concepts in Communication Studies*，作者是 Tim O'Sullivan、John Hartley、Danny Saunders、John Fiske，出版于 1983 年；第二版名为 *Key Concepts in Communication and Cultural Studies*，作者是 Jonh Fiske、John Hartley、Martin Montgomery、Tim O'Sullivan、Danny Saunders，出版于 1994 年；第三四版名为 *Communication, Cultural and Media Studies: The Key Concepts*，作者是 John Hartley，分别出版于 2002 年和 2011 年。

② 该书 1999 年出版时名为 *Key Concepts in Cultural Theory*，2002 年改出版名为 *Cultural Theory: The Key Concepts*，2008 年再版名为 *Cultural Theory: The Key Concepts*, second edition。

for American Cultural Studies, 2007, 2014)、《儿童文学关键词》(Philip Nel and Lissa Paul, eds. *Keywords for Children's Literature*, 2011)、《亚裔美国人研究关键词》(Cathy J. Schlund-Vials, Linda Trinh Vo and K. Scott Wong, eds. *Keywords for Asian American Studies*, 2015)、《伤残研究关键词》(Rachel Adams, Benjamin Reiss and David Serlin, eds. *Keywords for Disability Studies*, 2015)和《环境研究关键词》(William Gleason, David Pellow and Joni Adamson, eds. *Keywords for Environmental Studies*, 2016)。英国牛津大学出版社(Oxford University Press)则自1995年起推出了牛津通识读本"Very Short Introductions"丛书,邀请专家用深入浅出的言说方式将覆盖各学科的理论术语、重要人物乃至学科本身为读者提供相关知识的入门简介并引导读者进一步思考。该丛书形式包括"一词一书""数词一书"等,截至2016年12月,已出版了《古典学》(Mary Beard and John Henderson. *Classics: A Very Short Introduction*, 1995)、《文学理论入门》(Jonathan Culler. *Literary Theory: A Very Short Introduction*, 1997)、《但丁入门》(Peter Hainsworth and David Robey. *Dante: A Very Short Introduction*, 2015)等500部著作。[①] 目前,该丛书还在不断推出新的著作,已出版的著作有不少已经被辽宁教育出版社和译林出版社分别以"牛津精选""牛津通识读本"等系列丛书形式出版了中译本。

上述"关键词批评"著作,不论是单本形式还是丛书形式,都通过对所涉及的"关键词"的深入解诠,立体、翔实、细致地展现了相关论域的文化图景,共同推动了"关键词批评"在雷蒙·威廉斯之后的蓬勃发展。

二、对"关键词批评"精髓的薪火承传

20世纪末以来涌现的"关键词批评"著述中,不少直接受到了雷蒙·威廉斯的影响和启发,实现了对其精髓的薪火承传。1989年成立的"雷蒙·威廉斯协

---

① 该数据取自"Very Short Introductions"丛书官网:http://www.veryshortintroductions.com/browse?btog=book&isQuickSearch=true&pageSize=20&sort=printpubdatedescending,时间为2017年3月27日。

会"（The Raymond Williams Society）从 1998 年起开始发行《关键词：文化唯物主义杂志》（*Key Words: A Journal of Cultural Materialism*），至 2016 年 12 月已出版了 14 辑。该刊每期围绕艺术、传媒、政治、生活等方面选取一个主题进行讨论，以期对历史、政治进行深刻反思，并探索文学、传媒等各种文化形式在当今世界范围内的角色与地位。2006 年，剑桥大学耶稣学院与匹兹堡大学共同设立了"关键词项目"（Keywords Project），项目组成员包括语言学家、词典编撰专家、文学和文化研究者、历史研究者，旨在通过利用包括电子资源等雷蒙·威廉斯当年未能使用的方法推进关于"关键词"的研究工作。项目组成员在雷蒙·威廉斯遴选词条的基础上删去了"异化、疏离"（Alienation）、"存在的、存在主义的"（Existential）等词义稳定或逐渐失去重要性的 50 个旧词，增加了"网络"（Network）、"全球化"（Globalization）等 50 个新词。2011 年 1 月，"关键词项目"网站（http://keywords.pitt.edu/index.html）在两校的支持下上线，展示了部分"关键词"词条、相关文章及音频、视频资料。

而前文提及的美国纽约大学出版的"关键词"丛书也是直接受到雷蒙·威廉斯的启发而创建的"关键词"项目的成果。该项目组成员为一批人文社科领域的专家学者，每位学者就一个"关键词"写一篇文章，汇集起来展示这些"关键词"所在各领域的发展概况及论争情况。第一项成果《美国文化研究关键词》问世后反响甚好，广为研究者和高校学生关注及使用。随后，《儿童文学关键词》《亚裔美国人研究关键词》《伤残研究关键词》和《环境研究关键词》相继面世，《传媒研究关键词》（Laurie Ouellette and Jonathan Gray, eds. *Keywords for Media Studies*）也于 2017 年 3 月出版。该项目组巧具匠心，在 2014 年推出《美国文化研究关键词》第二版时，将其设计成一个纸质书和电子版（print-digital publication）混合的新型出版物。该版纸质书上有 64 篇文章，含"影响"（Affect）、"版权"（Copyright）等 30 个新词条；电子版上有 33 篇文章，含"声音"（Sound）、"可视的"（Visual）这两个纸质版上未出现的新词条。该书的电子版发布在由纽约大学图书馆信息服务和纽约大学出版社共建的网站"Keywords Website"（http://keywords.nyupress.org/）上。《关键词：文化与社会的词汇》一书中曾经预留了一些空白页,雷蒙·威廉斯指出"这些空白部分不仅是为了方便读者做笔记,而是作为一个讨论园地","这种探讨是开放的,而且作者将欢迎所有指正、补述、回应与批评,此为这本书精神之所在"。①《美国文化研究关键词》的设计者们为了向雷蒙·威廉斯致敬并发扬他阐释"关键词"的开放态度,激起读者对"关键词"面向当下与未来的反思、讨论,特意在"Keywords Website"这一网站上设立了一个他们称为Web 2.0版的雷蒙·威廉斯空白页——"关键词合作实验室"(Keywords Collaboratory),力图为高校教学和有兴趣的读者、研究者提供一个学习与交流的平台。为了方便使用者们参与内容讨论并提出修订意见,"关键词合作实验室"使用了一种维基百科(Wikipedia)应用的软件技术——MediaWiki,邀请读者参与解读"关键词"。项目设计人员相信,对"关键词"理解和阐释的不断深入将推动关于文化与社会的讨论和研究,这一研究极富创意地运用新的技术手段对"关键词"展开了多维探析。

在这些受到雷蒙·威廉斯直接影响而开展的研究中,与雷蒙·威廉斯的《关键词:文化与社会的词汇》关系最为亲近的,恐怕还是托尼·本尼特等人编撰的《新关键词:修订的文化与社会的词汇》。该书直接承袭雷蒙·威廉斯开创的"关键词批评",同时又将焦点转移到雷蒙·威廉斯的《关键词:文化与社会的词汇》面世后的30年间的文化社会状况,对原书进行了修订与增补。编者删除了一些雷蒙·威廉斯原书收录但已不再具有典型意义的"关键词",又从雷蒙·威廉斯原来的词条中挑选出在过去30年中产生了新的论争和历史变化的词条进行修订,还增加了回应新的社会运动、政治参与和公共论辩的新"关键词"。编者领会雷蒙·威廉斯视其著作为"一种词汇质疑探询的纪录"②的原初意旨,强调将继续坚持其理念,力求为大众的文化生活提供一个有用的、具有历史意义和知识意义的引导,因而提出不仅要更新词条,更要与时俱进地根据新的文化语境对这些"关键词"

①〔英〕雷蒙·威廉斯:《关键词:文化与社会的词汇》导言,刘建基译,生活·读书·新知三联书店2005年版,第20页。

② 同上书,导言第6页。

进行考察。①

"关键词批评"既是雷蒙·威廉斯文化唯物主义思想的重要组成部分，也是其文化研究的重要理论资源之一。作为文化批评史上出现的一个新的理论范式，"关键词批评"有着独特的理论特质：以"关键词"钩沉为写作模式，对核心词语进行历史语义学的考察梳理，在呈现问题的起源、发展与流变的同时，注重从词语之间的关联性探析核心语汇的深层意涵，主张概念的意义与鲜活的理论活动、阐释实践密不可分，关注"关键词"的开放性与流变性，重视词语生成语境、基本意涵及在批评实践中的发展变异。20世纪90年代以来的"关键词批评"中有不少承继了雷蒙·威廉斯开创的"关键词批评"精髓，运用历史语义学方法紧密联系特定社会历史文化语境研究"关键词"的生成和演变，注重彰显词语之间的关联性与互文性，具有鲜明的跨学科性。

1999年，劳特里奇"批评新成语"系列丛书中的《文学》一书面世。作者彼得·威德森在该书中对"文学"及相关问题进行了清晰的概念史梳理。周启超指出该书"实际上可以作为一部'现代西方文学观念简史'"②，其中文版书名也被译作《现代西方文学观念简史》。概念史梳理是一种与"关键词批评"关系极为密切的研究方法，正如方维规所言，"一般而论，西方的概念史、观念史或关键词研究，都可以用'历史语义学'来归纳其方法"。③雷蒙·威廉斯自称在《关键词：文化与社会的词汇》中采用历史语义学方法对"关键词"进行研究，彼得·威德森的《现代西方文学观念简史》则运用历史语义学的概念史方法对"文学"这一"关键词"进行了细致的梳理与反思。作者从历史语源学的角度考察梳理了"文学"的演变轨迹与论争，解析了这一观念在过去是如何被建构的、现在是如何被

---

① See Tony Bennett, Lawrence Grossberg, and Meaghan Morris. Introduction. *New Keywords: A Revised Vocabulary of Culture and Society.* By Tony Bennett, Lawrence Grossberg, and Meaghan Morris, eds. Malden, MA: Blackwell Publishing, 2005, pp. xviii-xx.

② 周启超：《总序：多方位地吸纳　有深度地开采》，载〔英〕拉曼·塞尔登、彼得·威德森、彼得·布鲁克：《当代文学理论导读》，刘象愚译，北京大学出版社2006年版，第19页。

③ 方维规：《概念史研究方法要旨——兼谈中国相关研究中存在的问题》，载黄兴涛主编：《新史学（第三卷）：文化史研究的再出发》，中华书局2009年版，第4页。

解构的，冀望将"文学"从被混杂在"修辞""写作""话语"或"文化产品"的称谓中"拯救出来"。作者还特别对"文学""文学价值"和"典范"这三个互相关联的核心概念的"增生与变异"加以反思，从"有文学性的"是否被过度消费等方面来思考、质询"文学"的概念生成和存在价值①，是一部极有价值的"关键词批评"著作。

雷蒙·威廉斯的"关键词批评"带有积极的社会介入批评立场，格外关注词语之间的"相互关联"（interconnections）。他用"互相参照"（cross-reference）的方式读解词语深意与相互关系②，如有论者所指出的那样，该书与词典的本质差别应在于"对词汇'内在关联性'的重视"③。20世纪90年代之后出现的一些"关键词批评"著述也多通过尾注、提示等方式，为读者提供深入探寻词语关系的路径。理查德·马克塞（Richard Macksey）在为《霍普金斯文学理论和批评指南》第二版所写的《序言》中就强调，该书"所有的条目都通过内部和末尾的互见的参考文献联系起来"。④而剑桥大学耶稣学院与匹兹堡大学共同设立的"关键词项目"选取"关键词"的考量之一即是遴选那些总是与其他"关键词"关联着共同出现的（co-occur）词语。⑤这些著作与雷蒙·威廉斯的"关键词批评"时有不同，又常常能体现"关键词批评"的精髓。如《电影研究关键词》的作者苏珊·海沃德（Susan Hayward）在该书的第一版前言中指出："《电影研究关键词》最初是想做成一部有深度的专业术语汇编，希望以此能为从事电影研究的学生和老师以及其他对电影感兴趣的人提供一部以关键理论术语为索引的参考书，同时在里面也介

---

① 周启超：《总序：多方位地吸纳　有深度地开采》，载〔英〕拉曼·塞尔登、彼得·威德森、彼得·布鲁克：《当代文学理论导读》，刘象愚译，北京大学出版社2006年版，第5—6页。

② 参见〔英〕雷蒙·威廉斯：《关键词：文化与社会的词汇》导言，刘建基译，生活·读书·新知三联书店2005年版，第15—16、19页。

③ 马驰：《文化研究要重视关键概念研究——〈文化理论：关键概念〉中文版序言》，《黑龙江社会科学》2013年第3期。

④ 〔美〕理查德·马克塞：《前言》，载〔美〕迈克尔·格洛登、马丁·克雷斯沃斯、伊莫瑞·济曼主编：《霍普金斯文学理论和批评指南》（第2版），王逢振等译，外语教学与研究出版社2011年版，第6页。

⑤ *What Is a Keyword?* http://keywords.pitt.edu/whatis.html.

绍围绕这些术语展开的各种论争。"^① 作者的原初立意是创作一本术语汇编式的参考书，一些词条也是用下定义的方式来介绍和阐释的，如"缺席 / 在场"（absence/presence）这一词条，作者给出了"第一定义""第二定义"和"第三定义"，分别从"缺席"与"在场"的基本含义，在精神分析和性别理论的解读和应用上给读者以导引，并在每个定义后面标注其他关联词汇。这一方面与雷蒙·威廉斯开创的"关键词批评"所具有的开放性有不一致处，雷蒙·威廉斯曾明确指出他的《关键词：文化与社会的词汇》"不是一本词典，也不是特殊学科的术语汇编"，"不是针对许多语词所下的一串定义之组合"，而"应该算是对于一种词汇质疑探询的纪录"。^② 但另一方面，苏珊·海沃德的《电影研究关键词》在每个术语后面也均标注了关联词汇，还特别制作了一个与传统目录不同的概念表，指出当某一个概念隶属于某个大议题的时候，"这个词条会被当作论及它的主词条的参考条目"。如"欣悦"（Jouissance）一词虽然是"J"条目的词语，但作者把它放在"精神分析"（Psychoanalysis）词条中进行了阐释，该词因此也是"精神分析"的参考条目。^③ 作者不仅希望通过词条互文的方式来释义，更意在帮助读者由此进入一个更大的论域，因而在论述中凸显了围绕术语展开的各种论争。由此可见，该书并非一部简单的术语汇编，而是吸取了雷蒙·威廉斯"关键词批评"精华的著作。托尼·本尼特等人编撰的《新关键词：修订的文化与社会的词汇》在延续雷蒙·威廉斯注重词语联动特质的同时，更注重对词语当下的面貌和应用进行分析，在对于词源的追溯方面较之雷蒙·威廉斯则显得精简。在"关键词批评"著述中，每个"关键词"既可单独成章，词与词之间又可连缀形成一个更大论域的"星座"。读者既可以从任意一个词条进入，又可以通过词语之间的联动性理解词语的

---

① 〔英〕苏珊·海沃德：《电影研究关键词》第一版前言，邹赞、孙柏、李玥阳译，北京大学出版社2013年版，第1页。

② 〔英〕雷蒙·威廉斯：《关键词：文化与社会的词汇》导言，刘建基译，生活·读书·新知三联书店2005年版，第6页。

③ 〔英〕苏珊·海沃德：《电影研究关键词》第一版前言，邹赞、孙柏、李玥阳译，北京大学出版社2013年版，第1页。需要说明的是，该书中文版删去了英文原版里的概念表，而是制作了一个传统形式的目录替代它。

意涵和背后复杂的运行机制，还可以借此把握相关论域的整体概况。

雷蒙·威廉斯的"关键词批评"孕育并诞生于文化研究母体之中，具有鲜明的跨学科特点，特里·伊格尔顿曾在《纵论雷蒙德·威廉斯》（*Resources For A Journey of Hope: The Significance of Raymond Williams*, 1988）一文中指出无法单纯用单一的社会学、哲学、文学批评或政治理论等这些既有名称来概括雷蒙·威廉斯的著述。[①] 总体来看，"关键词批评"在 20 世纪 90 年代之后的发展及应用中，其蕴含的跨学科性得到承继并进一步凸显。不论是汇集多学科专家共同写就的《新关键词：修订的文化与社会的词汇》《美国文化研究关键词》《儿童文学关键词》等，还是安德鲁·本尼特、尼古拉·罗伊尔两人合著的《关键词：文学、批评与理论导论》，瓦·叶·哈利泽夫（В. Е. Хализев）个人所著的《文学学导论》（*Теория литературы*, 1999）等"关键词批评"著述，大都显示出强烈的跨学科意识。这些著述通过跨学科方法将包括文学研究、文化研究、语言学、历史学、传媒学、艺术史、政治学、社会学、人类学、地理学等不同学科结合起来解读议题，为学术研究带来了开阔的批评视野和新的学术增长点。如瓦·叶·哈利泽夫的《文学学导论》"将文学理论的阐述置于与其密切相关的人文学科的关系之中"，包括美学、社会史、文化学、价值哲学、符号学、语言学、交往理论、宗教学、神话学等学科，并以一种"兼容并蓄"的开放的学术视角讨论了"19—20 世纪这二百年来文学的各种思潮与流派的方法论立场"[②]；安德鲁·本尼特、尼古拉·罗伊尔合著的《关键词：文学、批评与理论导论》则联系电影、心理学、人类学等学科对"关键词"进行阐释，表现出了一种多元对话、综合复调的跨学科优势。

---

① 〔英〕特里·伊格尔顿：《纵论雷蒙德·威廉斯》，载刘纲纪主编：《马克思主义美学研究》（第 2 辑），王尔勃译，周莉、麦永雄校，广西师范大学出版社 1999 年版，第 404 页。

② 周启超：《总序：多方位地吸纳 有深度地开采》，载〔英〕拉曼·塞尔登、彼得·威德森、彼得·布鲁克：《当代文学理论导读》，刘象愚译，北京大学出版社 2006 年版，第 15 页。

三、"关键词批评"的新变与推进

虽然"关键词批评"的历史并不久远，但其在世纪之交步入快速发展期后，呈现出了多样化的发展态势，并在理论承传中显示出了一些新的特点和趋向。"关键词批评"的应用领域已扩展至学科省思、教材编撰等文学领域的诸多方面，并在批评实践层面出现了不少新变与推进。一些具有新气象的论著不仅在编撰体例上有所突破，更注重论辩性，而且表现出了紧扣文学文本进行深入阐发的新特点。

"关键词批评"通过捕捉起着支撑作用的核心词汇，敏锐把握到关系着批评对象实质的关键性发展线脉，由此可以透视一个问题、一部作品、一个作家、一个学科的核心要义乃至一个时代，因此自雷蒙·威廉斯的《关键词：文化与社会的词汇》问世以来，其"关键词批评"范式便被各学科研究者们广为借鉴，因其在某种程度上又契合了"文学学"当下自身的发展轨迹与需求，故而在文学领域展现出尤为惹人注目的应用图景。

如果说 20 世纪 60 年代到 90 年代可以被看作是西方文学研究发展的"理论时期"（Theorsday），或曰"理论转向时期"（The Moment of Theory），20 世纪末至今则进入了"后理论"时期（post-Theory）。[①] 在"理论时期"，文学研究向文化研究发展，解构观念出现并盛行，对"文学学"和"文学"本身的审视与反思几乎成了一个首要问题，西方文学进入到一种重新回到概念原初意义、检省自身状况的阶段；而"后理论"的阶段也并非要抛弃理论建构，其言说仍然建立在术语之上，对于研究者来说，对概念进行辨析仍然是必要的。因而，在旧概念、旧术语亟待厘清与反思，新概念、新术语层出不穷的当下文学语境中，对"关键词"进行细致的梳理、反思、甄别、滤汰，对"文学学"的健康发展显得十分必要和重要。不少学者已经关注到这一问题并开展了相关工作。俄罗斯学

---

① 〔英〕拉曼·塞尔登、彼得·威德森、彼得·布鲁克：《当代文学理论导读》，刘象愚译，北京大学出版社 2006 年版，第 3 页。

者亚历山大·米哈依洛夫（А.В.Михайлов）在《当代文学理论的若干迫切问题》
（*Актуальные проблемы современной теории литературы*, 1993）中提出文学理
论这门人文学科"到了该对文学的关键词加以历史的梳理"的时候了，并专门论
述了"文学学"的"关键词研究"之于该学科的意义所在。①法国学者的安东·孔
帕尼翁（Antoine Compagnon）则在《理论之魔——文学与流俗之见》（*Le démon
de la théorie: Littérature et sens commun*, 1998）中对"文学""作者""现实""读
者""文体""历史""价值"等七个被当代文学理论企图颠覆的核心范畴进行了
内涵梳理与反思，将其置于历史语境和冲突场中加以审查，不啻为"现代文论关
键词研究"的力作。②

　　当"关键词批评"被应用到"文学学"学科的概念梳理之时，有研究者就
运用这一批评方法对包括"文学"在内的概念进行了分析从而反思"文学学"学
科。如前文提到的《现代西方文学观念简史》一书，就围绕"有文学性的"等核
心概念对"文学"的概念生成与存在价值进行了质询与追问。值得一提的是，该
书还被视为英国引人瞩目的文学理论教材或曰教学与研究参考用书。③事实上，
"关键词批评"在文学领域的应用确已拓展到教材编撰之中了。20 世纪 80 年代
以来，欧美文学理论教材的编撰体例发生了较大的变化，比较盛行的是"流派
理论史模式"与"文学理论的核心范畴、问题或关键词模式"两种模式。④这里
所谓的"关键词"模式，在很大程度上就受到了雷蒙·威廉斯"关键词批评"的
影响。该类教材往往选取一些文学理论的关键范畴、关键概念或"关键词"进行
分章论述，有时也同时结合一些重要问题进行阐析。较有代表性的"关键词批
评"式文学理论教材有瓦·叶·哈利泽夫的《文学学导论》及安德鲁·本尼特、
尼古拉·罗伊尔合著的《关键词：文学、批评与理论导论》。瓦·叶·哈利泽夫

---

① 周启超：《总序：多方位地吸纳　有深度地开采》，载〔英〕拉曼·塞尔登、彼得·威德森、彼
得·布鲁克：《当代文学理论导读》，刘象愚译，北京大学出版社 2006 年版，第 10 页。

② 同上书，第 9—10 页。

③ 同上书，第 19 页。

④ 汪正龙：《译者序》，载〔英〕安德鲁·本尼特、尼古拉·罗伊尔：《关键词：文学、批评与理论导
论》，汪正龙、李永新译，广西师范大学出版社 2007 年版，第 2 页。

的《文学学导论》是一部在俄语世界产生了比较重要影响的教材，初版于 1999
年，次年即再版，2002 年出版了修订版，至 2013 年已出版第 6 个版次了。这部
教材对文学理论的一些核心命题或"关键词"进行了界说和阐释，包括"作者、
作者创作能量"，"读者、读者在作品中的在场"，"作品、文本、互文性"，"结
构、结构的内容性、富有内容性的形式"，"视角、主体机制"，"对话与独白"
等。该书就相关文学理论问题进行了翔实多维的论析，显示出一种"深化'理论
诗学'"的学术取向。以其中关于"文本"的阐析为例，作者分别对"作为语文
学概念的文本""作为符号学与文化学概念的文本"和"后现代主义诸种学说中
的文本"进行了系统研究，从一种新的视角为读者展开了富有启发性的解读。①
安德鲁·本尼特、尼古拉·罗伊尔合著的《关键词：文学、批评与理论导论》则
是一部在英语世界享有盛誉的教材，如前文所述，其英文名为 *An Introduction to
Literature Criticism and Theory*，鉴于作者在序言中交代该书是"在我们或多或
少已经熟悉的关键的批评概念的领域作一些基本的尝试"，且该书实质上是以核
心范畴和"关键词"的形式架构全书，中译者汪正龙、李永新为其中文译名添加
进了"关键词"一词。②该书选取了"悲剧""后现代""性别差异"等 32 个包
罗古今重要概念的"关键词"或范畴，既紧跟文学理论的时代焦点，又秉持一
种历史主义的态度，在论述相关核心范畴时"力图呈现问题的起源、发展与流
变"，"揭示该问题的生成语境和变形图景"。③

　　在现代社会中，大学荷载了承传学术、创造新知、培养学生追求真理的精神
和操守的功能，在一个国家、民族的文化构成中具有非同一般的影响力。教材也
是高等院校教育得以实施的一个重要载体，通常情况下，进入教材的内容应该是
为学术界普遍认同的那些具有规律性并系统化了的知识。因此，20 世纪 90 年代

---

　　① 周启超：《总序：多方位地吸纳　有深度地开采》，载〔英〕拉曼·塞尔登、彼得·威德森、彼
得·布鲁克：《当代文学理论导读》，刘象愚译，北京大学出版社 2006 年版，第 15—17 页。
　　② 汪正龙：《译者序》，载〔英〕安德鲁·本尼特、尼古拉·罗伊尔：《关键词：文学、批评与理论导
论》，汪正龙、李永新译，广西师范大学出版社 2007 年版，第 1 页。
　　③ 同上书，第 5 页。

以来，在西方学术界和教育界出现的运用"关键词批评"研究方法编撰的教材，在一定程度上反映了学术界和教育界对其的肯定性评价，也在客观上显现了"关键词批评"在西方学术界的勃兴程度及对"文学学"学科建设的影响力度。而随着此类教材在教学实践中的应用，不但有益于学科建设，也会扩大"关键词批评"的影响并刺激相关研究的进一步发展。追溯原因，采用"关键词批评"或"关键词"与问题结合式的方法来编写教材，一方面是因为以"关键词"为轴线来叙述把握核心价值既灵活又高效；另一方面则是"关键词批评"具有反辞书性特点，突破了以话语权威的姿态对关键词进行"一锤定音"式或"标准答案"式的定评界说模式，表现出了开放性与延展性①，相对传统体系式的宏大叙事而言，更好地荷载了传承学术时激发创新思考的教育目的。

　　雷蒙·威廉斯的"关键词批评"虽然采用了词典的形式分词条展开论述，但他明确指出《关键词：文化与社会的词汇》"不是一本词典，也不是特殊学科的术语汇编"，"不是针对许多语词所下的一串定义之组合"，而"应该算是对于一种词汇质疑探询的纪录"。②该书也确实表现出了一定的论辩性，不过，雷蒙·威廉斯多将论辩隐含在对词义的简略梳理和精当辨析之中，读者往往需要细心揣摩，方能领悟其言外之旨。陆建德就曾在为《关键词：文化与社会的词汇》所写的《词语的政治学（代译序）》中指出该书具有论辩的特征，并强调"我们应对书中论辩的风格予以特别的关注"，"有些地方我们稍不留心就可能捕捉不到嘲讽、挖苦的话外之音"。③"关键词批评"的后继者们在对"关键词"进行阐析时，从遴选到阐释也均注重论辩性，不少研究者不同于雷蒙·威廉斯相对隐晦的做法，往往采用直陈其意的方式。剑桥大学耶稣学院与匹兹堡大学共同设立的"关键词项目"选取"关键词"的条件之一，就是选取那些在当代社会中处于争论中的词语亦即

---

　　①　对"关键词批评"反辞书性特点的阐析参见本书第四章的相关论述。

　　②　〔英〕雷蒙·威廉斯：《关键词：文化与社会的词汇》导言，刘建基译，生活·读书·新知三联书店2005年版，第6页。

　　③　陆建德：《词语的政治学（代译序）》，载〔英〕雷蒙·威廉斯：《关键词：文化与社会的词汇》，刘建基译，生活·读书·新知三联书店2005年版，第5页。

具有积极的论辩性（actively contested）的词语。① 于连·沃尔夫莱也称自己写作《批评关键词：文学与文化理论》基于两个目的：一是"通过讲解让读者了解特定术语的复杂性，在每一关键词项下，都有一系列来自不同批评家的引语"，二是向读者"强调甚至肯定"词语意义的不确定性，包括"悖论、矛盾或含混性"。②《新关键词：修订的文化与社会的词汇》则对阐释所收录的词语予以了这样的明确定位："我们要求撰写人在阐释概念时，用一种反映本人观点的方式而不是给出'正确'（correct）定义的，完全标准化、字典式的方式来写作"③，这显示出了编撰者延续雷蒙·威廉斯既注重论辩性也注重客观性研究理路的意图。

雷蒙·威廉斯的《关键词：文化与社会的词汇》更多的是在社会历史文化语境的变迁中捕捉"关键词"语义的生发流变，较少联系文学作品进行阐析，多以其他类型的文本作为分析对象。近年来西方文学研究中的"关键词批评"则结合文学研究自身的特点，愈来愈倾向于紧扣文学文本进行"关键词"释义。在安德鲁·本尼特、尼古拉·罗伊尔合著的《关键词：文学、批评与理论导论》的第22章中，在探析"怪异"（Queer）这一"关键词"时，作者对亨利·詹姆斯（Henry James）的短篇小说《丛林猛兽》（*The Beast in the Jungle*, 1903）进行了细致解读，提出同性恋话语不仅存在于艾德里安娜·里奇（Rich Adrienne）等同性恋话语的写作之中，也会以隐蔽、扭曲的形式存在于看上去属于异性恋话语的写作之中。作者正是在对文学问题的多元探讨和文学文本的多维解读中，"呈现了文学理论的多种可能途径"，"挑战了我们对文学通常的理解与认知，激发我们对文本进行审视与重读的欲望"。④

此外，当雷蒙·威廉斯的语言观受到昆廷·斯金纳（Quentin Skinner）的批

---

① *What Is a Keyword?* http://keywords.pitt.edu/whatis.html.

② 〔美〕于连·沃尔夫莱：《批评关键词：文学与文化理论》序，陈永国译，北京大学出版社 2015 年版，第 5 页。

③ Tony Bennett, Lawrence Grossberg, and Meaghan Morris. Introduction. *New Keywords: A Revised Vocabulary of Culture and Society*. By Tony Bennett, Lawrence Grossberg, and Meaghan Morris, eds. Malden, MA: Blackwell Publishing, 2005, p. xxi.

④ 汪正龙：《译者序》，载〔英〕安德鲁·本尼特、尼古拉·罗伊尔：《关键词：文学、批评与理论导论》，汪正龙、李永新译，广西师范大学出版社 2007 年版，第 4—5 页。

评，被认为仍然"固守着传统的 representation-reality 之间的范式性关系"，未注意到"语言在意义生产和再生产过程中的构成性作用"①时，经历了后现代思潮的"关键词批评"的后继研究者们，在相当大程度上对语言的认识有了更进步或曰更激进的理解，很多人秉持的是一种构成主义的观念。如英国丹尼·卡瓦拉罗在《文化理论关键词》中，自述希冀达到一种在批判理论和文化理论中的"主题的变奏"，其所谓"主题"是指经"处理"成的一个个概念，也可"被看作坐标"，它们为读者提供"通向批判及文化理论领域的备选入口"，使读者把握现实和"文化范式"；所谓"变奏"，是指希望读者通过理解话语和技巧是如何建构对象和观念的后重审它们，从而"转变观点"，而该书中最常见的一个关键性概念就是"建构"。②

　　上述种种著作的新气象昭示了"关键词批评"在雷蒙·威廉斯之后的发展新路向，也体现了"关键词批评"在新时代语境中的盎然生机与研究实绩。

---

　　①　周保巍：《从魔女诱僧的佛教故事说起——剑桥学派思想史研究方法札记之三》，《社会学茶座》2007 年第 1 期。

　　②　参见〔英〕丹尼·卡瓦拉罗：《文化理论关键词》总论，张卫东、张生、赵顺宏译，江苏人民出版社2013 年版，第 2—3 页。

第三章
"关键词批评"生成发展的文化语境

"关键词批评"以雷蒙·威廉斯《关键词：文化与社会的词汇》一书的问世为正式诞生的标志，孕育于以《文化与社会：1780—1950》等为标志的文化研究之中。雷蒙·威廉斯开创的"关键词批评"突破了传统文学研究范式和学科疆域，在西方现代工业文明兴盛的文化语境中，开辟了从社会历史变迁的宏大视角和多重文化语境出发诠释文化及其时代新质的新路径。《关键词：文化与社会的词汇》一书并非普通的词汇意义讨论汇集，而是雷蒙·威廉斯文化与社会批评实践的重要体现。它映射出 18 世纪后期至 20 世纪中期的欧洲社会与文化变迁的轨迹，学科涵盖范围非常广泛，以至于曾经被归于文化史、历史符号学、观念史、社会批评、文学历史学、社会学等学科之中，足可见其本身具有的学科交叉性与复杂性，而这也折射出"关键词批评"的生成发展受到了多种文化和思想流派的影响。

一、对"文化与文明"传统及利维斯主义的批判性继承

文化研究是 20 世纪中叶以来西方学术界兴起的学术思潮及学术实践，其主要研究对象为不入当时主流学术研究视野的当代大众文化现象。此处所谓的"文化"并非指浓缩在经典文学及高雅艺术当中的思想活动与精神时尚，而是雷蒙·威廉斯所说的形形色色的日常生活方式。从某种意义上说，雷蒙·威廉斯对"文化"意涵的检视也可以被视为其"关键词批评"的研究起点。在 20 世纪 50 年代末 60

年代初，他在《文化与社会：1780—1950》《文化是平常的》(*Culture is Ordinary*, 1958) 及《漫长的革命》中均对"文化"意涵进行了阐析，集中表达了这一时期雷蒙·威廉斯的文化观。相隔十余年，雷蒙·威廉斯在《关键词：文化与社会的词汇》一书中再次对"文化"做了一个既带有总述性质又类似于词典式释义的解析，在梳理其早期想法的基础上展现了思想深化之后的新思考。在某种程度上，"关键词批评"与雷蒙·威廉斯对"文化"一词意涵的思考有着特殊而紧密的关联，他以此展开了文化研究的新图景。因此，我们也可以通过溯源文化研究传统来理解雷蒙·威廉斯的文化思想及其批评理论，进而考察"关键词批评"的生成与发展。

英国有着浓厚的文学研究传统，而一直以传统、保守著称的英国社会推崇的也是哲学、文学、诗歌、艺术等高雅文化，受这方文化土壤滋养的"文化与文明"传统和利维斯主义也自然成为伯明翰学派文化研究的源头之一。英国传统文学研究主要是沿着马修·阿诺德、F. R. 利维斯等人开创的"文化与文明"这一传统发展起来的。所谓"文化与文明"，其内核特征借用特里·伊格尔顿的简评来说，即对工业化之前英国社会的"有机的""共同文化"的一种"不确定的怀旧"[①]，主要关涉 19 世纪英国著名诗人、评论家、宗教思想家、教育家马修·阿诺德首开的传统。马修·阿诺德认为弥补社会价值失衡、消除无政府状态的重任必须交给"文化"，因为"文化"能够帮助实现"真正的甜美与真正的光明"。当然，他们所谓的"文化"指的是精英文化及传世经典名作。他们秉持着精英主义思想与对"共同文化"的期待，坚决捍卫高雅、精英文学，批评与抵制低俗、大众文学。尽管"文化与文明"传统对工人阶级文化持一种精英主义观念和拒斥态度，但却意外地唤起了社会和学者对通俗、大众文化的关注，客观上减弱了英国文化传统的精英主义色彩，"拯救"了大众文化。这种"审视大众文化的具体方式"和"把大众文化置于整体的文化领域的具体方法"，即为后来众所周知的"文化与文明"传

---

① 转引自 Graeme Turner. *British Cultural Studies: an Introduction*. Second Edition. London and New York: Routledge Press, 1996, p. 48。

统。① 而马修·阿诺德式的文化批评理论及其"文化与文明"的传统后来经过雷蒙·威廉斯等左派利维斯主义者、马克思主义批评家在批评实践中的批判性继承，孕育出了"几乎等同于我们的整个日常生活"② 的这一"文化"观念，从而进一步拓展了文学和文化批评的研究范围。

雷蒙·威廉斯也正是基于这一传统发现，"在工业文明或者说资本主义的英国的不同发展阶段，同一个'有机社会'或者'共同文化'言辞底下的'文化'的含义是不同的，而诉求'共同文化'的主体在不同的阶段所处的社会地位也是不同的"。③ 可见"文化与文明"传统深刻影响了雷蒙·威廉斯等学者的研究，使得雷蒙·威廉斯重新赋予"文明"和"文化"以新的内涵，同时也为文化研究的诞生提供了孕育的土壤。

作为英国 20 世纪 30 年代最为流行的文学批评流派，利维斯主义的核心观点是，随着工业文明的推进，在大众文化浪潮的冲击下，英国高雅文化逐渐消失，低劣趣味的文化大行其道，必须坚决反对现代工业生活，坚信"英语的救赎力量"，坚持以英国文学为学校教育的道德核心。利维斯主义有意识地回避政治党派性，支持经验、具体性及根植于过去的"有机社会"，以"照料语言及民族文化的健康"和"培养少数人的优雅感性"为己任。④ 利维斯主义以《细察》（*Scrutiny*，又译《细绎》）杂志为核心阵地，试图通过 F. R. 利维斯的《大众文明与少数人文化》，F. R. 利维斯的夫人 Q. D. 利维斯的《小说和阅读公众》（*Fiction and the Reading Public*, 1932）以及 F. R. 利维斯与爱德华·汤普生合著的《文化与环境：批评意识的训练》（*Culture and Environment: The Training of Critical Awareness*, 1933）等一系列著作提出褒扬精英主义文化的文化批评框架。英国批

---

① See John Storey. *An Introduction to Cultural Theory and Popular Culture*. Second Edition. London: Harvester Wheatsheaf, 1997, p. 22.

② 〔英〕雷蒙德·威廉斯：《文化与社会：1780—1950》，吴松江、张文定译，北京大学出版社 1991 年版，第 329 页。

③ 杨击：《传播·文化·社会：英国大众传播理论透视》，复旦大学出版社 2006 年版，第 9 页。

④ 转引自徐德林：《英国文化研究的形成与发展——以伯明翰学派为中心》，北京大学比较文学与世界文学专业博士学位论文，2008 年，第 50 页。

评家弗朗西斯·穆勒恩（Francis Mulhern）在《〈细绎〉的契机》（*The Moment of "Scrutiny"*, 1981）一书中将利维斯主义概括为"一种小资产阶级的反抗"，然而，它反抗的却是"一个它无以从根本上加以改变或者替代的文化秩序"。因此，它只不过是"既定文化内部的一种道德主义的反抗"，不是"标举另一种秩序"，而是"坚持现存的秩序应当遵守它的诺言"。① 面对新兴的大众文化的巨大冲击，利维斯主义主张需要通过教化的手段使"伟大的传统"重新延续，并以此来消除大众文化的消极腐化作用。正是在其时文化语境及利维斯主义的影响之下，早期伯明翰学派的主要代表人物雷蒙·威廉斯、理查德·霍加特等人，也受之影响以文学阅读作为文学研究的中心，并从文学阅读的重要社会意义入手展开相关研究。②

特里·伊格尔顿曾在 1976 年出版的《批评与意识形态》（*Criticism and Ideology*）一书里称自己的老师雷蒙·威廉斯早期思想具有浓厚的"左派利维斯主义"倾向，其著作则是"左派利维斯主义"的"范例"。特里·伊格尔顿认为，马克思主义和《细察》集团③ 均对雷蒙·威廉斯的早期著作产生了重要影响，然而，"细察集团的整个观点所代表的精英主义是必须抛弃的，但由于令人感兴趣的原因，马克思主义同样必须加以抵制"。④ 事实上，雷蒙·威廉斯的早期思想的确如特里·伊格尔顿所分析的那样，既受到 F. R. 利维斯的深刻影响，又反对其精英主义思想，并带有浓厚的激进平民主义色彩。这与雷蒙·威廉斯对马克思主义的态度一样，并非全盘接受，而是汲取其思想精华的同时又融入了自己的思考。

F. R. 利维斯的文学和文化思想有着强烈的英国本土意识，眷恋已经逝去的乡村文化及"有机社会"，带有浓郁的怀旧情怀和伤感情绪。因此，他对电影、电视等新兴文化充满敌意，致力于提倡并维护精英文化，主张应该由精英人士组成文化统治阶层，由他们来鉴别和确定英国文学的"伟大传统"。20 世纪 30 年代，

① Francis Mulhern. *The Moment of 'Scrutiny'*. London: Verso, 1981, p. 322.

② 杨东篱：《伯明翰学派的文化观念与通俗文化理论研究》，山东大学出版社 2011 年版，第 40 页。

③ 1932 年利维斯夫妇创办《细察》季刊，以此为阵地，试图建立以剑桥为中心向周边地区和学校辐射的文学、文化交流论坛，为其撰稿并多受他们思想沾溉的这批人，统称为《细察》集团。参见张瑞卿：《利维斯〈细察〉集团回溯实录》，《文艺理论研究》2017 年第 4 期。

④ Terry Eagleton. *Criticism and Ideology: A study in Marxist Literary Theory*. London: Verso, 1976, pp. 21-22.

当雷蒙·威廉斯进入剑桥大学求学时，F. R. 利维斯已经是剑桥大学乃至英国的知名学者，与其学术活动有着密切关联的《细察》杂志创刊也已七年有余。虽然雷蒙·威廉斯本人在《政治与文学》中否认他那时受到过 F. R. 利维斯思想的直接影响，但在其时的文化氛围和学术语境中，他仍然极有可能受到 F. R. 利维斯思想的间接影响。二战结束之后，当雷蒙·威廉斯重返剑桥大学继续完成未竟之学业时，F. R. 利维斯的影响愈盛。在对 F. R. 利维斯的思想有了更为深入的了解之后，雷蒙·威廉斯承认其中有许多对他具有巨大吸引力的东西，《细察》的观点与雷蒙·威廉斯的个人经验并不矛盾，利维斯的"文化激进主义"以及他的那种"批评腔调"和"绝对愤怒的批评口吻"也与雷蒙·威廉斯的基本人文立场和对构建社会新秩序的道德关怀相契合。但利维斯主义在漠视乃至反对新兴大众文化中暴露出的根深蒂固的保守立场，却让雷蒙·威廉斯深感不满和失望。他认为，F. R. 利维斯所谓的"少数人""本质上是一个文学上的少数派，其功能是保持文学传统与最优秀的语言能力"。[①] 从这个意义上讲，F. R. 利维斯虽然通过将文学研究与其他学科联系起来的做法富有启发性地演进了马修·阿诺德、T. S. 艾略特以来的文化观念，客观上弱化了"文明与文化"思想传统的精英主义色彩，但其本质上的"少数人文化"反映的仍然是一种反民主的资产阶级文化观念，这与雷蒙·威廉斯的文化观念是不合拍的。

随着雷蒙·威廉斯学术视野的扩大，他试图把"文化激进主义"与马克思主义（确切而言，应与他所理解的社会主义文化观点）结合起来，这种尝试明显地表现在其早期著作之中。以《文化与社会：1780—1950》为例，雷蒙·威廉斯借鉴了 F. R. 利维斯的整体性文化观念和细读式分析方法及文化对社会生活具有塑造作用等观念，但又批评了 F. R. 利维斯的保守主义、精英文化立场。在以整体性文化观念来对抗马克思主义传统的过程中，雷蒙·威廉斯对两者进行了初步整合，使得 F. R. 利维斯传统和与之迥异的马克思主义竟然构成了一种暗合关系，雷

---

① 〔英〕雷蒙德·威廉斯：《文化与社会：1780—1950》，吴松江、张文定译，北京大学出版社 1991 年版，第 327 页。

蒙·威廉斯在书中形成了如下观点:"文化同政治、经济一样,是社会整体的组成部分,在整体性的社会变迁和革命中发挥着同样甚至更核心的作用"①。此后,他更为自觉地广泛吸收马克思主义思想的精髓。随着时间的推移和新左派运动的兴起,加之雷蒙·威廉斯对马克思主义思想理解的不断深入,他对 F. R. 利维斯思想的不满也愈加明显,尤其不满其文化精英主义思想。在这种情况之下,雷蒙·威廉斯开始根据英国社会的现实状况和实际需要,重新评价英国文化传统,并对此前受到漠视的大众文化倾注了极大的研究心血,而这也直接促成了其文化研究思想及"关键词批评"的生发。F. R. 利维斯意义上的实用批评,作为一种方法,脱离具体的历史文化背景来判断文学的"伟大"和"重要",夸大了英语研究维系文化传统的重要性,正如雷蒙·威廉斯在《文化与社会:1780—1950》中所指出的那样,"英语的确是所有教育中的一件中心大事,但英语显然不等于整个教育",被英语教育所挟制的"文化"概念必须拓展,"直到它几乎等同于我们的整个共同生活"。②此外,"关键词批评"摆脱了一般语词批评的实用倾向,而在某种程度上具有了米歇尔·福柯意义上的知识考古学的性质。米歇尔·福柯认为语言具有"后历史"性质,它不是在借助自身的稳定性结构来消除事件的介入,而是在增加断裂,寻找不连续性。知识考古学是一种用于重建思想、知识、哲学及文学的历史的有效方法,它所蕴含的正是一种与"关键词批评"相似的特质与诉求。

二、新左派道路的选择与文化研究范式的催生

20 世纪 30 年代在英国知识界波澜迭起的马克思主义思潮虽然在"二战"爆发后一度消寂,但毕竟影响了雷蒙·威廉斯等整整一代新左派知识分子的世界观和价值取向。在"二战"结束后的新形势下,英国新左派将文化也纳入了批评实

---

① 参见刘进:《文学与"文化革命":雷蒙德·威廉斯的文学批评研究》,巴蜀书社 2007 年版,第12 页。

② 参见〔英〕雷蒙德·威廉斯:《文化与社会:1780—1950》,吴松江、张文定译,北京大学出版社1991 年版,第 328、329 页。

践的范围，提出了文化政治观念，把关注的焦点从政治和经济的社会改造转向工人阶级的"全部生活方式"，从影响工人阶级生活的流行文化当中发掘出政治抵制方式。新左派曾经积极参与的成人教育工作就是文化政治的一个重要组成部分，它直接促动了文化研究的兴起，并决定了文化研究的政治批判性质。[①] 这一点我们在第一章中已经论及，此处不再赘述。

　　20 世纪 60 年代初，国际政坛风云诡谲，形势多变。1956 年爆发的"匈牙利事件"和"苏伊士运河事件"让一批左翼力量再度在英国社会复兴，他们放弃了对苏联社会主义和英国国内统治阶级的幻想，纷纷紧密聚合在一起，共同探索符合英国社会实际的马克思主义理论。与此同时，来自欧洲大陆的带有鲜明文化批判倾向的西方马克思主义也对伯明翰学派及英国文化研究产生了一定影响。伯明翰学派指产生于 20 世纪 60 年代英国伯明翰大学当代文化研究中心（Centre for Contemporary Cultural Studies，简称"CCCS"）的一个学术流派，他们开创了自 20 世纪中期以来在思想和学术界引起巨大反响的文化研究。通常，人们以伯明翰大学当代文化研究中心的成立作为文化研究诞生的标志性事件之一。英国文化研究的代表人物除雷蒙·威廉斯之外，主要还有里查德·霍加特、斯图亚特·霍尔、保罗·威利斯（Paul Willis）、理查德·约翰逊（Richard Johnson）、安吉拉·麦克罗比（Angela McRobbie）、迪克·赫伯迪格（Dick Hebdige）等人。伯明翰学派文化研究的重要源头之一是文学领域的利维斯主义，此外，还受到了结构主义、马克思主义及后现代主义等西方现当代哲学思潮的深刻影响。1968 年，斯图亚特·霍尔接任伯明翰大学当代文化研究中心主任一职后，极大地推进了英国文化研究工作的发展，推出了诸多文化研究的经典著述，他任职的这十年也被称为英国文化研究发展史上的黄金时期。

　　20 世纪 60 年代以来，伯明翰大学当代文化研究中心先后重点关注了工人阶级的文化趣味及生活方式研究、媒体文化及青年亚文化研究、种族问题及女

---

　　① 参见赵国新：《新左派的文化政治：雷蒙·威廉斯的文化理论》，外语教学与研究出版社 2009 年版，第 159—162 页。

性问题研究。在研究方法上,伯明翰学派则受到文化论(culturalism)和结构论(structuralism)的影响。前者强调人的体验、价值观和能动作用,雷蒙·威廉斯、理查德·霍加特、爱德华·汤普森等人的著作就是这种研究范式的体现。后者则是 20 世纪 60 年代末随着路易·阿尔都塞的结构主义马克思主义思想的引入而对英国文化研究产生影响的,他们强调意识形态的决定性作用:人的实践受意识形态的决定,人非但不是文化的创造者,反而是意识形态的产物。自斯图亚特·霍尔主持伯明翰大学当代文化研究中心工作后,路易·阿尔都塞的意识形态理论风行英国新左派,成为文化研究的重要思想资源,甚至有人因此宣称英国文化研究实际上就是意识形态研究。鉴于这种研究视角存在夸大意识形态对思想的管控、忽视人的抗争作用之弊,20 世纪 70 年代之后,文化研究又借鉴了安东尼奥·葛兰西(Antonio Gramsci)的文化霸权(hegemony)理论,以匡正偏颇。安东尼奥·葛兰西所说的文化霸权,指的是统治阶级通过非暴力形式的精神、道德层面的领导,将有利于自己的价值观和信仰推行给社会各阶级的过程。这是一个赢得价值共识的过程,主要依靠的是多数社会成员的自主认同。它植根于政治和经济制度之中,并以常识性的经验和意识的面貌存在于社会思想之中,成为捍卫统治阶级利益的隐蔽堡垒。安东尼奥·葛兰西强调文化霸权并非一成不变,而是处于一种移动的平衡状态之中。[1]

作为新左派"最权威的""最一贯的"和"最激进的"批评者[2],雷蒙·威廉斯虽然吸取了经典马克思主义对资本主义的批判,但他认为经济基础决定上层建筑这一观点过于机械刻板,并认为如果将文化(上层建筑)视为经济基础的反映,实则贬抑了文化的社会构成作用。在他看来,文化不是历史和经济的附带产物,它本身就是一个自足的领域,文化与政治、经济一样,都是整个社会的构成因素,在社会变革中发挥着同样不可低估的作用。在这一点上,雷蒙·威

---

[1] 参见赵国新:《新左派的文化政治:雷蒙·威廉斯的文化理论》,外语教学与研究出版社 2009 年版,第 166—169 页。

[2] 〔英〕罗宾·布莱克伯恩:《雷蒙·威廉斯的新左派政治学》,载张亮编:《英国新左派思想家》,江苏人民出版社 2010 年版,第 53 页。

廉斯与欧洲大陆的西方马克思主义有暗合之处。不过，在对大众文化的认识方面他与法兰克福学派看法不同。以特奥多·阿尔多诺、马克斯·霍克海默（Max Horkheimer）等为代表的法兰克福学派成员因其中产阶级家庭出身、所受到的贵族化教育与高雅文化的熏陶以及现代性知识分子的身份特征，对大众文化持一种贬损的态度。法兰克福学派针对大众文化的负面影响和消极功能展开了毫不留情地批判。他们认为大众文化受经济规律支配，已经完全沦为商业的囚徒，而作为从生产线上源源不断拷贝复制出来的产品，"一切文化都是相似的"，电影、收音机和报纸杂志形成了具有同一性的系统，且"在垄断下的所有的群众文化都是一致的，它们的结构都是由工厂生产出来的框架结构"，艺术因此失去真正的个性化并退居边缘。[①] 在他们看来，大众文化不仅消解了文化的批评向度，还"通过娱乐活动对大众进行公开欺骗"，麻痹民众的思想与心灵，从而"不可避免地把人们再现为整个社会所需要塑造出来的那种样子"。[②] 与法兰克福学派"常常强烈地表达一种对于媒体及大众文化产品的激烈的否定性意见"[③] 不同，雷蒙·威廉斯并没有站在居高临下的精英立场去斥责大众文化。雷蒙·威廉斯首先从字词的层面为大众文化正名，如我们第一章所指出的，他认为以 mass 这个本就充满着偏见与不公的词来命名大众文化（mass culture），并用其来指称工人阶级消费的低层次文化产品，或将其等同于工人阶级文化，是完全没有道理的。他以"共同文化""共同利益""多元社群""多元利益"等概念来取代"大众（mass）"一词，并选择使用相对而言更为中性的 popular culture 来指涉普罗大众的文化。雷蒙·威廉斯始终站在民众的立场，身体力行地践行着自己的大众文化观。雷蒙·威廉斯"积极主张接受并扩大文化的内涵，解构精英文化与大众文化、高雅文化与通俗文化间的二元对立，提升大众文化的地位，倡导建立一种'民主的共同文化'，并以文化领域作为突破点，打破英国社会中固有的阶级分

---

① 参见〔德〕马克斯·霍克海默、特奥多·阿尔多诺：《启蒙辩证法》，洪佩郁、蔺月峰译，重庆出版社 1990 年版，第 112—113 页。

② 同上书，第 113—144 页。

③ 张颐武：《文化研究与大众传播》，《现代传播》1996 年第 2 期。

化，为大多数人提供一种想象空间和精神家园，从而让社会文化在雅俗共赏中提高整体水平"。[①]

追根溯源，兴起于 20 世纪 50 年代末 60 年代初的文化研究直接脱胎于英国文学批评传统，其间既有社会历史发展等外在机缘的促动，又与学术发展的内在理路密不可分。二战结束之后，英国资本主义空前繁荣，社会财富大大增加，社会福利制度也逐渐完善，绝对贫困现象随之大幅减少。与之相应，英国社会的白领工人增多，蓝领工人锐减，阶级界限开始变得模糊。这一切直接导致消费主义的膨胀，大众文化也应声异军突起。光怪陆离的影视节目，眩人耳目的广告画面，花花绿绿的时尚杂志，耸人听闻的街头小报，迅速弥散到社会的各个角落，贯穿人们日常生活的始终。在这样的文化镜像无孔不入的影响之下，人们的思想及言谈举止都自然而然地受到其引导及塑形。这些复杂的文化症候因何而生？利弊何在？前景如何？这类问题也引起了人文社会科学领域有识之士的密切关注和深入思考。然而，无论文学、哲学、社会学还是人类学，单凭一家之力，均难以对此种复杂多样的大众文化现象做出全景式分析，时代文化语境急切地呼唤着一种跨越既有学科边界的新的研究范式的诞生。文化研究及"关键词批评"就是在这样的学术空间中应运而生的，而伯明翰学派及新左派伴随着文化研究的崛起，也格外引人瞩目。以理查德·霍加特为代表的伯明翰学派的早期学者，大多出身于工人阶层，他们对待大众文化尤其是与底层劳动阶层密切相关的文化形式的态度与 F. R. 利维斯等人全然不同。他们将"文化"界说为"全部的生活方式"，就完全取消了高下之别。与此同时，他们给予工人阶级文化以重要的历史地位和作用，不仅研究工人阶级的生活方式，还着重分析影响工人阶级生活的流行文化，从中发掘抵制主流意识形态的政治手段，并由此开启了全新的文化研究视角。在这一研究过程中，涌现出了雷蒙·威廉斯的《文化与社会：1780—1950》和《漫长的革命》、爱德华·汤普森的《英国工人阶级的形成》、理查德·霍加特的《读书识字的用途》等英国文化研究的奠基之作，为早期文化研究提供了思想资源和批评范

---

① 转引自刘自雄、闫玉刚编著：《大众文化通论》，中国广播电视出版社 2013 年版，第 167 页。

例。而正如我们在第一章中所分析的，对大众文化、成人教育及阶层文化的关注和研究，不仅是雷蒙·威廉斯文化思想中极为重要的一笔，更是直接催生了"关键词批评"。

三、注重语言与文化、社会的关联

雷蒙·威廉斯之所以提出"关键词批评"的另一个重要原因是出于对人与人之间习惯于"没有共同语言"这一状况的不安。这里所说的"没有共同语言"并不是指英语、汉语这一类意义上的不同语言，而是指使用同一母语的社会群体，却由于他们所处的阶层及所具有的价值观等的不同，导致在实际使用中对同一词语形成了不同的理解。占社会主导地位的社会群体拥有赋予词语一个权威的定义和解释的权力，尽管如此，词语在实际使用中的意义仍然可能是多样的，并会随着时代的发展衍生出新的或不同的意涵。这些语言使用中的复杂现象促使雷蒙·威廉斯思考"生活方式"的变化。他将这种"生活方式"理解为"文化"，而文化与社会生活紧密相连，无法脱离社会生活来讨论文化。因此，语言、社会与文化便在雷蒙·威廉斯的研究中被关联了起来，形成了他进行文化研究的新范式，"关键词批评"的图景也由此展开。

追溯起来，雷蒙·威廉斯对语言的关注在他的学术生涯中由来已久。他对语言在人类社会中发挥的至关重要作用的强调，并不是出于对学术界兴盛一时的语言学转向的有意迎合，而是相关阅读给了他灵感与动力。苏联语言学家 V. N. 沃罗西诺夫（V. N. Volosinov）的《马克思主义和语言哲学》（*Marxism and the Philosophy of Language*, 1973）一书中提出了有关语言和意识形态关系的新认知及语言和文化社会密不可分的关联，还提出了语言作为社会构建的符号体系对于意识形态的生成性和创造性意义。这为雷蒙·威廉斯的《文化与社会：1780—1950》等论著"进一步提供了语言作为主体构成和自我意识物质基础的依据"，使雷蒙·威廉斯"从政治语言学角度重申意识对现实构成性作用"，继而为其

"从语言的实际运作中考察文化的物质过程开辟了前沿疆土"。[1]《关键词：文化与社会的词汇》借由对词义的转变、创新、限定、转移、延伸、变异过程的动态考察和对词源流变的揭示，充分开展了对文化与社会论域中的"关键词"的政治学考察。

雷蒙·威廉斯在《文化与社会：1780—1950》中就试图说明文化观念及其各种现代用法是如何及为何进入英国思想的，还关注并探讨了文化观念的演变历程，并对"文化""工业""民主""阶级"和"艺术"这五个用以绘制文化变迁图的词语进行了阐析。此后，他在《漫长的革命》《传播》《关键词：文化与社会的词汇》等著作中继续其关于词语与文化、社会关联的思考。即便在构成其晚期"文化唯物主义"理论观念基础的《马克思主义与文学》一书中，我们仍然可以看到他在这方面的不懈努力。他不仅在该书各章节的论述中以"关键词"为主干，而且相关探讨均以"经济""社会""文化"和"文明"这四个语词的历史演变作为开端的。可见，雷蒙·威廉斯始终在探索、坚持和运用"关键词批评"这一研究方法。在不断地思考和写作中，雷蒙·威廉斯提出并推进了"关键词批评"的发展。他在批评实践中发现，"从18世纪后至19世纪前半叶，一些今日极为重要的词汇首次成为英语日常语，或者这些词原来在英语中已经普遍使用，此时又获得新的重要意义。这些词汇其实有个普遍的变迁样式，这个样式可以视为一种特殊的地图，通过它可以看到更为广阔的生活思想——与语言的变迁明显有关的变迁"。[2]这些关涉文化与社会的关键性语词的用法在关键时期发生变化，并包含了"对社会、政治及经济机构的看法，对设立这些机构所要体现的目的的看法，以及对我们的学习、教育、艺术活动与这些机构和目的的关系的看法"，从而成为人们对共同生活所持的特殊看法普遍改变的见证。[3]在《关键词：文化与社会的词汇》一书的《导言》中，雷

---

[1] 王守仁、胡宝平等：《英国文学批评史》，南京大学出版社2013年版，第328页。

[2] 〔英〕雷蒙德·威廉斯：《文化与社会：1780—1950》导论，吴松江、张文定译，北京大学出版社1991年版，第15页。

[3] 同上。

蒙·威廉斯就指出"关键词"应包含"在某些情境及诠释里是重要且相关的词"和"在某些思想领域又是意味深长且具指示性的词"①这两层相关意蕴，凸显了特定的社会、文化语境是语言及意义产生的重要前提。而不同的"关键词"也就具有不同的社会、文化背景，即使是同一"关键词"，在不同社会、文化语境中也会呈现出不同的意义。因此，"关键词"看似静态的存在体、语义的凝结物，然而其语义的形成与发展是一个动态的社会化过程，且往往与权力关系盘综错结，成为"社会实践的浓缩""历史斗争的定位"和"政治智谋和统治策略的容器"。②因而，在分析不同的社会价值及观念体系时，必须深入到关键性语词内部才有可能洞穿复杂的结构内涵，对其进行全面研究，"只有在分析中采取化约的（reductive）方式，才能探讨各个单元之间相互关联及影响的过程，仿佛各单元本来就存在着这些过程"。③在雷蒙·威廉斯看来，专门语汇的意涵往往是错综复杂、变化不定的，而这些过程中有许多实际上就发生在复杂、变化的意涵里，"要举例说明用法、指涉与意涵的密切关系，惟一之道就是'在此刻'专注于一般所谓的内部结构"。④可以说，关注社会和文化日常生活中那些看似平凡实则"微言大义"的语词，并对这些起着关键性作用的词语进行语义变迁状况及相关性分析，便构成"关键词批评"的特有形式和价值之所在。

雷蒙·威廉斯正是从"关键词"角度对社会与文化进行全面而深入的分析的，正如特里·伊格尔顿所指的，从《文化与社会：1780—1950》到《关键词：文化与社会的词汇》，语言问题"自始至终是他的思想上热情探究的问题之一"。⑤《关键词：文化与社会的词汇》一书中直接有关文学艺术的词语有"美的、审美的、

①　〔英〕雷蒙·威廉斯：《关键词：文化与社会的词汇》导言，刘建基译，生活·读书·新知三联书店2005年版，第7页。

②　〔英〕特里·伊格尔顿：《纵论雷蒙德·威廉斯》，王尔勃译，载刘纲纪主编：《马克思主义美学研究》第2辑，广西师范大学出版社1999年版，第405页。

③　〔英〕雷蒙·威廉斯：《关键词：文化与社会的词汇》导言，刘建基译，生活·读书·新知三联书店2005年版，第16页。

④　同上。

⑤　同上。

美学的"（aesthetic）、"艺术、技艺"（art）、"批评"（criticism）、"文化"（culture）、"戏剧的、引人注目的"（dramatic）、"小说"（fiction）、"人们、百姓、民族"（folk）、"形式主义者"（formalist）、"意象"（image）、"文学"（literature）、"自然主义"（naturalism）、"神话"（myth）、"实在论、唯实论、现实主义"（realism）、"象征、再现"（representative）、"浪漫主义的、浪漫派的"（romantic）、"味道、品味"（taste）这16个。尽管这些关于文学艺术、美学的"关键词"在全书所占比例不大，但我们从雷蒙·威廉斯对这些词语意涵历史演变的梳理及评析，尤其是对这些词语为何以及如何成为当代社会与文化中的"关键词"的评析，可以清晰地看出雷蒙·威廉斯将自己的文化思想渗透于词语的释读之中，表现了其文化研究思想。雷蒙·威廉斯在文化研究及批评实践中深切感受到，人们在日常生活的语言交流中尽管都在使用同样的词语，但是不同的人在讲话的节奏、腔调、语调、意义上都有明显的差异，而词语上的差异、对立和交锋，又进一步使词语的意涵越来越丰富，人们就这样在不知不觉中使词语发生了演变。雷蒙·威廉斯指出，这实际上就是一种语言发展的重要过程："某一些语词、语调、节奏及意义被赋予、感觉、检试、证实、确认、肯定、限定与改变的过程"，这说明"我们有不同的价值观或者是有各种不同评价"，"我们对于能源及利益的产生与分配有一种——往往是模糊的——认知差异"。①人们对于同一个词语的不同使用，显示出了这个词语在历史演变和现实运用中的意义差异，意义的复杂与变化又显示着人们思维观念的不同、暧昧模糊的意识、意义指向的重叠交叉等。这些繁杂的含义，无论以何种形式出现，都展示出对于人们的活动过程、社会关系的不同观点。这些复杂观点表现在词语意涵的复杂性之中，而研究这些词语意涵的复杂性，就可以从中提炼出不同意涵所呈现的文化与社会的问题。词语意义的复杂与变化根源于人们内心在认知上的差异的模糊意识，也是人们在社会存在及日常生活中实际意识的一种表现。这种现象既是文化的深层次表现，也是文化的历史构成，或

---

①〔英〕雷蒙·威廉斯：《关键词：文化与社会的词汇》导言，刘建基译，生活·读书·新知三联书店2005年版，第2页。

曰文化的历史结构。词语意涵的变化往往可以在特殊的社会秩序结构及其历史变迁之中寻找到根源，词语最重要的意义之中也潜藏着社会关系的重大问题，探究其发展演变的历史，恰可破解文化与社会之谜。雷蒙·威廉斯在进行文化研究的过程中，逐渐意识到必须对社会与文化的关键性词语进行专门研究。对于文化，T. S. 艾略特承袭自马修·阿诺德的思想而又有所超越，他称文化是涵盖了"一个民族的全部生活方式，从出生到走进坟墓，从清早到夜晚，甚至在睡梦之中"，而不仅仅是个人理性和道德的完美。总的来说，T. S. 艾略特持一种整体式文化观，他将文学和高雅艺术之外的东西也纳入文化的范畴，在他的笔下，文化应包括一个民族特有的活动和兴趣爱好，"例如大赛马、亨利赛艇会、帆船比赛、八月十二、足球决赛、赛狗、弹子球桌、飞镖盘、文斯利代尔奶酪、煮熟的卷心菜块，醋渍甜菜根、19 世纪哥特式教堂以及埃尔加的音乐"①等，从而使文化具有了人类学的意义。T. S. 艾略特对文化的定义拓展了雷蒙·威廉斯对"文化"内涵的理解，但他在《文化与社会：1780—1950》中指出，虽然 T. S. 艾略特在理论上主张文化是全部生活方式，但是他在一些文字表述中却偏离了这种定义。如在《关于文化的定义的札记》中，T. S. 艾略特提到了"具有极其重要的意义"的宗教，他认为一个民族的文化必然是其宗教的化身。在他的设想里，传统文化的继承和发扬光大还是须由精英群体来完成，并且高雅文化不可通过全民教育来广泛传扬。可见，T. S. 艾略特仍然坚持的是一种保守的文化观，在他的心中，文化主要还是传统的文学艺术和宗教。不过，T. S. 艾略特的文化观还是带给了雷蒙·威廉斯"文化生活方式是一个整体"这一重要认知，并由此促发他对"文化"一词的意涵进行深入思考。谈及"文化"，雷蒙·威廉斯曾说，"由于这个词的用法困惑我心，我戮力思索"，并将其联想到"阶级""艺术""工业"以及"民主"等其他的词。他认为这五个词是属于同一种结构的，它们之间的关系也极为复杂。②雷蒙·威廉斯认为，人类

---

① 〔英〕T. S. 艾略特：《"文化"的三种含义》，《基督教与文化》，杨民生、陈常锦译，四川人民出版社1989 年版，第 104 页。

② 〔英〕雷蒙·威廉斯：《关键词：文化与社会的词汇》导言，刘建基译，生活·读书·新知三联书店2005 年版，第 4 页。

及社会的具体存在都发生在文化之中，而文化的主要表现形态则是语言和传播媒介，因而语言是人类、社会存在之地，是文化形态的根基之所在。从文化与社会的"关键词"出发，可以探寻思想和社会的历史结构，更好地认识和理解我们生活的这个世界及所面临的迫切问题。

费尔迪南·德·索绪尔（Ferdinand de Saussure）的语言学理论对 20 世纪文学理论转向具有重要的意义，在此大的理论背景之下，"关键词批评"也表现了注重语词及语词之间的关联性、整体意义的趋向。"关键词批评"还进一步通过深入到语词的内部结构，特别是关注社会与文化变迁下语义之间复杂的斗争状态，重点呈现语义的延续、断裂及价值、信仰方面的激烈冲突等过程。正是在这种对词语意涵变迁的描述中，雷蒙·威廉斯突破了传统辞书对词语的界说，让我们细察到语义发生微妙变化及这种变化与时代之间的合作关系。一般而言，词典所显示的是所谓具有权威性或适当的解释，但对于意涵繁复的关涉思想和价值观的语词，这种类乎下定义的方式就难以深究词义变化背后的动因及文化意义。更何况，词义在具体使用中也跨越了词典上那种"适当意义"，有的只是它的"转变"。雷蒙·威廉斯所开创的"关键词批评"是一种不同于词典式释义的批评方式，《关键词：文化与社会的词汇》既借鉴了词典、术语汇编的方法，展示了词语意涵发展的脉络，又采用了有别于词典类书籍的写法。在编撰《关键词：文化与社会的词汇》时，雷蒙·威廉斯最初的设想是按照词语的不同范畴，如文化历史、历史语义学、思想史、社会批评、文学史、社会学等来排列，但很快他就发现所有这些"关键词"在文化与社会方面都是互有关联的，不能简单地划分为不同的指涉区域。因此，雷蒙·威廉斯在该书最后出版时决定按照词语的字母排序，并在词语释文的最后标出理解时应注意参照的关联词语，他用这种编排方式来提示读者所有这些词语之间具有重要关联，应当在文化和社会的总体构成上去理解这些词语。从这个意义上说，雷蒙·威廉斯对这些"关键词"的分析就是对我们整个生活世界、文化社会的分析。① 为了

---

① 参见冯宪光：《文化研究的词语分析——雷蒙德·威廉斯〈关键词〉研究》，《绵阳师范学院学报》2006 年第 3 期。

呈现这种关联性，如上所述，雷蒙·威廉斯精心编排词汇，在按照字母排序的同时用"互相参照"的方式提醒读者注意词汇之间的重要关联。如"文化"（culture）一词参见了"美学"（aesthetic）、"人类学"（anthropology）、"艺术"（art）、"文明"（civilization）、"科学"（science）等 9 个词。在具体阐释词条时，雷蒙·威廉斯也有意识地将某一词语与相关词语进行比照，并把该词放到不同的观点之中进行展示。这种回到词语使用的情境及对词汇的整体性和相互之间"内在关联性"的重视，也是"关键词批评"与一般意义上的词典的本质差别之一。①

20 世纪中叶以来西方文化和社会的变迁是"关键词批评"生发的文化语境和重要推动力，随着信息化、全球化时代的到来，"关键词"作为梳理考察一个时代、一个领域内核心思想的重要载体，也备受关注，成了我们发现问题、解决问题的最初始和最重要的关口。在这样的时代背景下，"关键词批评"通过对核心语汇的溯源、辨析、探寻，提供了进入特定学科领域或研究论域的切入口，有助于人们精准高效地掌握其中心内容和关键信息，并由此探寻更为复杂的问题的实质。对于雷蒙·威廉斯的贡献及影响，特里·伊格尔顿曾给予高度评价，称他"几乎是单枪匹马地使文化研究彻底摆脱了相对粗放状况"，"以一系列内容极其丰富、充满睿智的工作为这种研究打下了基础"，在此过程中，雷蒙·威廉斯"不可逆转地改变了英国思想解放和政治面貌，他使成千上万的学生、研究人员和读者长期受惠"。② 在特里·伊格尔顿所谓的"一系列内容极其丰富、充满睿智的工作"中，自然也包括了我们这里所探讨的"关键词批评"。在雷蒙·威廉斯创建"关键词批评"的过程中，英国文学研究传统、文化研究、西方马克思主义等既是其批评理论生发流变的现实文化语境，也构成了其理论的重要思想资源。"关键词批评"具有丰富的历史、社会和文化内涵，其生成是时代、传统、人文、政治、阶级等多重因素推动的结果。这些因素组成了一个相互渗透、彼此影响的有机整体，共同

---

① 参见黄峪：《词语旅行的轨迹》，http://book.hexun.com/2007-10-15/103347342.html.
② 〔英〕特里·伊格尔顿：《纵论雷蒙德·威廉斯》，王尔勃译，载刘纲纪主编：《马克思主义美学研究》第 2 辑，广西师范大学出版社 1999 年版，第 407 页。

对"关键词批评"的生发流变产生了重要作用和影响。综上，一方面，"关键词批评"的生成绝不仅仅是源自某一单一因素，而是多种思想资源综合交叉、渗透、影响的结果；另一方面，"关键词批评"广泛涉及政治、历史、语言、文学、艺术、文化、社会学等多个学科领域，因而，它本身也成了多个学科的重要而有效的研究方法之一。

第四章
"关键词批评"的理论形态

从理论形态上看，雷蒙·威廉斯的"关键词批评"看似具有一定的辞书性，但究其实质则更具鲜明的反辞书性，这也是"关键词批评"与此前就出现的各种批评术语类词典的一个本质性区别之所在。"关键词批评"的反辞书性主要体现在非权威性与文论性两方面：非权威性指其突破了以话语权威姿态对关键性语汇进行"一锤定音"式或"标准答案"式的定评界说模式，而是表现出了开放性与延展性；文论性则指其不像一般辞书那样宣称具有客观性，而是在对词义的简略梳理和精当辨析之中显现编撰者自身的批评立场与批评理念，具有隐在的体系性甚或一定的政治倾向性。

一、"关键词批评"的辞书性与反辞书性

在"关键词批评"中，雷蒙·威廉斯是从一个跨学科的视角对文化与社会流变中的重要词汇进行探析的。如果我们把文学、文化活动比喻为一个纵横交错的网络的话，那些在一定历史时期曾经起到过核心作用的基本概念和批评术语就是这个网络经纬线脉相交处的"网结"。雷蒙·威廉斯以历史语义学和"关键词"钩沉为写作方法，甄别遴选位处文化与社会研究"网结"要位的核心术语，力图通过细致的考辨梳理，探询词语的政治立场与人文印迹，呈现问题的起源、发展与流变。与这一开放的研究理念相契合，"关键词批评"既借

鉴了辞书编撰的部分理念和文本体例，又在深层的学理思考中表现出了鲜明的反辞书性，在对文学、文化现象和问题的多元探讨中昭示了文学和文化理论与批评行进的多条路径。

所谓反辞书性自然是相对于辞书性而言的，辞书性指的是辞书通常所应葆有的权威性、客观性、规范性、基本性、全面性、简明性等基本属性。辞书即辞典，亦作词典，而"典"字即含"标准"之意。辞书通常被视为典范性的工具书，通过汇编一定数量的词语条目，按音、形、义等顺序编排，并逐一解释，以供人检索查考。根据收录对象的不同，辞书有百科性辞书、语词性辞书和综合性辞书之分。百科性辞书又包括百科全书、百科辞典、专科辞典等，其中专科辞典收录某一学科、专业或专题的专门术语和专有名词，并对之加以诠释定义。如英国学者罗吉·福勒主编的《现代西方文学批评术语词典》（Roger Fowler, ed. *A Dictionary of Modern Critical Terms*, 1973）就具有比较典型的辞书性。该书由 20 余位英美专家参与编写，问世后数度再版。该书中译本的《译者前言》如是说：20 世纪以来西方文学批评涌现了蔚为壮观的批评流派，而新的理论必然导致新的批评术语和概念产生，要正确理解、掌握并运用这些理论，弄清这些术语和概念的含义就成为重要的前提条件。由此可见，在译者眼中该书有着帮助人们厘清相关概念含义这一辞书通常具有的重要作用，而且该书名称中也直接出现了"词典"字样。然而，与传统的辞书相比，该书仍然具有自己鲜明的特色。如译者所言，该书词条选择精当，覆盖面广，在写法上则叙议结合，既较客观地给术语下定义，介绍术语的来源和发展，又提出了自己的观点，而点到即止的论述，在节省篇幅的同时也起到了促使读者积极思考、激发他们进一步探索的兴趣的作用。译者同时认为，该词典中的每一个词条其实也是一篇独立的文章，所有词条合起来则构成了一幅现代西方文论的完整图景。凡此种种，使得这本词典有别于过往仅提供粗略定义的那类术语词典，而成了一本既可供查阅又可供研读的工具书。① 根据《现代

---

① 参见〔英〕罗吉·福勒主编：《现代西方文学批评术语词典》，袁德成译，朱通伯校，四川人民出版社 1987 年版，第 1—2 页。

西方文学批评术语词典》所具有的上述特点，其实我们可以将该书归属为"前关键词批评时期"的代表性著作。它虽然在追求对相关术语予以定评式界说这一点上有异于"关键词批评"，却也在具有辞书性的同时，表现出了不同于传统辞书的文论性这一特质。

我们注意到，包括雷蒙·威廉斯在内的"关键词批评"的实践者，大多否认意在编撰关于"关键词"的词典。雷蒙·威廉斯就反复强调《关键词：文化与社会的词汇》并非一本词典，也非学科术语汇编，而是对文化与社会方面重要词汇质疑探询的记录。[①] 的确，雷蒙·威廉斯只是借鉴了辞书编撰的外壳，其重心却落在解析文化与社会之上。他在该书《导言》中就说明，他选择讨论的这些词汇包含了英文中那些通常被归为文化与社会中关系习俗制度的词汇。[②] 雷蒙·威廉斯不仅在词条的遴选上表现出了对文化与社会类词汇的关注，在对具体关键性词语的阐析中也表现出了对这些词汇所负载的社会、文化、政治意涵的关注。我们以雷蒙·威廉斯对"人们、百姓、民族"（folk）这一词汇的讨论为例来看看他的这一研究特点。雷蒙·威廉斯首先追溯了 folk 一词的词源，指出其为古条顿族语言的众多拼法之一，在古代英文中写作 folc。接着指出它具有 people 一词的一般意义，即涵盖了包括特别的社会组织——"民族、种族"（Nations）和一般的民众。进而，雷蒙·威廉斯考察了 folk 一词单复数形式的不同含义。他指出，单数形式 folk 有一种特别的用法——被放在国家的某些地名后面；而 17 世纪以来，复数形式 folks 常被用来指一般友善的民众百姓，并成为普通民众百姓之间相互称呼的一个用语。雷蒙·威廉斯特别强调，其复数形式并非位高权重者或普通民众百姓之外的人对他们的称呼。可见，folk 一词的单数形式仅与指称某一地域的人有关，复数形式则具有鲜明的政治、社会与文化色彩。雷蒙·威廉斯还敏锐地注意到 folk 的用法自 19 世纪中叶起发生了富有意义的变化，这一变化始于 W. J. 托马斯（W. J. Thoms）1846 年给文学学会写的一封信中。在信中，W. J. 托马斯建议英国所使

---

① 〔英〕雷蒙·威廉斯：《关键词：文化与社会的词汇》导言，刘建基译，生活·读书·新知三联书店 2005 年版，第 6 页。

② 同上。

用的"民间古籍"（Popular Antiquities）或"大众文学"（Popular Literature）可以用 Folk-Lore（意即"民俗学""民间传说"）这个更具有盎格鲁撒克逊意识的复合词来描述。雷蒙·威廉斯认为 W. J. 托马斯的这一提议与 1830 年《绅士杂志》（*Gentleman's Magazine*）的一位记者的提议持有相同的文化观点，即以"知识、传说"（*lore*）这个源于古英语 lar 的词语替代希腊科学名称的词尾，如以 starlore 取替"天文学"（*astronomy*）。雷蒙·威廉斯指出，lar 原有教学、学问、学说等意涵，18 世纪后则集中于与"传统"（traditional）、"传奇"（legendary）这样通常与过去的事物有关联的意指。他们的提议虽然未得到科学界的回应，但 W. J. 托马斯倡议的 folk-lore 及后来的 folklore 却很快被采用，而且集中于"传统""传奇"这两种古意。如 1870 年"民歌"（folk-song）被收录词典，1887 年以 W. J. 托马斯为会长的"民俗学会"（Folk-Society）成立。雷蒙·威廉斯指出，folk 产生的作用是把所有形成"大众文化"（popular culture）要素的时间往前追溯，且常被用来与现在各种形式的大众文化对比（不论是激进派的工人阶级文化形式，还是商业文化形式），而这一对比在被持续强调的同时也饱受批判。雷蒙·威廉斯分析了产生批判的两重原因：一是"民俗学研究"关于 folk 的各种形成要素有不一致的看法，颇具复杂性；二是现代的"文化研究"不愿意把工业化、文字化以前的 folk 的意思分离出来，或是不愿意明确区分家庭的生产、自主的生产、集体的生产、文化的生产等不同的生产阶段。雷蒙·威廉斯也注意到，虽然 20 世纪中叶随着民歌运动（folksong movement）的推进，情况有所改变，他们将口语流传的乡村、工业歌曲记录下来并改编为新的作品来表演，而且仍然保留原来的精神和模式，但 folk 与 popular 关系的界定仍然微妙并难以确定。① 从雷蒙·威廉斯对 folk 的梳理，我们可以清楚地看到，他绝非在象牙塔内对其做词源追溯和词义厘定，而是放在历史流变的视野中，联系时代变迁和不同语境解析其复杂的社会、文化、政治意涵。

---

① 参见〔英〕雷蒙·威廉斯：《关键词：文化与社会的词汇》，刘建基译，生活·读书·新知三联书店 2005 年版，第 185—187 页。

　　洪子诚、孟繁华主编的《当代文学关键词》是新世纪我国当代文学研究领域一部很有价值的"关键词批评"著述。主编谈到编撰动机时虽然表示，"既有的当代文学研究的概念和叙述方法，在未得到认真的'清理'的情况下仍继续使用，这导致对'当代文学'有效阐释的学科话语的建设，受到阻滞"，但仍然申明他们在《南方文坛》开设有关中国当代文学的"关键词"专栏并在此基础上汇编成册出版，主要不在于"编写一本有关当代文学主要语词的词典，以期规范使用者在运用这些概念时的差异和分歧，进而寻求通往概念确切性的道路"，而是"质疑对这些概念的'本质'的理解，不把它们看作'自明'的实体，从看起来'平滑'、'统一'的语词中，发现裂缝和矛盾，暴露它们的'构造'的性质，指出这些概念的形成和变异，与当代文学形态的确立和演化之间的互动关系，通过从对象内部，在内在逻辑上把握它们，来实现对'当代文学'的反思和清理"。①

　　我们以该书收录的由孟繁华撰写的"社会主义现实主义"词条为例，可以了解这一编撰理念是如何通过对具体词条的阐析实现的。作者开篇即指出，"社会主义现实主义"是我国文学追随习效原苏联文学过程中最为集中的一个理论命题，经过不断的阐释、讨论、改造乃至置换，其核心内容已经成为我国当代文学及理论的"基本骨架"，并在创作方法、艺术思潮、评价尺度等方面一度"拥有不可置疑的权威性和合法性"。孟繁华指出"社会主义现实主义"最初是于1932年5月20日由时任苏联作协筹委会主席的格隆斯基在莫斯科文学小组积极分子会议上首次传达的，而此前格隆斯基和斯捷茨基向斯大林汇报时原本用的是"共产主义现实主义"，斯大林建议将其改为"社会主义现实主义"，并认为应该强调写真实，因为"真正的作家看到一幢正在建设的大楼的时候应该善于通过脚手架将大楼看得一清二楚，即使大楼还没有竣工，他决不会到'后院'去东翻西找"。②1934年，第一次苏联作家代表大会通过的《苏联作家协会章程》给出了"社会主义现实主

----

① 洪子诚、孟繁华主编：《期许与限度——关于"中国当代文学关键词"的几点说明》，《当代文学关键词》，广西师范大学出版社2002年版，第1—3页。

② 转引自倪蕊琴主编：《论中苏文学发展进程》，华东师范大学出版社1991年版，第341页。

义"的经典定义：作为苏联文学与苏联文学批评的基本方法，它"要求艺术家从现实的革命发展中真实地、历史地和具体地去描写现实。同时，艺术描写的真实性和历史具体性必须与用社会主义精神从思想上改造和教育劳动人民的任务结合起来"。孟繁华敏锐地指出，从"社会主义现实主义"的诞生过程及斯大林对"写真实"的理解，可以看出其间隐含的政治意图，斯大林比拟性的说法也形象地暗示了这一基本方法的实质性内容和要求。紧接着，孟繁华考察了"社会主义现实主义"这一提法在我国的译介流变史。它首次被引介进我国是在周扬刊发于1933年《现代》第四卷第1期上的一篇谈社会主义的现实主义与革命的浪漫主义的文章之中，然而，由于我国当时新民主主义革命和随后爆发的抗日战争等现实境况及周扬本人的迟疑、矛盾心态等多重原因，致使"社会主义现实主义"并未立即流行，但它还是在主流文学民族化的过程中起到了一定作用。此后，有关"社会主义现实主义"的一些重要文献也陆续翻译到我国，如吉尔波丁的《真实——苏联艺术的基础》（雨林译，《希望》第1集第1期，1942年12月）、法捷耶夫的《论文学批评的任务》（光华书局，1948）、范西里夫的《社会主义的现实主义》（天下图书公司，1949）和《苏联文艺论集——社会主义现实主义问题》（上海棠棣出版社，1949）等。孟繁华指出，虽然在新中国成立之后的最初几年，由于中苏关系的复杂性，"社会主义现实主义"还是暂时未能成为主流话语的一面旗帜，直至1953年9月第二次全国文代会才正式确认"以社会主义现实主义作为我们文艺界创作和批评的最高准则"，但其理论内涵、哲学依据等早已颇为中国文艺界熟识，周扬、冯雪峰、邵荃麟等权威理论家也顺利地完成了向这一理论的转换，使其成为"可以整合各种理论的权威语码"，既是一个"系统理论"，也是一个"评价尺度"，其"君临一切的意志也具有了不容挑战的合法性保证"。孟繁华还在世纪之交的文学语境中对这一口号进行了深入思考，指出我们全面接受"社会主义现实主义"口号时并未有创造性的发展，而只是将其进一步抬升至党性、政治性高度，使之成为"不容超越和冒犯的政治律令"，而这种视其为"一家独大、至高至尊的、唯一具有合法性的'范式'"的做法，恰恰褫夺了其自身的合理性，并使其内在矛盾在"教条、僵硬、机械的理解和遵循"的发展轨迹中日益突出。① 综上，孟繁华抽丝剥茧地逐层还原了"社会主义现实主义"的提出及引介至我国到最后成为当代文学在特定时期具有权威性的理论话语的全过程，也揭示了这一看上去"平滑""统一"的语词实质上所具有的"构造"性质，有效地实现了对我国当代文学的反思和清理。

不过，不论"关键词批评"的首创者及其后继者的编撰初衷如何，"关键词批评"显然在批评形态和文本构造上仍然受到了辞典等工具书的编撰理念与体例的启迪和影响，具有较强的语汇积聚性。尤其是雷蒙·威廉斯的《关键词：文化与社会的词汇》一书形式上仍然按音序编排，对术语的选择和阐释也在一定程度上体现了辞书的基本性、全面性和简明性。

雷蒙·威廉斯之后的"关键词批评"著述形成了不同的发展趋向，其辞书性的比重也各有差异。有的偏重于辞书性，如《哥伦比亚现代文学与文化批评词典》《文化理论家辞典》《当代文学理论术语》《关键词200：文学与批评研究的通用词汇编》等。廖炳惠谈到编写《关键词200：文学与批评研究的通用词汇编》缘由时也提到，国内学术界在文学和文化理论的讨论与研究上存在着囫囵吞枣的现象，尤其在跨学科研究中经常"贸然混用"来自不同学科与背景的观念。而他认为，对于来自其他学科的概念，不能"只是轻松且不假思索地加以挪用"，而不进一步深究其理论意涵。面对这种对术语运用中经常会出现的"肤浅、空洞、抽象的情况"，廖炳惠有针对性地选择了"在文学与批评研究中不断被运用而且在不少层面仍待阐发的词"，通过梳理其起源、发展脉络及趋势，勾勒出每一个"关键词"蕴含的意义与方法，并尽可能地将其置于历史、文化的背景中，"演绎其理论与实践启发路径"。② 可见，其初衷也包含着规范术语使用的用意，这与传统辞书有着相近的立场及追求，具有一定的辞书性。但不同的是，编撰者注意在历史、文化的语境下结合批评理论与实践对相关术语的来龙去脉进行梳理，这一方面的努力又

---

① 参见洪子诚、孟繁华主编：《当代文学关键词》，广西师范大学出版社2002年版，第8—17页。

② 参见廖炳惠编著：《关键词200：文学与批评研究的通用词汇编》，江苏教育出版社2006年版，第1—2页。

使其在一定程度上超越了辞书性。

也有的"关键词批评"著述辞书性微弱，文论性则愈益彰显，如《关键词：文学、批评与理论导论》《中国当代文学关键词十讲》《西方文论关键词》《文化研究关键词》等。周宪编著的《文化研究关键词》在体例上具有自己鲜明的特色，该书收入 43 个词条，每个词条均分为"关键视窗""关键视点"和"关键著作"三部分。"关键视窗"以三五百字对所涉及的关键性词语进行简单勾勒，可视为"引子"；"关键视点"分列了具有代表性的不同观点和用法；"关键著作"则给出了具有代表性的相关重要著述的索引。与众多"关键词批评"论著相较，陈思和所著《中国当代文学关键词十讲》文论性极强，几无辞书性。作者选择了"战争文化心理""潜在写作""民间文化形态""共名与无名""中国文学的世界性因素"这五个极富创见的当代文学史研究关键性术语，各选录了两篇论文，一篇是对这些"关键词"的阐述，一篇是相关的当代文学个案研究，把文学史理论研究的学术性论文与当代文学批评紧密结合在一起，"以理论研究来推动文学批评，以批评实践来检验理论探索"[①]，体现了理论见解与批评实践的有机结合。

然而，一个毋庸置疑的带有悖论色彩的事实恰恰是，不论辞书性的多寡，运用"关键词批评"的相关著述已经在实际上成为相关研究领域的经典工具书或准工具书。可见，不管研究者的主观意图如何，"关键词批评"著述大多既可以被视作理论辞书，又不同于一般意义上的辞书。雷蒙·威廉斯以对关键性语汇意涵演变的敏锐理论洞察及独特体例构思开启了"关键词批评"的文本范例，本章接下来将着重从非权威性与文论性两方面具体探析"关键词批评"所具有的反辞书性品格。

二、"关键词批评"的非权威性

雷蒙·威廉斯开创的"关键词批评"不同于传统辞书以话语权威姿态对词条

---

① 陈思和：《当代文学关键词十讲》自序，复旦大学出版社 2002 年版，第 3 页。

进行"标准答案"式的定评界说，而是在对"关键词"意涵的解析中表现出了一定的开放性与延展性。我们知道，一个词语的意义既不是固定不变的，也不仅限于其辞典意义，在使用中会发生裂变，在不同历史时期和不同文化背景的使用者那里也会产生意义差异。雷蒙·威廉斯认为，语言并非仅仅映照社会、历史过程，一些重要的社会、历史过程往往是发生在语言内部的，意义与关系的问题构成了这些过程的一部分。雷蒙·威廉斯认为，创造新的语汇、对旧语词的适应与改变乃至翻转、转移等方式都会导致语言出现各种形式的新关系及对现存关系的新认知。[①]

雷蒙·威廉斯所指出的这一现象也广泛地存在于各国语言当中，以汉语词汇的变化为例，新词的产生则通常与社会生活中新事物、新概念的产生密不可分，而旧词的"死亡"通常有以下原因：有的是因为历史事物的消亡，如"刵"随着割去耳朵的酷刑被废除而随之消亡；有的是因为社会观念的改变，如诸侯王死的专称"薨"随着社会的发展而消逝；有的是因为被新词取代，如"曝"已为"晒"所替换。而古今词义变化的方式也是复杂多样的：有的表现为义项多寡的变化，如"毙"字原有仆倒、垮掉、死亡、击毙四个义项，发展到今天仅有死亡、枪毙两个义项；有的是词义侧重点发生了变化，如古代只有把东西卖出去才叫"售"，而今天人们在"售卖""出售""售货"等词语中用到"售"时，意义只侧重于"卖"而非"卖出"，近于古代"货"之意；有的是词义没有实质性改变，但轻重有明显变化，有时是由重变轻，有时则是由轻变重，如"怨"原指痛恨，今天则指埋怨，词义程度减轻不少，而"恨"的词语变化却恰恰相反，由遗憾、不满的古义到痛恨、怨恨的今义，滑行了一道词义由轻变重的轨迹。此外，词语的感情色彩也会随着词义的演变而发生改变：有的由褒义词变为贬义词，如"爪牙"原指得力助手，多指武将、勇士，现代意义则指恶势力的帮凶、走狗；有的由褒义词变为贬义词，如"锻炼"在古代除冶炼之义外，还有玩弄法律条文陷人于罪之

---

① 〔英〕雷蒙·威廉斯：《关键词：文化与社会的词汇》导言，刘建基译，生活·读书·新知三联书店2005年版，第15页。

意，现代意义上的"锻炼"指通过体育运动使体格健壮，以及通过生产劳动、社会斗争和工作实践使思想觉悟、工作能力得到了提高；除褒贬意义相互朝着对立面转化的词语感情色彩变化之外，也有中性变为贬义词或褒义词的，如"祥"古代主要意指预兆、征兆，不论吉凶征兆都谓之"祥"，后来变成了专指吉祥的褒义词。①

雷蒙·威廉斯提及的词义的转移现象在汉语词义演变中同样可以找到众多实例，随着词义的转变，所反映的客观对象也随之由某一范围转移到另一范围。一般而言，新义产生后，旧义就不存在了，但旧新（古今）二义之间往往仍然存有一定的关联。如"烈士"本指有操守有抱负的男子，现在则指为革命事业英勇献身的人。此外，词义在变化中还会出现扩大或缩小的现象。词义扩大指词由古义发展到今义，所反映的客观对象的范围扩大了，即由部分变为全体，由个别变为一般，由狭窄变为宽广，词的古义被今义所包含。如"响"从特指回声到泛指声音，"好"从专指女子相貌好看到泛指美好。词义缩小指的是词由古义发展到今义，所反映的客观对象的范围缩小了，即由全体变为部分，由一般变为个别，由宽广变为狭窄，词的今义被古义所包含。如"臭"古义泛指包括香气、秽气在内的各种气味，今义专指秽恶难闻的气味。②

上述所举词语意义的演变等例其实并非单纯的语言问题，而是如雷蒙·威廉斯所指出的那样，是社会、政治、文化、思想等变迁合力作用的结果。雷蒙·威廉斯分析"开发、利用、剥削"（exploitation）一词词义的变迁时，指出该词可以追溯的最早词源为拉丁文 explico，是 19 世纪初期直接由法文引入到英文中的。这个词语在古法文中为 explecpation，封建时代曾指在佃农无法缴纳租税时没收土地上的作物。在现代法文中，explecpation 的主要意涵则指工业或商业上土地、原材料的使用。这一意涵引入英文之后遂被沿用至工业与商业领域，包括矿业的开采。然而，当该词被应用于有关人的方面时则产生了如下一些负面意

---

① 参见赵克勤：《古代汉语词汇学》，商务印书馆 1994 年版。

② 此处有关汉语词汇变化的内容得益于浙江大学俞忠鑫教授、浙江工业大学朱惠仙副教授的赐教，专此致谢。

涵："奴隶制、剥削"（1844）；"通过贸易、投机或有效的劳力剥削"（1857）；"对于容易受骗的大众的剥削"（1868）；"剥削与征服"（1887）。进而，在此基础上衍生出一系列相关词语："资本家与剥削者"（exploiters）（1877）；"资本主义的股东，剥削（exploiting）受薪阶级的劳工"（1888）；"整个'剥削'阶级"（exploiting class）（1883）；"被剥削的阶级"（exploited class）（1887）。① 雷蒙·威廉斯在其"关键词批评"中正是通过这种探询词语意义的变化过程，从语言角度深入社会、政治、文化、思想及其历史演进的过程，揭示其中隐含的意义差异、矛盾、断裂和张力。他采用历史语义学的方法对"关键词"进行的这种解析，既重视词义的历史源头及演变，又关注其"现在"风貌，有助于深化理解词语意涵。②

由于人文学科自身的特性，很多概念本身就在鲜活的批评实践中处于动态变化之中，"关键词批评"也相应地表现出了极富弹性的批评思维特征。陈思和曾在《中国当代文学关键词十讲》中坦言所讨论的五个"关键词"的内含意义是他在文学史研究的实践中逐步形成和丰富的，到写作该书时也还处于尝试之中，所以本来也就没有什么确定的意义。③ 李建盛在《艺术学关键词》中也强调，不论对"关键词"的选择、历史描述的方式和解释的角度，还是每个"关键词"后面所附的那些"关键视点"，相对于这些概念本身所具有的历史复杂性和理论复杂性而言仍然是挂一漏万的。④ 李建盛这种自陈并非一般意义上的谦辞，而是表现了研究者对"关键词"复杂意涵的清醒认识，也真实地展现了采用"关键词批评"的学者秉持的一种非权威的批评心态。通常，"关键词批评"的践行者虽然在比较与鉴别各种观点的基础之上形成了自己的看法，却并不试图给出一个带有权威性的最后结论。这种充满学术张力的研究方式与思维方式表明，研究者认识到这些概念的

---

① 参见〔英〕雷蒙·威廉斯：《关键词：文化与社会的词汇》，刘建基译，生活·读书·新知三联书店2005年版，第174—175页。

② 同上书，第17页。

③ 陈思和：《中国当代文学关键词十讲》自序，复旦大学出版社2002年版，第4页。

④ 李建盛：《艺术学关键词》引言，北京师范大学出版社2007年版，第8页。

意义与理论活动和阐释实践不可分割，因此，他们的阐释意图并非是要提供一个有关这些"关键词"界说的放之四海而皆准的"标准答案"，而是注重"关键词"的开放性与流变性，重视其缘起、生成语境、基本理论意指及在批评实践中的发展、变异。

我们不妨以雷蒙·威廉斯关于"标准"（standards）一词的解析为例，管窥其"关键词批评"的非权威性。雷蒙·威廉斯在简要联系盎格鲁诺曼语、古法文、拉丁文等对"标准"进行词源学上的追溯后，指出15世纪出现了"标准"一词的现代用法——"一种权威的来源""合乎标准的要求"。他认为"标准"的这一意指除被广泛用于重量与度量的标准规格外，还延伸至其他领域，具有"指南、规范"之意。雷蒙·威廉斯在对"标准"的词义演变进行阐析时，又从三个方面对其通常被人们所忽略的方面进行了深度观照：一是注意到其演变过程中的衍生词的词根意指与"旗帜"有关，并指出"王室旗杆"（the Royal Standard）是个代表权威的标记；二是注意到19世纪出现了"标准英文"（Standard English）这一具有阶级色彩的词语，而与写作、算术等方面的能力指标一样受到教育机构支持的"标准英文"被认为是具有权威性的正确语言，旨在纠正以英文为母语者所使用的"不正确"的英文；三是花费较多笔墨辨析了standards所具有的"一般的复数名词"和"具有复数形式的单数名词"的特点，指出前者意义上的"标准"可以被归纳和准确地标示出来，而后者意义上的"标准"则意指"共识的"或"具有说服力的"。在对"标准"词条的释义中，雷蒙·威廉斯强调了"标准英文"的阶级色彩，在谈到"标准"一词的"具有说服力"意指时，还特别说明这种所谓的"标准"往往带有某些有意地模糊与含混。雷蒙·威廉斯的这些微言大义背后其实都是有潜台词的，隐而不显地表现了他对某些优势话语群体所谓"标准"及对任何事物都企图以"标准"来衡量的做法含而不露的嘲讽，这也与其关注非精英文化及弱势群体的批评立场紧密相关。在词条末尾，雷蒙·威廉斯笔涉"生活标准"（standard of living）意涵的演变（从明确意指——"当一个标准被设定时，工资就会参照这个设定的标准来断定"到转向更一般的意指——"我们实际拥有的收入与条件"）和质疑"生活标准"是否真的可以测量时，又注意到了此处"标准"并非指"一致同意的标准",而是与"旗帜"的隐喻有关,进而提出"未来的标准"这一具有新意的说法。他所谓的"未来的标准"既不对权威进行溯源,也不认可现存的可度量的状态,而是基于"旧的标准或现存的等级无法符合要求",冀望"对准目标,向着更好的事物迈进"。雷蒙·威廉斯还注意到"标准"的普遍正面用法与"标准化"(standardizations)的负面用法相冲突,指出标准化在工业方面没有争议,而应用到有关精神与经验的事物中却常被排斥,如人、教学等就不应该被标准化。雷蒙·威廉斯敏锐地发现,如果不察觉到 standards 一词是一个具有复数形式的单数名词,就可以被用来无视必然的争论或将评价与定义的过程挪用至自己特定的结论中。① 在此,雷蒙·威廉斯意在提醒我们注意评价和定义这种看似"权威"的言说方式背后所隐匿的话语陷阱,正如他在《导言》中所指出的存在辞书权威性被有意"挪用"的现象那样——挪用辞书中适合其辩论的词义,却排除那些不合适的词义。②

在雷蒙·威廉斯看来,辞书显示的是"当时大众所认为的适当解释,虽然这些词义会因时间空间而不同,但这并无损词典的权威性"。③ 他在认可辞书具有权威性的同时,也承认这种权威性不会因为词义随时空变化而有所减损。但他不客气地指出了辞书的局限性,因为它只是在不断修订词义,其认定的词义并非一定具有适宜的普遍性。他更看重的是超越辞书"列出一系列现在通用的意义",并强调对于不同种类的词,尤其是那些牵涉到思想及价值观的词,此种定义方式是不可能和不恰当的。雷蒙·威廉斯追求的是,通过查询历史词典或阅读历史随笔、当代小品文等方式,超越"适当意义"的范围,发现意义转变的历史、复杂性与不同用法,以及创新、过时、限定、延伸、重复、转移等过程。④ 雷蒙·威廉斯在分析"关键词"意涵时,多注意辨析它们与相关词语的异同。如在有关"资本主

---

① 参见〔英〕雷蒙·威廉斯:《关键词:文化与社会的词汇》,刘建基译,生活·读书·新知三联书店2005年版,第455—459页。

② 同上书,导言第9页。

③ 同上。

④ 同上。

义"（capitalism）词条的讨论中，他就花了相当篇幅解析与其意义关联度甚大的 capitalist（资本家）一词的含义，还指出它与 bourgeois（资产阶级分子）在词义上有很大的重叠，甚至"偶尔也会造成困惑"。他认为，按照严格的马克思用法，capitalist 用来描述一种生产模式，bourgeois 用来描述一种社会形态。雷蒙·威廉斯指出，正因为"生产模式"与"社会形态"之间究竟存在何种关系是一个富有争议的问题，由此导致了这两个词语的词义重叠。[①]

　　雷蒙·威廉斯考察"精英分子"（elite）一词时，也注意联系 elect 等词进行辨析。他指出其最初是用来描述 elect、election、electoral 这一组有关选举的英文词，因此，他先用了一定篇幅解释 elect 一词。雷蒙·威廉斯指出，elect 在 15 世纪时指的是"通过社会某种过程，正式选出来的人"，延伸为"被上帝特别挑选"的人。在神学及社会活动中，elect 一直指被正式挑选出来的人，现在被扩大解释为关涉区别或分辨的过程。也正因为如此，一提到 elect，通常令人联想起 best、most important 等词语。18 世纪中叶后期，elite 以法文词的形式在英文中重新被采用，词义则等同于 elect。自此以后，尤其是 19 世纪初期起，elite 主要表达的是"因为阶级所产生的社会性差异"，也被用来表达"群体之间的差异"之意。而 elite 现代专门意涵的出现则是与"阶级"（class）有关，雷蒙·威廉斯认为主要有以下两个观点：一是"旧制度下的方式——以阶级、世袭来区别谁是适合治理国家、行使权力的人——已经解体；通过正式的（国会或民主的）选举来区别出这些人的新方式已经失败"；二是"有效力的统治与权威是要靠精英（elites）——而不是阶级（classes）——的形成"，可视为针对社会主义所提出的阶级统治、"政治即是阶级斗争"等的一种回应。后一种观点来自于帕累托（Pareto）、莫斯卡（Mosca）的社会理论。帕累托区分了"统治的"（governing）与"非统治的"（non-governing）精英。他认为，革命与其他种类的政治变迁的发生正是因为前一类的精英分子堕落或无法胜任其职，真正的新兴精英分子（通常宣称代表某个阶

　　[①]　参见〔英〕雷蒙·威廉斯：《关键词：文化与社会的词汇》，刘建基译，生活·读书·新知三联书店 2005 年版，第 33—36 页。

级的力量）起而反抗并进而力图取代他们。这里所说的 elite 指的是小规模而有能力的团体，人员则处于经常性的流动和补充状态之中。雷蒙·威廉斯认为，"有竞争能力的精英分子"（competitive elites）"代表"（representing）并"使用"（using）竞争的或敌对的社会利益，也可以采用较为中性的说法，称他们为有能力的"另类群体"，为政治权力而奋斗。雷蒙·威廉斯指出这些精英分子并没有去"代表"（represent），他们不是"表达"（express）其他利益，就是"使用"（use）其他利益。他还特别在括注中加了这样的话："是否为了他们自私的目的，当然不得而知，因为主张这种理论的人宣称，精英分子的存在必然可以将整个社会带向最好的方向"。1945 年后，上述论点开始受到抨击，elitism（精英主义）与 elitist（精英主义者）的负面意涵开始变得普遍。① 可见，雷蒙·威廉斯不仅不认同由优势阶级所掌控的那些重要词义的权威性，反而正是要通过细致辨析和揭示词义的流变，尤其是"主流定义"之外的"边缘的意指"，来削减这种或显或隐地烙有主流意识形态印痕的词义的权威性。

　　雷蒙·威廉斯十分重视"关键词"在日常生活关系中呈现出的变异性和多样性，而不同的研究者对这种变异性和多样性的研究本身也是多样的。安德鲁·本尼特和尼古拉·罗伊尔在《关键词：文学、批评与理论导论》中对一些"关键词"进行解析时，就注重将理论研究与文本范例分析结合起来，在对文学问题的多元探讨和文学文本的多维解读中"呈现了文学理论的多种可能途径"，也体现了爱德华·赛义德（Edward Said）所倡导的"复调式阅读"和"多元对话的复调效果"，从而"为读者提供多样化地看待和理解文学的方式"。② 在该书第二章《读者与阅读》（Readers and Reading）中，作者以英国浪漫主义诗人雪莱（Shelley）著名的十四行诗《奥西曼德斯》（*Ozymandias*）为范例进行文本分析，通过文学理论近几十年来发展中涌现的新批评、读者反映批评、女性主义批评、后殖民批评、解

---

① 参见〔英〕雷蒙·威廉斯：《关键词：文化与社会的词汇》，刘建基译，生活·读书·新知三联书店 2005 年版，第 143—147 页。

② 汪正龙：《译者序》，载〔英〕安德鲁·本尼特、尼古拉·罗伊尔：《关键词：文学、批评与理论导论》，汪正龙、李永新译，广西师范大学出版社 2007 年版，第 4 页。

构主义批评等流派对该诗解读的分歧，说明"《奥西曼德斯》赋予读者和阅读的，也像它所牵连的事物一样多"，并指出文学的阅读与被阅读的关系"令人惊奇地纠缠不清：不仅是我们在读诗歌，而且诗歌也读我们"[①]。

三、"关键词批评"的文论性

除削减词义的权威性外，雷蒙·威廉斯的"关键词批评"还不再像传统辞书那样宣称具有客观性，而是表现出了一定的文论性。不过，雷蒙·威廉斯的这种文论性通常并不是像论文那样直接张扬个人的见解、立场与偏好，而是多将这些隐含在对词义的简略梳理和精当辨析之中，读者往往需要细心揣摩，方能领悟其言外之旨。正如陆建德曾经指出的，《关键词：文化与社会的词汇》具有论辩的特征，"我们应对书中论辩的风格予以特别的关注"，"有些地方我们稍不留心就可能捕捉不到嘲讽、挖苦的话外之音"。[②] "关键词批评"的文论性主要体现在以下三方面：

其一，对"关键词"的遴选与诠释体现了编撰者的立足点与批评理念。

众所周知，各个学科领域都存在着一批身系学科魂灵命脉的核心语汇。这些核心语汇往往蕴含着巨大的理论能量，又与一个学科的重点、热点、焦点和难点问题休戚相关，它们对于人们科学认识研究对象乃至一个学科的深入发展都具有不言而喻的重要意义。而批评家对"关键词"的遴选和阐述绝非随意性行为，因为无论是从浩若繁星的词语中筛选出关键性词语，还是关于不同流派、不同时代和不同文化语境对同一个或相近词语使用上的显著或微妙的差异甚或对立进行考辨，都体现了批评主体的批评立足点、批评理念、批评视阈和批评敏感度，雷蒙·威廉斯就是紧密围绕"文化"与"社会"来选择与之息息相关的"关键词"的。

---

① 〔英〕安德鲁·本尼特、尼古拉·罗伊尔：《关键词：文学、批评与理论导论》，汪正龙、李永新译，广西师范大学出版社 2007 年版，第 17 页。

② 陆建德：《词语的政治学》（代译序），载〔英〕雷蒙·威廉斯：《关键词：文化与社会的词汇》，刘建基译，生活·读书·新知三联书店 2005 年版，第 5 页。

　　如雷蒙·威廉斯谈到"兴趣、利害、关怀、利息"（interest）这个"意味深长且具指示性"的词语时，不仅联系历史语境诠释其词义演变，而且两度用到"饶寓深意""饶有深意"这样的形容词。细看他对该词词义及其演变的分析，不由得就会对"饶有深意"这样的表达会心一笑。雷蒙·威廉斯首先指出 interest 在词源学上是非常复杂的，直至 17 世纪与早于它出现的 interess 都可以互用，词义上亦有重叠。该词可以追溯的最早词源为拉丁文 interesse（具有"介在其间、造成差别、有关系"之意），最接近的词源则为中古拉丁文 interesse（具有"补偿损失"之意）及具有包括"补偿损失"、股票投资这类意涵的古法文 interesse 和中古法文 interset。17 世纪之前，interest 主要指对某件事物拥有实质的或合法的权益，引申含义为"自然的分享"或"共同的关怀"。而 interest 现在普遍的通用意义"普遍的好奇心或关注""引起好奇心或关注"是 18 世纪中叶之后逐渐演变而来的，在 19 世纪之前都还不是十分清楚。雷蒙·威廉斯发现，作为一个有关金钱事物的正式语词，interest 的词义演变史"饶有深意"。在中世纪，interset 和 interess 是对于债务拖欠的补偿，与 interest 今天所具有的"利息"这一含义不同，中世纪是用 usury 来表示通过有计划的借款而得到的利息。而 interest 具有的现代金钱意涵是 16 世纪之后才出现的，彼时，因为法律的修订，通过金钱管理而获得利润已经转而成为被认可的行为了。雷蒙·威廉斯指出 interest 这个我们现在用来表达好奇或关怀的常用词是从一个关于财产与财源的物质名词演变而来的，而财产是社会结构的一部分。雷蒙·威廉斯说更有意义的是将这一种"引起关心或好奇心"之意涵延伸，用来描述有趣的（interesting）人、事、物，而这一种用来描述有趣的人、事、物的意涵是否与 interest 的常用的意涵"利息"有关则无从得知，但也许还是可以这么说，现在这个用来表示关注、好奇、关心的词，其本身充满了以财务关系为主的社会经验。[①] 读到了这里，我们就会恍然大悟作者为何频频使

---

　　① 参见〔英〕雷蒙·威廉斯：《关键词：文化与社会的词汇》，刘建基译，生活·读书·新知三联书店 2005 年版，第 248—250 页。

用"饶寓深意""饶有深意""有意思的是""更有意义的就是"这一类表述了，从 interest 词义的演变爬梳出看似主观的精神性的选择与物质性的财物息息相关，这恰恰从某些方面促使我们反思当下拜金主义盛行、追逐物欲享受的社会现实是如何引导了人们的关心和好奇心，并甘为金钱的奴仆，还以其为兴趣之所在。雷蒙·威廉斯对 interest 的上述阐释就充分体现了其"关键词批评"的立足点与编撰理念。

其二，"关键词批评"具有潜在的体系性。

从显性层面来看，"关键词批评"似乎缺乏严密的体系性。其实，如珠玑般散落着的一个个"关键词"自成系统，其后潜隐着相应的理论脉络，构成了纵横交织的"网结式"批评。这些关键性词语之间本来就具有关联性，他们绝不是一颗颗孤立地散发炫目光芒的星星，而是如雷蒙·威廉斯在进行"关键词"考辨时所强调的那样，特定词汇与另一些词汇构成了一个"星座"，进而彰显出该词汇所具有的复杂意义。譬如，雷蒙·威廉斯认为"文化"一词与"阶级""艺术""工业""民主"所产生的关联性就不是仅限于思想层面的，而应扩大到历史的层面。[①]

雷蒙·威廉斯自言在撰写《关键词：文化与社会的词汇》一书时，一直希望能够设计出一种清晰的阐述方式，以使一些特别的词汇在其分析中能够表现出内在的复杂关联性。他也曾考虑过按学科、主题等方式编写，但发现这种模式在呈现出词汇某一方面关联性的同时，又会相对遮蔽在其他方面的关联性。雷蒙·威廉斯以"写实主义、现实主义"（realism）为例，认为如果把它置于文学主题类词汇中，会凸显其在文学艺术方面的意指，却不易显现其在哲学、商业及政治上的意指。[②] 最后，他还是决定以按照所涉及词汇首个字母的顺序进行排列这一为众多传统辞书采用的编排方式，但他特别在每个词条后面以"互相参照"的方式提

---

① 〔英〕雷蒙·威廉斯：《关键词：文化与社会的词汇》导言，刘建基译，生活·读书·新知三联书店2005年版，第 4 页。

② 同上书，第 19 页。

醒读者注意词汇之间的相互比较和内在关联。此外，在具体阐析某一词语意涵时，雷蒙·威廉斯还往往联系相关语汇进行延展性释义。如《关键词：文化与社会的词汇》在收录的第一个词条"美的、审美的、美学的"（aesthetic）中，雷蒙·威廉斯就强调了它与"艺术"（art）、"主观的"（subjective）、"功利的"（utilitarian）的联系与区别，并在词条末尾以"互相参照"的方式列出了 art、creative、culture、genius、literature、subjective、utilitarian 这 7 个相关词汇。《关键词：文化与社会的词汇》修订版 131 个词条之中只有"行为、举止"（behaviour）、"爱、慈爱、慈善"（charity）、"商业、贸易"（commercialism）、"主义、论"（isms）、"暴力"（violence）、"工作、事、劳动、产品、作用"（work）这 6 个词语的最后没有以"互相参照"这一形式标注其他相关词语，其余均有 1 至 11 个不等的参照词语。而在那 6 个未列出参照词语的词条的释文中，却同样体现了与其他词语的关联。以该书收录的最后一个词条"工作、事、劳动、产品、作用"（work）为例，雷蒙·威廉斯虽未以"互相参照"的形式列出其关联词汇，但在阐析其词义的时候仍然将它与该书收录的另一个词条"劳动、劳工、工作"（labour）进行了细致的辨析，还花了不少的篇幅对 job 这个虽未收录该书却对理解 work 词义有帮助的词语的词义演变进行了探究。[①] 总之，不论是否在词条末尾标出参照词语，雷蒙·威廉斯在实际阐析这些词语时都注意每个词语与相近或相关词语的关联。因此，"关键词批评"并非像其表面形态那样是由一个个孤立的术语并置串联而成的，而是具有隐在的体系性。雷蒙·威廉斯以这些"关键词"为"结点"勾连了相关层面的问题，通过以点带线、以线带面的辐射作用，提纲挈领地勾勒了所涉及批评对象的整体状貌，在以散点透视的形式微观解剖批评对象的同时，又巧妙地进行了总揽全局的俯瞰式批评。

早于雷蒙·威廉斯《关键词：文化与社会的词汇》出版的由罗吉·福勒主编的《现代西方文学批评术语词典》一书虽然也是按收录词条首字母排序的，但这

---

① 参见〔英〕雷蒙·威廉斯：《关键词：文化与社会的词汇》，刘建基译，生活·读书·新知三联书店 2005 年版，第 521—525 页。

些词条却也可以按其主题性质分为"文学思潮、流派及风格""文学的种类和体裁""文学批评流派""有关文学批评及文学技巧的术语"这四大种类。其看似独立的一个个词条背后同样隐含着内在或深层体系性，如前文所述，该书所有词条综合起来就构成了"一幅现代西方文论的完整图景"。[①]与此类似，洪子诚、孟繁华在主编《当代文学关键词》时，也注意遴选"社会主义文学""三突出""主题先行""三结合创作方法""手抄本"等一系列能够体现我国当代文学的性质并勾连当代文学的特殊问题的基本概念，其内蕴的体系性也利于我们从学科反思和建设的角度来把握这些"关键词"的复杂意涵。李建盛在其所著的《艺术学关键词》中如是说："正如艺术作品是在川流不息的'我们的艺术世界'被恢复生命的一样，艺术理论和美学中一些基本概念也是在川流不息的'我们的'阐释中形成、建构和演变的，这些基本概念成了我们今日艺术学研究的关键词，成了我们理解艺术作品和艺术史话语的重要思想线索，它们宛如思想史的时间隧道，在川流不息的变动中向我们走来，并且经由我们走向未来。本书选取中外艺术理论和美学历史中的 18 个概念作为艺术学的关键词，就是想描绘这些关键词的川流不息的变动历史"。[②]李建盛这一段自陈性的表白前后出现了四次"川流不息"，可见作者对所讨论的这些"关键词"所具有的历史性、流动性、鲜活的生命性的强调和关注，而"川流不息"也形象准确地表现了"关键词"之间的发展脉络及内在的体系承续。

其三，"关键词批评"具有一定的政治倾向性。

由于雷蒙·威廉斯的《关键词：文化与社会的词汇》有着从社会学和政治学视角解读文化与社会语汇的倾向，因此有人批评他将自己的文化政治观点渗透到对关键性语汇的解释之中，乃至充满党派之见。关于这一点，我们在第一章分析"关键词批评"的萌生时就曾经指出过，雷蒙·威廉斯的这一批评倾向与他本人的阶级出身、政治立场、理论渊源均有着极为紧密的关联。他本人

---

① 参见〔英〕罗吉·福勒主编：《现代西方文学批评术语词典》，袁德成译，朱通伯校，四川人民出版社 1987 年版，第 1—2 页。

② 李建盛：《艺术学关键词》，北京师范大学出版社 2007 年版，第 8 页。

也直言《关键词：文化与社会的词汇》一书对词义的评论并非不持任何立场，并以《牛津大辞典》为例，指出辞典的编纂并非如其所宣称的那样"不具有个人观点""纯学术性""未含主观的社会与政治价值观"，而是可以"洞悉编辑们的意识形态"。[①]

雷蒙·威廉斯对"受过教育的、有教养的"（educated）一词的分析就鲜明地体现了其文化批评的政治倾向性。雷蒙·威廉斯指出该词的普遍意涵为"抚养"或"养育"，自十七八世纪起意涵逐渐被局限在"有系统的教学与教导"之内。当大多数孩子未能接受系统教育时，"受教育的"（educated）与"未受教育的"（uneducated）的区分已经明显出现，然而，在这种有系统的教育普及之后，二者的区分反倒变得更为普遍，雷蒙·威廉斯直言这一点"令人感到奇怪"。接着，他尖锐地指出，这种用法存在着一种"强烈的阶级意涵"。雷蒙·威廉斯认为，"受教育的"所代表的"阶级"意涵一直处于持续改变之中，以至于大多数接受教育的人竟然变得不属于"受过高等教育的、高级知识分子的"阶层。雷蒙·威廉斯还发现"过度教育的"（over-educated）、"未受过正规教育"（half-educated）是在19世纪中后叶形成的，二词均保留了educated的意涵。雷蒙·威廉斯最后指出，"值得注意的是，在英国经历了将近一个世纪的普及教育之后，在这个用法里，大多数人竟然被视为uneducated或是half-educated，但是否'受教育的人'（educated people）以自满或自责或无奈看待这个愚蠢的用法，则不得而知了。"[②]从雷蒙·威廉斯用的"令人感到奇怪""竟然""愚蠢"等词汇可以明显看出他对"受过教育的、有教养的"一词所包含的阶级意涵、英国教育状况及对大众某种程度的轻视的不满，该词条的解析显然渗透着其政治立场。

不过，雷蒙·威廉斯在《关键词：文化与社会的词汇》一书中并不总是相对直接地彰显个人立场，更多的时候是如上文所举"标准"词条释文一样，在对词义的细微辨析中暗含针砭。在"意象"（image）词条结尾，雷蒙·威廉斯同样不

---

① 〔英〕雷蒙·威廉斯：《关键词：文化与社会的词汇》，刘建基译，生活·读书·新知三联书店2005年版，第18页。

② 同上书，第141—142页。

无暗讽地说道,"有趣的是,'想象'(imagination)与虚构(imaginative)这两种含义——尤其是后者——与 image 在 20 世纪中叶的广告和政治用法里是见不到的。"[①]"关键词批评"是雷蒙·威廉斯政治追求、理论思考和社会实践交互影响、逐渐发展的结果,他通过意义与语境的探讨,在现实的关系、社会秩序结构及社会、历史演变的过程中揭示意义与关系的多元化与多变性,寻绎这些"关键词"意义的历史演变和社会异变。[②]雷蒙·威廉斯主张概念的意义与鲜活的理论活动、阐释实践密不可分,其"关键词批评"所具有的反辞书性,昭显了开放的批评理念与充满张力的学术思维特点。他通过"关键词"钩沉这一写作模式,对文化与社会的关键性语汇进行历史语义学考察梳理,呈现相关问题的流变,注重开放性、流变性与关联性,并结合其生成语境、基本含义及在批评实践中的发展、变异,揭示隐身于词语之后的政治倾向性与意识形态性。我们在充分认识"关键词批评"理论价值的同时,也要清醒地看到,"关键词批评"萌生之初即与政治视角紧密相连。雷蒙·威廉斯视词语为社会实践的浓缩、政治谋略的容器,注重在语言的实际运用、意义变化中挖掘其文化内涵和政治意蕴。然而,政治视角只是文学研究的一个重要维度,我们在文学批评实践中要谨防政治视角从"一维"成为"唯一"。我们在第九章讨论"关键词批评"可能面临的理论"陷阱"与实践"误区"时将就此予以进一步分析。

---

① 参见〔英〕雷蒙·威廉斯:《关键词:文化与社会的词汇》,刘建基译,生活·读书·新知三联书店 2005 年版,第 224—225 页。

② 同上书,导言第 11 页。

第五章
"关键词批评"的理论特质

"关键词批评"既是雷蒙·威廉斯文化唯物主义思想的重要组成部分,亦是文化研究的重要理论资源之一。作为文化批评史上出现的一个新的理论范式,"关键词批评"有着独特的理论特质。它以"关键词"钩沉为写作模式,借鉴历史语义学对核心词语进行考察梳理,在呈现问题的起源、发展与流变的同时,注重词语之间的关联性,揭示词语背后的政治立场与人文踪迹。"关键词批评"主张概念的意义与鲜活的理论活动、阐释实践密不可分,关注"关键词"的开放性与流变性,重视其生成语境、基本意涵及在批评实践中的发展变异,体现了充满张力的学术思维特点。

一、注重"关键词"钩沉的研究范式

作为"关键词批评"方法的核心要义,"关键词"的范围和含义直接关涉到"关键词批评"何以成为一种新的学术研究范式以及呈现出何种独特的理论特质,因此,我们有必要首先对"关键词"一词本身进行解析。

就词源发展史而言,"关键词"最早可追溯到 18 世纪,意指具有揭开秘密、含有密码作用的词语。至 19 世纪,"关键词"才在西方国家被作为一种索引方法应用于图书馆的编目索引之中。随着电子计算机的出现和普及,人们开始利用计算机技术编制文献索引,"关键词索引"(keyword index)作为一种自然语言检索的模式越来越多地被应用于信息技术当中,成为检索文献、获取情报信息的一个重要工具。而我国 20 世纪 90 年代初期出版的英语词典和汉语词典中均难觅"关键词"踪迹,仅有计算机词典收录了该词。在汉语中,"关键词"最初只是一个计算机专业术语,是作为"关键词索引"方法而被使用的。后来,"关键词"才被引入学术研究领域之中,指可供计算机或者图书馆检索学术论文和专著的关键性词语。①

就词义生发而言,"关键词"在英语中是由"key"(关键、重要)和"word"(词)这两个词语组合而成的,其本义是指关键的、重要的词语,因而在汉语中翻译为"关键词"。顾名思义,"关键词"之所以名之为关键,就在于它能够承载最重要、最核心、最实质的信息,是获取更多信息资源的入口,也是掌握重要信息的关键之所在,具有极强的信息储备与激活功能。古风从两个层面对"关键词"进行了界说:"作为一个计算机专业术语的'关键词',指能够揭示和检索一个文件主题的重要词语;作为一个学术术语的'关键词',则指能够揭示和检索一篇学术论文或一部学术著作的主题的重要词语。"②"关键词"最初的主要功能体现在文献索引和计算机信息检索领域内对特定信息的提炼、激活和核心凸显,之后逐渐从"关键词"索引、"关键词"检索的狭隘应用中跳脱出来,逐步进入学术视域,成为一个富有学术性的知识载体,对"关键词"的考察也由此成为解读、剖析和研究承载特定领域核心内容的切入口。

雷蒙·威廉斯在《关键词:文化与社会的词汇》一书中对文化与社会领域出现的相关核心词语进行了质询式探讨,"关键词批评"也随之作为一种新的批评范式进入学术研究的视野之中。在该书中,雷蒙·威廉斯通过甄别遴选核心术语,阐释了文化与社会论域的百余个词汇的意涵及其变迁,并以这些词语为考察重心,从历时和共时层面揭示这些词语的起源、发展、流变及其后隐含的权力、政治、社会等演变的印迹。如我们前文所指出的,雷蒙·威廉斯在《关键词:文化与社

---

① 参见古风:《中国传统文论话语存活论》,社会科学文献出版社 2013 年版,第 104 页。
② 同上。

会的词汇》中讨论的"关键词",不完全等同于应用在图书文献索引和计算机信息检索、学术论文中提示全文的词语,而是指"在特定的活动及其阐释中具有意义和约束力的词汇"和"在某些思想的特定形式中具有意义和指示性的词汇"①。具体而言,雷蒙·威廉斯所关注的"关键词"是那些组建、表达文化与社会内核的基本范畴,它们相互关联,相互作用,并随着时代和文化的推移在特定历史时期发挥了关键性功用。

雷蒙·威廉斯对这些关涉文化与社会变迁的"关键词"的研究,其价值并不仅在于对这些词语的释义和阐发,而在于开辟了"关键词批评"这一新的学术研究范式,即以"关键词"钩沉为写作模式,运用历史语义学方法对文化与社会中若干彼此相关的关键性词语进行词义追溯与考辨,关注词语体现出来的文化与社会变迁路迹,厘清这些流变背后的深层动因,从而进行文化研究与批判。这一创造性的研究范式,如本书第三章所述,对后来的西方文学理论、文化研究界产生了重要的影响,在其影响下出现了一批"关键词批评"著述,如安德鲁·本尼特与尼古拉·罗伊尔合著的《关键词:文学、批判与理论导读》、丹尼·卡瓦拉罗撰写的《文化理论关键词》、托尼·本尼特等人编撰的《新关键词——修订的文化与社会的词语》等。日本学者村田忠禧就开展过与我国政治文化有关的"关键词"方面研究,他采用字词频率计量分析的方法,着眼于中国共产党代表大会(自 1956 年"八大"至 2002 年"十六大")政治报告中使用字词出现频率的变化,采集其中的"关键词",试图以此分析中国共产党方针政策的变化。村田忠禧还选取中国共产党中央委员会的机关报《人民日报》元旦社论作为确定政治文化"关键词"的语料库,以期通过对这些语料的考察研究当代中国社会的变迁。②

"关键词批评"对我国学术界也产生了较大的影响,这种影响集中表现在两个论域:一是文化研究方面,如冯天瑜撰写的《新语探源——中西日文化互动与

---

① 汪晖:《旧影与新知》,辽宁教育出版社 1996 年版,第 105 页。
② 村田忠禧发表了《人文社会科学研究中高频字词计量分析法的有效性——以中共党代会政治报告为例》(《河南师范大学学报》2006 年第 2 期)等论文。

近代汉字术语生成》（中华书局，2004）、汪民安主编的《文化研究关键词》（江苏人民出版社，2007）、王晓路等撰写的《文化批评关键词研究》（北京大学出版社，2007）、朱晓兰撰写的《文化研究关键词：凝视》（南京大学出版社，2013）等著作；二是文学、美学、文学理论等方面，如赵一凡等主编的《西方文论关键词》（外语教学与研究出版社，2006）、盖生撰写的《20世纪中国文学原理关键词研究》（人民出版社，2013）、李建中撰写的《體：中国文论元关键词解诠》（中国社会科学出版社，2014）等著作。关于第二方面的研究论文数量更为众多，如冯玉律的《诗歌翻译中的关键词和文本语义场》（《上海外国语大学学报》1997年第4期）、谢有顺的《通往小说的途中：我所理解的五个关键词》（《当代作家评论》2001年第3期）、王岩森的《世纪末的杂言：2000年中国杂文关键词》（《宁夏大学学报》2001年第4期）、古风的《从关键词看我国现代文论的发展》（《文学评论》2001年第5期）、黄开发的《真实性·倾向性·时代性——中国现代主流文学批评话语中的几个关键词》（《中国现代文学研究丛刊》2002年第3期）、仪平策的《论"理性"概念的五大基本范式——文艺美学关键词研究之一》（《理论学刊》2003年第4期）、王向远的《论"寂"之美：日本古典文艺美学关键词"寂"的内涵与构造》（《清华大学学报》2012年第2期）等。本书第六章将就"关键词批评"在我国的勃兴展开讨论，此处不予以展开。

概而言之，这种从词语入手对某一研究领域或学科范畴内的"关键词"进行梳理、厘定、探讨与解说的写作模式，虽然在一定程度上有别于雷蒙·威廉斯在《关键词：文化与社会的词汇》中"探讨词语背后意识形态问题"的旨趣，但的确"有益于详尽考察学科内关键词语的演变轨迹，以及把握理论思路的脉络走向"[①]。以"关键词"钩沉为主的这一研究范式除被应用于文学和文化研究领域之外，还在政治、经济、新闻、法律、心理学、宗教学等领域掀起了不小的波澜，涌现了一大批相关论著，这些成果"不仅说明'关键词'在学科建设中的地位之重要，也说明了'关键词'的写作对于传播知识、整理信息来说，是一种行之有效的书

---

① 宋姝锦：《文本关键词的语篇功能研究》，复旦大学汉语言文字学博士学位论文，2013年，第52页。

写范式"①。

　　雷蒙·威廉斯的《关键词：文化与社会的词汇》借鉴了历史语义学的考察分析方法，采用了词条与释文相结合的组织形式，揭示了"关键词"负载的文化及意识形态意涵，为"关键词批评"确立了基本研究范式。雷蒙·威廉斯虽然在《关键词：文化与社会的词汇》中采用了历史语义学方法，但他不仅强调词义的历史源头及演变，而且强调词语现在的意义、暗示与关系，重视词义的延续、变异、冲突及价值、信仰方面的激烈冲突等过程。②雷蒙·威廉斯主张词义的演变并非一个自发的自然过程，而"往往是不同社会利益集团之间斗争的结果"，语言的社会运用也是"各种转换、利益和控制关系表演的舞台"。③他一针见血地指出，"在社会历史的发展中，词语是各种社会力量交往互动的产物，不同倾向的社会声音在这里冲突和交流"，很多重要的词义往往都是由优势阶级所形成的，因而，他不仅关注"关键词"语义的"主流定义"，更着意循迹探询其"边缘的意涵"。④基于此，雷蒙·威廉斯认为通过深入细致地探究核心词汇的意义及其用法的变化，能够把握其间隐匿的动机和意识形态意图，发现社会的权力所在和权力分配机制，进而找到抵抗权力的源泉；由此工人阶级可以"掌握所有用以传达社会转化的工具"，积极表现自己的语言的力量，并把这些力量转化成为挑战"官方意义"霸权和变革社会的武器。⑤

　　《关键词：文化与社会的词汇》一书是按照英文字母的顺序进行排列的，从外在风貌上看虽然保留了词典体的形式特征，但其实每一个词条都是由释文单独成篇的，形成了一个个相对独立的文本单位，又与其他词条共同构成一个相

---

①　宋姝锦：《文本关键词的语篇功能研究》，复旦大学汉语言文字学博士学位论文，2013年，第52页。

②　〔英〕雷蒙·威廉斯：《关键词：文化与社会的词汇》导言，刘建基译，生活·读书·新知三联书店2005年版，第17页。

③　付德根：《词义的历史变异及深层原因——读雷蒙·威廉斯的〈关键词〉》，《文汇读书周报》2005年5月6日。

④　〔英〕雷蒙·威廉斯：《关键词：文化与社会的词汇》导言，刘建基译，生活·读书·新知三联书店2005年版，第18页。

⑤　付德根：《词义的历史变异及深层原因——读雷蒙·威廉斯的〈关键词〉》，《文汇读书周报》2005年5月6日。

对集中地环绕文化与社会进行观察、阐发、质疑、探寻的单元共同体。"关键词"就是在该学科或研究领域起到核心作用的基本概念和批评术语，它们恰如经纬脉络相连处的重要结点，只有把它们梳理清楚，才能通过一个个"关键词"之间的紧密联系见微知著，更好地对相关学科或领域进行系统梳理，探究内核并掌握全局。因而，"关键词批评"所选择的词语，并非任意而广泛的，而是精心选取那些在某一学科或论域的建构、阐释、理解过程中起着不可取替作用的核心词语。这些词语血脉相通，相互关联，相互阐释，共同构成了一个有机整体。通过这些看似散落实则有着或彰显或隐在关联的关键性词汇，研究者可以大体梳理出该学科或领域发展的概况、脉络及焦点问题。正因如此，"关键词批评"收录的词汇数量及范围是有限的，贵在专精核要，不同于传统辞书那样尽可能将全部词汇收录其中。此外，"关键词批评"中的释文还具有更为鲜明的反辞书性，我们在上一章探讨"关键词批评"的理论形态时已经详细阐析了其辞书性与反辞书性。

雷蒙·威廉斯本人的政治立场、哲学基础对其"关键词批评"的研究取向、目的和方法均产生了很大的影响，综观他对"关键词"的阐析，文化和意识形态是其学术生涯力图揭示和阐释的重要理论场域。雷蒙·威廉斯最初受利维斯主义及《细察》的影响，对文化的认识停留于一种精英主义式的"幻想"之中，认为讨论文化的要义就在于细读文本，发现"共同感受"和"共同过程"。[①] 后来，他逐渐意识到精英文化观的狭隘，开始注意到自己曾经忽视了多数人的日常生活及文化，转而用他自己这一代人的经验重新诠释"文化"一词所描述的传统。[②] 如我们在第一章中所分析的，雷蒙·威廉斯敏锐地察觉到 18 世纪后期开始出现的直到他身处的时代仍在被经常使用的五个重要词语："工业""民主""阶级""艺术"和"文化"，几经社会变迁和发展在当时已经被赋予了全新的内涵和意义。其中，雷蒙·威廉斯尤为关注"文化"这个"在观念上和关系上都极为错综复杂的

---

① 转引自张帆、刘小新主编：《文学理论与文化研究》，江苏大学出版社 2012 年版，第 232 页。

② 〔英〕雷蒙德·威廉斯：《文化与社会：1780—1950》前言，吴松江、张文定译，北京大学出版社1991 年版，第 13 页。

词"。① 在《关键词：文化与社会的词汇》一书中，雷蒙·威廉斯详细考证了"文化"复杂的词义演变史。不过，雷蒙·威廉斯的本义并非要寻找所谓的关于"文化"的"真实、合适或科学"的定义，而是意在呈现词义的变化和重叠。他认为词语的复杂并不在意涵本身而在于不同意涵所呈现的问题之中。正如我们强调过的，雷蒙·威廉斯不是把"文化"当作观念形态的东西，而是在历史的动态发展和词义的复杂演进中认识它在改造物质世界的过程中所起到的能动作用。对"文化"的认知就被雷蒙·威廉斯寓于质询、探讨所有关键语汇的意涵之中，成为贯穿《关键词：文化与社会的词汇》全书的红线。

　　较之于文化问题，雷蒙·威廉斯对意识形态问题的关注要略微晚一些。虽然在写作《文化与社会：1780—1950》时，他就已经关注到马克思主义与文化的问题，但意识形态并不是彼时雷蒙·威廉斯重点关注的对象。直至 20 世纪 70 年代，他系统阅读了西方马克思主义相关著作之后，才真正开始关注意识形态理论，同一时期出版的《关键词：文化与社会的词汇》对"关键词"的梳理辨析也更多地关注了词语背后隐含的意识形态色彩。他直言《牛津大辞典》并非如编撰者所宣称的那样"未含主观的社会与政治价值观"，而是恰恰可以"洞悉编辑们的意识形态"。② 可见，即便是权威性的辞书对词义的评论也必然受到特定阶级的价值观、意识形态等的影响。因此，我们不能孤立地看待词汇的意义变迁，而要关注其间反映出的特定时代起着主导作用的价值观或意识形态。在社会历史的发展变迁中，一个词语的部分意涵得到了发展而部分意涵则遭到了抛弃，这并不意味着得到发展的意涵就是正确的而被抛弃的意涵就是错误的，只是表明了雷蒙·威廉斯所强调的阶级"认知差异"，这种差异是由阶级立场所决定的。社会各阶层及团体都受到意识形态的影响，对于词语有着自己的特殊理解，但不可否认的是，许多重要的词义的确是由垄断和操控话语权的优势阶级所塑形的，而一些词语意涵的边缘

---

① 〔英〕雷蒙德·威廉斯：《文化与社会：1780—1950》，吴松江、张文定译，北京大学出版社 1991 年版，第 20 页。

② 〔英〕雷蒙·威廉斯：《关键词：文化与社会的词汇》导言，刘建基译，生活·读书·新知三联书店 2005 年版，第 11 页。

化也同样彰显了主流价值观或意识形态的影响。

二、充满张力的学术思维特质

既然词语的意义不是绝对客观与静止的，而是在社会和文化的历史演变中不断被建构、被选择的，这就说明了词语的意义处于一个开放的、变动的过程之中。我们这里所说的变动不等同于雅克·德里达所提出的"异延"[①]的概念，而更接近于英美新批评代表人物 I. A. 瑞恰慈所指的多义的概念。I. A. 瑞恰慈从研究现代诗中领悟到多义的作用，他强调语言文字是多义的。的确，语言文字的意义至少有四层：一是文义，即字面意思；二是情感，即梁启超所谓的"笔锋常带情感"；三是口气，如公文里上行平行下行的口气；四是用意，包括行文本身和其外的深意。[②]语言文字的意义是由该词的全部历史以及具体语境确定的，必须仔细分辨这四层意义，才不至于不理解和误读。雷蒙·威廉斯在《关键词：文化与社会的词汇》中从多方面探究词语由原初意涵向现代意涵的转变，以期在整个演变过程中"看清语言背后的社会史及政治史"。[③]雷蒙·威廉斯不仅聚焦词汇的变迁——或发展或被弃，同时也从各方面关注词汇变迁背后的隐性推动力量，从而探索社会发展过程中特定时期的主导阶级或主导意识形态并勾勒社会的变迁路径。

使用同一种语言却在交流之中发现没有共同语言，这一过去往往发生在不同代际的两代人或隔代人之间的问题，却随着工业文明的发展，成了同一代人日常生活中经常遭遇的尴尬问题。在媒体与信息空前发达的时代，"交往"与"对话"却颇具反讽意味地面对重重障碍，其原因也是颇为复杂的：有的是因为出现了新

---

① "异延"是雅克·德里达结构主义理论中的一个重要的概念和理论基石，其内涵包括空间上的"异"和时间上的"延"两方面："异"是指一个词的意义产生于这个词与其他词的差异之中，"延"则是指词的能指的出现由于其所指的事物不在场的情况下才出现，这是一个被无尽地推衍的过程。参见〔法〕雅克·德里达：《文学行动》，赵兴国等译，中国社会科学出版社 1998 年版，第 14—16 页。

② 参见朱乔森编：《朱自清全集》（第 3 卷），江苏教育出版社 1988 年版，第 172—173 页。

③ 〔英〕雷蒙·威廉斯：《关键词：文化与社会的词汇》，刘建基译，生活·读书·新知三联书店 2005 年版，第 231 页。

的词汇，有的是因为同样的词汇在裂变中出现了新的甚至完全不同的意涵，有的则是因为不同阶层的人对词语的理解与使用存在差异。其实，词语意涵的变化隐含着价值的转移，深究起来，这种价值的转变又体现了人们对文化、政治等态度的变化，而后者显然是社会变迁的一个重要组成。雷蒙·威廉斯敏锐地捕捉到了这一日常生活现象的存在及其意义，社会中的强势群体可以将自己对语词概念的判断标准作为唯一正确的标准推行，而实际上，不同社会群体及其所使用的语言并无正误之别。雷蒙·威廉斯在《关键词：文化与社会的词汇》的《导言》中回忆自己在"二战"结束后离开基尔运河炮兵团重返剑桥大学求学时，在与同样从陆军退役的朋友聊天中，不约而同地对"周遭新奇的世界非常的关心"，并发现周围的人并没有在讲同样的语言。其实，他们这种陌生感和不安感很大程度上来自于语言在词汇、语音、节奏、语义以及它们唤起的感觉方式等方面的变异过程。与这个语言变异过程相伴随的，是人们对于政治和宗教的一般态度也发生了改变。① 就这样，语言、文化与社会在雷蒙·威廉斯的"关键词批评"中关联起来，成为他理解文化和社会变迁的一个独特视角。

《关键词：文化与社会的词汇》一书中收录的词条不是任何一个独立的既有学科的词汇表，而是人们的思想和经验的广阔领域的表达，是对社会实践中最为重要、最具影响力的词汇的各种用法（尤其是日常用法）的分析，也是讨论人们的共同生活的主要过程时必须使用的词语的汇集与解释。作者关注的是这些词汇的一般用法，而不是特殊规定。因而，"与其说它是有关词源和定义的诠释性读物，不如说它是对一个词汇表进行质询的记录：它既是我们的最普通的讨论的词汇和意义的汇集，也是将我们组织成为文化与社会的那些实践和体制的表达"。② 汪晖指出，雷蒙·威廉斯"一再强调这本书的写作经历了一个漫长的发展过程，实际上是暗示这些'关键词'的意义不断地在变化，以至根本不可能离开这些词汇所讨论的问题来理解这些词汇，而这些讨论最终可能将解释者引到未知的终点。雷

---

① 汪晖：《旧影与新知》，辽宁教育出版社1996年版，第103页。
② 同上书，第104页。

蒙·威廉斯在两层意义上将这种写作中的经验理解为词汇的问题：已知词汇的待选的和发展的意义需要稳定下来，词汇之间的明确而含蓄的关系形成了意义的结构，这不仅涉及讨论问题的方式，而且还在另一层次上涉及我们看待自己的中心经验的方式"。[①] 因此，雷蒙·威廉斯并非只是收集词汇，查找和修订它的特殊记录，而且是分析内含在词汇之中的命题和问题。雷蒙·威廉斯格外关注关键语汇相互关联、相互作用背后潜隐的理论脉络，特地在每个词条后面以"互相参照"的方式提醒读者注意词汇之间的相互比较和内在关联，这也是对以"关键词"为结点的相关层面问题的勾连。"关键词批评"对词条的选择及意义阐析，既是一种独特的记录方式，又是探讨和呈现文化与社会意义问题的一种途径。

　　雷蒙·威廉斯不仅在《关键词：文化与社会的词汇》中收集了众多与文化和社会紧密关联的词语和例句，并在阐释中格外注重词语的开放性和意义流变。比如"艺术"这个与文化和社会息息相关的概念，是伴随着人类社会丰富和漫长的文化实践活动应运而生的，具有明显的历史过程性。雷蒙·威廉斯在《关键词：文化与社会的词汇》一书中简要地梳理了它在英文中的前世今生，对其摆脱与实用技艺的关联而转化为一个现代概念的过程进行了必要的说明。在词源学上，"art"一词最初指的是更为宽泛意义上的技术（skill）。从古希腊、中世纪直至文艺复兴，人们对该词的实际运用中并没有完全区分实用的技艺与非实用的艺术。直到 1746 年，法国美学家夏尔·巴托才第一次使用了"fine art"（美的艺术）这个概念。所谓"fine"（美的）这一界定，清楚地表明了艺术与"非美的"各种技艺的差异。这才意味着艺术活动成了一个真正独立的价值领域，既在实践层面将具有天才特质和创造力的艺术家（artist）与普通的手工艺者（artisan）区分开来，又在理论层面形成了需要人们独立研究的重要知识领域。[②]

　　雷蒙·威廉斯对词语解析的这一特点在更早问世的《文化与社会：1780—1950》一书中体现得也很清楚。雷蒙·威廉斯以文化与社会为轴心将 18 世纪中叶

---

　　① 汪晖：《旧影与新知》，辽宁教育出版社 1996 年版，第 104 页。
　　② 参见〔英〕雷蒙·威廉斯：《关键词：文化与社会的词汇》，刘建基译，生活·读书·新知三联书店 2005 年版，第 17—20 页。

至 20 世纪中叶英国思想界和文学界的重要人物及有关文化和社会的论述贯穿起来，综合考察一个正在不断扩张的文化观念及其具体发展过程。这与雷蒙·威廉斯本人对文化理论的理解密不可分，他视文化理论为整个生活方式中各种成分之关系，并认为这些人物及论述彰显了特定历史发展时期的文化与社会的特征。从该书的整体结构来看，各历史时期的划分及人物编排只是一种简便的叙述结构，而在这个表层叙述结构中起着更为内在的关联作用的则是由"工业""民主""阶级""艺术"和"文化"这五个"关键词"所组合而成的文化地图。雷蒙·威廉斯对这些词汇的解释集中于它们在特定历史时期的意涵变化。如我们前文分析过的"文化"一词从原来指"自然成长的培养"引申为人类训练的过程，至 19 世纪则成为一个包含四层意义（即"心灵的普遍状态或习惯""在作为整体的社会之中的知识发展的一般状态""艺术的总体""由物质、知识和精神构成的整个生活方式"）的自成一体的词语。"文化"一词意涵的发展，"记录了人类对社会、经济以及政治生活中这些历史变迁所引起的一系列重要而持续的反应"，雷蒙·威廉斯把这一发展看作一幅特殊的文化地图，借助它探索种种历史变迁的性质。①

"关键词批评"所表现出来的开放性这一特质在雷蒙·威廉斯之后的研究者那里也得到了承续，并在批评实践中与时俱进。乔纳森·卡勒（Jonathan Culler）撰写的《文学理论入门》（*Literary Theory:A Very Short Introduction*, 1997）就可以看作是一部对宽泛意义上的"关键词批评"有所推进的著作。乔纳森·卡勒认为，理论一般被认为是"一系列互不相容的'研究方法'，它们各自都有自己的理论地位和批评责任"，因而人们在阐述时常常以一种排他的方式来介绍，"但是各种理论介绍所确认的理论流派——结构主义、解构主义、女权主义、心理分析、马克思主义、新历史主义——又有许多相同之处"，所以人们又常常用"理论"这个大概念来统述各种流派。因此，乔纳森·卡勒认为，"介绍理论比较好的办法是讨论共同存在的问题和共有的主张，而不是概述各种理论流派；最好是讨论那些

---

① 参见〔英〕雷蒙德·威廉斯：《文化与社会：1780—1950》，吴松江、张文定译，北京大学出版社 1991 年版，第 19 页。

重大的辩题，这些辩题并不是把一个'学派'置于另一个'学派'的对立面，而是讨论各种流派内的明显不同"。① 所谓"辩题"可以是某个问题，也可以是某个"关键词"或关键概念，乔纳森·卡勒的《文学理论入门》正是围绕着"理论是什么""文学是什么""文学与文化研究""叙述"等问题与概念展开讨论的。这种非本质主义的阐释和读解方式，围绕某"关键词"兼收并蓄各流派的观点与理念，给读者的阅读带来了富有启发的个性思考。读者可以"从一种视角开始"，与此同时，又为"另一种视角留出余地"，颇具开放性。②

"关键词批评"不仅注重开放性与流变性，还关注词语的变异性与多样性。"关键词"的意义并非一成不变，而是会随着文化与社会的变迁发生变异，并向多样化发展。正如汪民安在其主编的《文化研究关键词》中以颇具诗意的话语指出的那样："一旦被理论家所选择并作为关键的概念来运用的话，词语，在理论著述中的效应，就如同一块单调的石头被扔进池塘中一样，它负载的意义像波浪般地一层一层地荡漾开来……这些复杂和晦涩的世界信息，它们强行闯入这些词语中，让词语变得肿胀、饱满和丰富，让词语的意义从其原初的单一性上扩散和弥漫开来。"③雷蒙·威廉斯则强调"关键词"在日常生活中表现出的变异性和多样性往往是不同社会利益集团之间斗争的结果④，其后隐伏着包括各利益集团之间的权力角逐在内的社会发展动因。

我们不妨仍以雷蒙·威廉斯数度重点探讨的"文化"一词为例。"文化"从曾经涵指高高在上的精英文化成为一种整体的生活方式的指称，经历了复杂的意涵演变历程。"文化"最初与"文明"（civilization）一词意涵相近，指的是一个变成"有礼貌"（civilized）与"有教养"（cultivated）的普遍过程或作为一种描述人类发展的"时速过程"。在启蒙主义精神的影响下，"文化"与"文明"的意义经历

① 〔美〕乔纳森·卡勒：《文学理论入门》前言，李平译，译林出版社 2013 年版，第 1 页。
② 赵宪章：《序言》，载〔美〕乔纳森·卡勒：《文学理论入门》，李平译，译林出版社 2013 年版，第 4 页。
③ 汪民安：《前言：词语的深渊》，《文化研究关键词》，江苏人民出版社 2007 年版，第 3 页。
④ 付德根：《词义的历史变异及深层原因——读雷蒙·威廉斯的〈关键词〉》，《文汇读书周报》2005 年 5 月 6 日。

了第一次分野：正统、主流的"文明"得到贵族阶级的称颂和捍卫，而脱胎于照料动植物的"文化"却是侧重于与"文明"所指精神层面相对的物质层面。之后由于马修·阿诺德、F. R. 利维斯、特奥多·阿尔多诺、马克斯·霍克海默等学者对大众文化的批判和对精英文化的捍卫，"文明"与"文化"出现了第二次分野，"文化"成为文明社会中少数社会精英的特权，被用来特指以文学和艺术为主的作品，尤其是高雅作品。"文化"与"文明"的第三次分野来自雷蒙·威廉斯对"文化"一词概念的扩展，"文化"成为社会文明（一种特定的社会状态）中生活方式的总和，这不仅承认了"文化"包含了高雅艺术，更重要的是使大众文化、通俗文化获得了存在的合法性，至此，"文化"的意涵发生了颠覆性的变异。① 值得注意的是，雷蒙·威廉斯在《关键词：文化与社会的词汇》中还凸显了"文化"一词的三大意涵差别：用以描述 18 世纪以来思想、精神与美学发展的一般过程；用以表示一种特殊的生活方式（关于一个民族、一个时期、一个群体或全体人类）；用以描述关于知性的作品与活动（尤其是艺术方面的）②，这也彰显了他对关键性词语所具有的变异性与多样性问题的关注。

　　雷蒙·威廉斯以"文明"的意涵为坐标，解析了"文化"的意涵是如何在三次分野中从负面意义走向正面意义，并不断扩展其涵指边界，使之几乎等同于"社会"一词。而与"文化"与"文明"的三次分野相伴随的是"阶级""精英""大众"等词语意义的转变，是贵族阶级权力向精英权力、精英权力向大众权力交接的过程，同时也是"民主"一词含义演变的过程。西方正统的"民主"的定义，从中世纪出现直到 19 世纪中叶仍带着最初的负面意味，托马斯·阿奎那（Thomas Aquinas）将其定义为"群众的力量"，其通行意义带有强烈的"阶级意识"意涵，其后慢慢演变为代议制民主制度中"有投票选出代表的权力"，后来扩展为不仅包括"选举"，还包括"公开辩论""言论自由""集会自由"等复杂的现

---

① 参见李紫娟：《作为文化研究方法的"关键词"：读雷蒙·威廉斯的〈关键词：文化与社会的词汇〉》，《中国文化产业评论》2012 年第 1 期。

② 〔英〕雷蒙·威廉斯：《关键词：文化与社会的词汇》，刘建基译，生活·读书·新知三联书店 2005年版，第 106 页。

代意涵。①

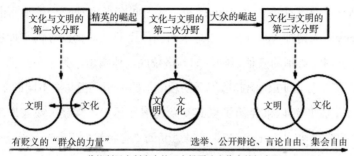

图 1 "民主"含义的发展②

　　如图 1 所示，词汇变迁是社会发展的结果，"文化"概念的发展也是社会变迁的缩影，雷蒙·威廉斯通过《关键词：文化与社会的词汇》为读者展示了社会变迁的路径。

　　我们还可以从雷蒙·威廉斯对"个人、个体"（individual）这一词条的解析，来体会他是如何在词语意涵的历史变迁中深入挖掘"关键词"所负载的巨大意义价值的。

　　雷蒙·威廉斯指出，individual 原意为"不可分的"，强调的是必然的关联性，这与它强调和他者的殊异性的现代意涵相矛盾。雷蒙·威廉斯认为，从该词意义的演变过程可以清楚地看出语言背后的社会史及政治史。他追溯 individual 最接近的词源为中世纪的拉丁词 individualis，在中世纪神学论述中，individualis 与 individual 指的是"实质上的不可分割性"，尤其是在与三位一体（trinity）的整体性相关的讨论中。而 individualis 又源自公元 6 世纪的另一个拉丁词 individuus。这是一个带有词首 in 的负面意涵的形容词，由拉丁词 dividere（意为 divide）演变而

　　① 参见〔英〕雷蒙·威廉斯：《关键词：文化与社会的词汇》，刘建基译，生活·读书·新知三联书店 2005 年版，第 110—117 页。
　　② 该图见李紫娟：《作为文化研究方法的"关键词"：读雷蒙·威廉斯的〈关键词：文化与社会的词汇〉》，《中国文化产业评论》2012 年第 1 期。

来，用于翻译希腊词 atomos，意指"不可切割、不可分割"。雷蒙·威廉斯援引了博埃齐乌斯在公元 6 世纪所著《波菲利疏解密集》第二中对 individuus 的定义。博埃齐乌斯认为称某个东西为 individual，其方式有很多种：一是不可分割，如单一体（unity）或精神（spirit）；二是东西因硬度关系而无法分割，如钢铁；三是无法适用于同一类别的其他事物，如苏格拉底。他指出，第一种意涵一直持续到 17 世纪，第二种自 17 世纪起适用于物理学上的原子，指与众不同的单一个人，第三种意涵从 17 世纪以来经历了极其复杂的演变历史。雷蒙·威廉斯在细致考辨后指出，作为形容词的 individual 最早意涵为"有特性的"（idiosyncratic）、"单一、个别的"（singular），但在实际使用中往往带有贬义意味。雷蒙·威廉斯指出约翰·邓恩（John Donne）曾用 individual 表达了对新潮的"奇异"（singularity）与"个人主义"（individualism）的抗议。而这种包含贬义意味的前提在于视人性为普遍共同的，"个别或独特"（the individual）自然就因为偏离这种共同性而被看作自负、异常的表现。而至约翰·洛克（John Locke）《人类理解力》（*Human Understanding*, 1690）中才真正出现了 individual 一词的现代社会意涵。

雷蒙·威廉斯认为，作为重要的单数名词，individual 的发展并非源自于社会、政治思想，而是源自于逻辑和生物学。他指出，钱伯斯认为逻辑上的分类一般是先"属"（genera），再分为种（species），然后分为个体（individuals），而这样的分类也出现于后来兴起的生物学当中。因此，直到 18 世纪，提及 individual 时首先必提及的是其所属的类别，即"最终不可分的部门"（the ultimate indivisible division）。雷蒙·威廉斯发现，18 世纪末期，社会重大观念的改变很明显地可以由 individual 一词的用法看出，他引述了亚当·斯密《国富论》中的话，"在这些充满猎人与渔夫的野蛮国家里，每一个个体（every individual）……皆受雇佣，发挥其有效的劳力"。而在 19 世纪的生物学与政治思想中，individual 同样是一个显得特别突出的词。后来，达尔文在《物种起源》中指出，"没有人会认为，所有属于同一物种（species）的个体（individuals）皆是由同一种模型铸造出来的"。其后，"an individual"（某群体中的单一分子 [a single example of a group]）逐渐被另一个词"the individual"（某一种基本的生物类别 [a fundamental order of being]）

所取代。

基于上述对 individual 词义演变史的细致考察，雷蒙·威廉斯指出，"个体性"（individuality）的现代意涵的产生可能与中世纪社会、经济与宗教制度的崩解有关，而 individual 的现代意涵则由某一时期的科学思潮与政治经济思想发展而来。在反封建制度的大规模运动中，一种格外强调个人必须超越其在严密层级社会中的角色或功能的新诉求产生了。新教教义也产生了类似的诉求，因而强调不必经由教会为中介，个人可以直接和上帝建立起直接联系。

雷蒙·威廉斯进一步发现在十七八世纪时，逻辑和数学领域出现了新的分析模式，将"个体"（the individual）视为"存在实体"（substantial entity），并由此衍生出"整体性的范畴"（collective categories）等其他范畴。雷蒙·威廉斯认为启蒙运动的政治思潮依据的主要就是这一模式，各种辩论都是从"个体"（individuals）的议题出发，肯定人的原始、根本存在，并借由"服从"（submission）、"契约"（contract）或"同意"（consent）、"新兴自然法"（natural law）等各种方式衍生出法律及社会制度。在后来的发展中，"个体"与"社会"被视作两个抽象的对立范畴。雷蒙·威廉斯注意到，马克思对二者予以了辩证的分析，指出个体是社会的产物，置身于社会关系之中，且由这些社会关系决定。雷蒙·威廉斯发现，人们在论述"the individual"时往往混淆了"个体性"（individuality）与"个人主义"（individualism）之间的区别。其实，自19 世纪初开始，individual 所隐含的两种意涵已经被区分出来了。"个人主义"（individualism）的概念与自由派的政治、经济思潮大致吻合。西美尔区分了"独特性（uniqueness）的个人主义"和"单一性（singleness）的个人主义"，认为后者是属于 18 世纪数学、物理学概念的数量上的思考，前者则是一种性质上的范畴，属于浪漫主义运动和生物进化论的观念，重视"物种"（species）本身及强调"个体"与"物种"的关系，同时也承认每一物种内部成分的独特性。雷蒙·威廉斯认为 individuality 涵盖的历史较长，是在 individual 词义演变所产生的复杂意义中衍生出来的，强调个人的独特性及与群体的不可分割性的身份。individualism 则是 19 世纪创造的新词，不仅是一种关于抽象个体的理论，而且是一种强调个人状态与利益的理论。①

　　雷蒙·威廉斯结合社会、历史、文化、宗教、科学等综合性的发展，对"个人、个体"一词看似富有矛盾性的语义转变进行了精彩确当而极有见地的分析，其研究极富力度、深度与广度，对我国"关键词批评"的深入开展不无启发。由此，我们也可以窥见"关键词批评"融开放性、流变性、变异性与多样性为一体的理论特质。雷蒙·威廉斯在对一系列关涉文化与社会要义的"关键词"意涵变迁的考察中，不仅确立了"关键词批评"的基本理论特质，还在思辨与质询中描绘出了一幅鲜活的社会文明发展景图，为人类社会走向完美和谐提供了新的思考方式和研究视野。

---

① 参见〔英〕雷蒙·威廉斯：《关键词：文化与社会的词汇》，刘建基译，生活·读书·新知三联书店2005年版，第231—236页。

下　编

影响研究与价值评析

第六章
"关键词批评"在中国的勃兴

20世纪90年代以来,雷蒙·威廉斯的"关键词批评"以其独到的研究视角和开阔的理论视野引起了我国学者的关注。文学与文化研究领域出现了不少借鉴其以核心术语为考察重心,运用历史语义学由点入面进行"关键词"相关分析的论文、著作及丛书。本章通过对中国国家图书馆的馆藏书目及中国知网收录文献等进行数据分析,并结合对《文化研究关键词丛书》《文学理论基本问题》《西方文论关键词》等的解析,探析我国"关键词批评"的兴起、发展趋势、基本情况及勃兴原因。本章以概览为主,第十章将围绕我国文学和文化研究领域中一些代表性"关键词批评"论著及学术期刊与"关键词批评"相关的专栏进行详尽阐析。

一、"关键词批评"在中国的兴起及发展概况

20世纪90年代以后,我国一些学术期刊开始以专栏形式刊载"关键词批评"相关文章。《读书》于1995年开设了"词语梳理"(第2期为"词语梳理",其后改为"语词梳理")栏目,从第2期起陆续发表了对"霸权/领导权"(hegemony)、"交往"(communication)、"话语"(discourse)等西方文论"关键词"进行梳理的文章。其后,1998年创刊的《跨文化对话》也从第2期开始在"新论快览"栏目中刊发中西方学者共同参与的"中西文化关键词研究"计划的研究成果,对"经验""自然""真""美"等"关键词"进行阐释。"中西文化关

键词研究"是 1997 年由中国文化书院跨文化研究院提出的项目，得到了欧洲人类进步基金会的资助和美国哈佛大学出版社人文部的支持。该项目由中西方学者通过对遴选出的"关键词"进行文化"力场"①层面的考察，展现中西方文化的面貌。《南方文坛》从 1999 年第 1 期到 2000 年第 6 期在"当代文学关键词"栏目下刊载了 20 篇相关论文。《外国文学》自 2002 年第 1 期至 2016 年第 6 期，先后设立了"文论讲座：概念与术语"和"西方文论关键词"栏目，共刊发专栏文章 138 篇。《中国人民大学复印报刊资料·文艺理论》自 2003 年第 5 期起相继开设了"文论关键词""关键词解析""关键词""关键词研究"等栏目，至 2016 年 12 月，共辑录了 75 篇围绕"关键词"展开阐析的文章。据不完全统计，我国开设过"关键词批评"栏目的学术刊物还有《电影艺术》《国外理论动态》《长江师范学院学报》《长江学术》《信阳师范学院学报》《湛江师范学院学报》《中文学术前沿》等。②

　　随着学术期刊中"关键词批评"专栏的设置及众多相关论文的问世，一些相关著作也随之酝酿而生。2002 年 2 月，第一本据期刊专栏文章修订出版的"关键词批评"著作面世——《当代文学关键词》。该书由洪子诚、孟繁华主编，广西师范大学出版社出版，系在《南方文坛》"当代文学关键词"专栏发表的论文基础上修订而成，除收录了已经发表的论文之外，还增补了与"文艺思想斗争"、"歌颂与暴露"等"关键词"相关的尚未发表的文章。据洪子诚、孟繁华所言，当初设立"当代文学关键词"栏目主要是基于当代文学学科建设的需要，冀望通过对一些"关键词"和关键性概念的梳理，反思、清理我国当代文学。雷蒙·威廉斯曾强调其《关键词：文化与社会的词汇》并非词典，亦非特殊学科的术语汇编，而是一种"词汇质疑探询的记录"。③洪子诚和孟繁华也指出他们的初衷不在于编

　　① 王宾：《词与力——〈关键词研究〉项目概述》，载乐黛云、〔法〕李比熊主编：《跨文化对话 1》，上海文化出版社 1998 年版，第 151 页。

　　② 有关我国文学和文化研究类学术期刊中与"关键词批评"相关的栏目设置及刊发论文详情第十章将做详尽分析，本书还另以附录形式呈现相关信息。

　　③ 〔英〕雷蒙·威廉斯：《关键词：文化与社会的词汇》导言，刘建基译，生活·读书·新知三联书店 2005 年版，第 6 页。

写一本有关当代文学主要词语的词典，而是"质疑对这些概念的'本质化'的理解"，从那些看起来"平滑""统一"的词语中，发现"裂隙"和"矛盾"，并暴露它们"构造"的性质，即"指出这些概念的形成和变异，与当代文学形态的确立和演化之间的互动关系，通过从对象内部，在内在逻辑上把握它们，来实现对'当代文学'的反思和清理"。① 从写作意识上看，《当代文学关键词》与《关键词：文化与社会的词汇》具有内在的一致性，即都从"关键词"入手，质疑和反思某个主题鲜为人知的内在构造与运作机制，不同之处在于雷蒙·威廉斯侧重揭露文化与社会话语形成背后的政治权力关系，洪子诚、孟繁华则是为了反思把握我国当代文学的内在逻辑，同时也试图为学术对话有效性的达成做出努力。

2002 年 10 月，陈思和撰写的《中国当代文学关键词十讲》出版。这是人文社科领域第一本个人独著的以"关键词"命名的学术著作。该书系陈思和应复旦大学出版社之邀，选取他已有的现当代文学相关研究论文组成的成果。陈思和把"战争文化心理""潜在写作""民间文化形态""中国文学的世界性因素"和"90年代文学的无名特征"这五个题目作为他眼中关涉当代文学研究的五个"关键词"，遴选出相关论文，在每个"题目"下设一篇"关键词"阐析和一篇相关当代文学个案研究。陈思和坦言，选取这五个"题目"并不强调其代表性，而是"想借此机会看看那些理论见解与批评实践能否配起套来"。这十篇文章的组合，形成了当代文学研究理论与批评实践的"循环过程"② 的展示。虽然《中国当代文学关键词十讲》不像雷蒙·威廉斯的《关键词：文化与社会的词汇》那样以词典形态梳理多个"关键词"，但同样体现了紧契"关键词"展开论述的问题意识，而且饶有新意地将"关键词"阐析与文学个案研究对照起来。

而我国最早的一本系统介绍西方文论"关键词"的著作《西方文论关键词》出版于 2006 年，是在《外国文学》"文论讲座：概念与术语"专栏刊发的文章基

---

① 洪子诚、孟繁华主编：《期许与限度——关于"中国当代文学关键词"的几点说明》，《当代文学关键词》，广西师范大学出版社 2002 年版，第 3 页。

② 陈思和：《中国当代文学关键词十讲》自序，复旦大学出版社 2002 年版，第 4 页。

础之上结集修订而成的。该书由赵一凡等主编,外语教学与研究出版社出版。《外国文学》设立"文论讲座:概念与术语"专栏之初即对相关文稿做了若干体例与内容的规范性要求:"每一词条均提供简明扼要的术语解说、背景介绍";"对每一概念的发展演变过程,进行仔细的梳理辨析";"力求在外国理论与评论基础上,提出我国学者的自家见解";"在文末提供相应的中外文参考书目,以利读者进一步查阅或跟踪研究"。① 该书结集出版之前,主编又予之以三重明晰定位:"为我国高校师生与相关专业人士,量身制作一部研习西方文论的大型工具书与辅助教材";"广泛借鉴国外同类辞书、相关论文与专著的长处,力求使本书具有鲜明独特的中国特色";"在全书八十余条关键词的庞大基础上,除尽量统一关键词译名外,还要凸显中外学者及其观念之间彼此交流对话的学术效应,明确所选术语与概念的源流、内容、特点和演变;并且最重要的是,反映西方文论在中国的接受、发展、变异及其独立品格"。② 陈平原曾评价此书"中规中矩,可圈可点",当得起"大型工具性理论辞书"之名。③

新世纪以来,与"关键词"有关的写作与研究在我国各领域日益增多。以中国国家图书馆的馆藏中文书目为检索范围,截至2016年,除译著外,第一作者为华人的,以"关键词""关键术语"或"关键概念"为主题或标题的书目总计出版了387本④。其中包含各类与"关键词"有关的著作,如与文学文化相关的《二十世纪中国文学批评99个词》、《关键词200:文学与批评研究的通用词汇编》、《文化批评关键词研究》、《體:中国文论元关键词解诠》《20世纪西方修辞美学关键词》、《幽默理论关键词》(闫广林、徐侗,学林出版社,2010)、《时间性:美学关键词研究》(刘彦顺,人民出版社,2013)、《网络文学关键词100》(禹建湘,中央编译出版社,2014)、《西方文论关键词与当代中国》(胡亚敏主编,中

① 参见赵一凡、张中载、李德恩主编:《西方文论关键词》编者序,外语教学与研究出版社2006年版,赵一凡,第2页。
② 同上书,第3页。
③ 陈平原:《学术史视野中的关键词》(上),《读书》2008年第4期。
④ 检索时间为2017年4月10日,检索结果包括大陆、港澳台出版著作,当纸质书和相应电子资源同时收录时计为一本书。

国社会科学出版社，2015）、《墨白小说关键词》（杨文臣，中国社会科学出版社，2016）、《符号车间：流行文化关键词》（张闳，上海文艺出版社，2016）和《若现若隐的关键词：观察现当代文学的若干视角》（刘卫东，新星出版社，2016）等。其他各类型的"关键词写作"还有如《人生50个关键词》（周国平，上海人民出版社，2013）这样的通俗读物，《商务英语关键词》（浩瀚等编著，中国水利水电出版社，2007）这样的语言类学习用书，《国际专利分类表关键词索引》（李建蓉主编，知识产权出版社，2002）这样的索引书目。在"关键词写作"的潮流中，也出现了不少书名直接包含"关键词"字样的文学作品，如长篇小说《生命中的几个关键词》（盛琼，作家出版社，2003）、短篇小说《关键词》（辛唐米娜，《青年文学》2005年第22期）、短篇小说集《守礁关键词》（王棵，作家出版社，2006）、散文集《幸福的关键词》（韩昌盛，花山文艺出版社，2014）、励志故事《黑板上的关键词》（杨晓敏主编，地震出版社，2013）、杂文集《关键词》（梁文道，中信出版社，2014）等。虽然这些文学作品不是严格意义上的"关键词批评"，但其亦可见证"关键词"日趋强大的影响力。

需要特别说明的是，1983年出版的《古诗文词语纷议辨析》（舒化龙、肖淑琴，广西民族出版社）一书因主题词为"古典诗歌""关键词""考证""中国"，含"关键词"一词，被计入了统计结果。该书是我们检索到的国家图书馆收录图

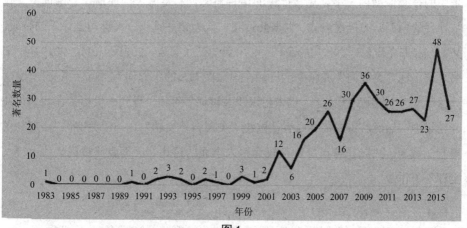

图1

书中出版时间最早的中文"关键词"著作，在 20 世纪 80 年代作为唯一的"关键词"主题著作存在。从出版时间来看，如根据国家图书馆检索结果制作的年出版数量折线图（图 1）所示，与"关键词"相关的各类著作大体上可以说是从 20 世纪 90 年代后开始出现的，年出版数量整体保持波动式增长态势，进入 21 世纪之后，增幅急速加大。

这一统计结果大致呈现了与"关键词"有关的研究或写作在我国愈益增多的发展趋势，然而无法精确反映"关键词批评"这一批评范式及相关研究在我国的应用情况。主要原因在于，检索结果中的"关键词写作"类型多样，不能直接与"关键词批评"画上等号，而一些采用"关键词批评"范式的著作因未直接在标题中标注"关键词""关键概念"或"关键术语"字样，其主题词有时候也未反映其聚焦"关键词"的情况，导致我们未能通过上述统计将其囊括。如旷新年所著的《中国现代文学理论批评概念》（清华大学出版社，2014），书名未出现"关键词"字样，主题词为"中国文学""现代文学""文学评论"，也不含"关键词"等词，故未出现在检索结果中，但该书内容聚焦"文学""人的文学""人民文学""现实主义""浪漫主义""自然主义""社会主义现实主义""典型""形象思维""文艺反映论""文艺与政治"等 11 个核心概念，采用从历史透视中反思的态度揭示我国现代文学理论批评的基本脉络。旷新年强调，对这些概念或"关键词"的阐释采用的是类似勒内·韦勒克《批评的诸种概念》和雷蒙·威廉斯《关键词：文化与社会的词汇》的描述方式。[①] 据此，我们认为该书具有"关键词批评"的特质。又如《寻归荒野》（程虹，生活·读书·新知三联书店，2001、2011、2013）一书书名未出现"关键词"或相关字样，在国家图书馆的主题词为"自然主义""文学流派研究""美国""现代"，也未出现"关键词"等词，导致未被检索在我们的统计结果中。然而，该书核心内容是围绕"美国自然文学"这一"关键词"，对相关概念、渊源、兴起和特点等进行较为深入全面的论述，因而也应被视为"关键词批评"著作。

---

① 参见旷新年：《中国现代文学理论批评概念》绪论，清华大学出版社 2014 年版，第 13—14 页。

　　除"关键词批评"论著的热潮涌动之外，我国国家社科基金项目中也出现了各类相关课题。据国家社科基金项目数据库资料显示①，2003 年由户晓辉主持的"中外民间文学关键词研究"是我国最早在项目名称中出现"关键词"字样的国家社科基金项目。此后，2007 年胡亚敏主持了国家社科基金一般项目"西方文论关键词与中国当代文学批评"；2009 年，蒲若茜主持了国家社科基金青年项目"亚裔美国文学批评范式与理论关键词研究"；2010 年，盖生主持了国家社会科学基金后期资助项目"中国 20 世纪文学原理关键词论要"；2011 年，赖彧煌主持了国家社科基金青年项目"新诗观念史上的关键词谱系研究"；2012 年，李建中主持了国家社会科学基金重大项目"中国文化元典关键词研究"；2014 年，陈冬生主持了国家社科基金后期资助项目"〈德意志意识形态〉关键词谱系化研究"；2014 年，吴泽泉主持了国家社科基金青年项目"清末民初文艺学关键词研究"；2015 年，黄继刚主持了国家社科基金青年项目"后现代空间美学的关键词研究"；2015 年，信娜主持了国家社科基金青年项目"中华文化关键词俄译的语料库实证研究"。笔者也于 2011 年承担了国家社科基金项目"'关键词批评'的理论范式及其在中国的批评实践"，本书即为该项目的最终研究成果。

　　而随着"关键词批评"的影响日增，我国多个学科还出版了自成体系的各类"关键词"丛书。根据我们掌握的资料，这些丛书首先出现在非文学和文化研究领域之中。2004 年，人民日报出版社出版了包括《资本是什么》（宋斌）、《营销是什么》（李俊凯）、《金融是什么》（李小峰）、《市场是什么》（谈江峰）、《管理是什么》（陈杰）在内的"商场关键词丛书"。同年，法律出版社开始推出包括《国际法关键词》（黄瑶，2004）、《知识产权法关键词》（李琛，2006）、《民事诉讼法关键词》（郭翔，2006）和《刑事诉讼法关键词》（马明亮、陈永生，2007）在内的"法律关键词丛书"。2005 年，湖南师范大学出版社出版了"当代教育理念关键词丛书"。此后，中山大学出版社、吉林美术出版社、中国人民大学出版社等出

---

　　① 国家社科基金项目数据库 http://fz.people.com.cn/skygb/sk/index.php/Index/seach，检索时间为 2017 年 4 月 12 日。

版社分别于 2007 年、2011 年、2015 年推出了"社会热点关键词丛书""中国当代广告教学系列丛书"和"社会主义核心价值观·关键词丛书"等丛书。

上述丛书均属于我们在绪论中提到的"关键词写作",而文学和文化研究领域内的"关键词批评"丛书也在 2005 年开始问世。2005 年广西师范大学出版社推出的"文化研究关键词丛书"包括五本著作:《现代性》(汪民安,2005)、《意识形态》(季广茂,2005)、《互文性》(王瑾,2005)、《文化与文明》(曹卫东,2005)、《文化研究》(陶东风、和磊,2006)。作为我国第一套"关键词批评"丛书,该丛书用"一词一书"的形式对"现代性""意识形态""互文性""文化与文明""文化研究"等"关键词"进行了解析。五本著作即五个"关键词",共同勾勒出文化研究这个大语篇的一角。丛书编撰者希望通过对这些"关键词""学渊谱系及发展变化情况"的梳理,"规范使用者在运用这些概念时的差异和分歧","指出文化研究中重要概念的形成与变异及其与文化研究学科的互动关系,努力完整和推动文化研究学科的发展,进而寻求通往概念确切性的道路"。[1] 其中《文化研究》一书,不但在文章的主体内容重点阐释了作为"文化研究"这一"关键词"主要内涵的"大众文化研究""视觉文化研究""身体政治"等关键概念,还在附录中附上了含"文化领导权""有机知识分子""表征"等"文化研究关键词"的简明词条解析。

紧随其后,江苏人民出版社从 2006 年起推出了由张一兵主编的"关键词丛书"。该丛书目前已经面世的有《政治哲学关键词》(张凤阳等,2006 年)、《后现代理论家关键词》(严翅君、韩丹、刘钊,2011)和《法哲学关键词》(夏锦文主编,2013),其中《政治哲学关键词》于 2014 年 1 月推出了第二版。张凤阳在《政治哲学关键词》的《引言》中说明该书主要是为搭建沟通平台而作,希望"主体间的言语行为"是"有效性"的,但同时提出不对概念做"真理式"的"较真",不主张给出"标准答案"。[2] 而《后现代理论家关键词》选择了十位哲学社会

---

[1]　陶东风:《主编的话》,载陶东风、和磊:《文化研究》,广西师范大学出版社 2006 年版,第 3 页。

[2]　张凤阳等:《政治哲学关键词》引言,江苏人民出版社 2006 年版,第 1 页。

科学领域的后现代理论家，攫取"最能代表每位理论家的思想要旨、并能揭示其内在思想逻辑的 3 至 5 个关键词"，依托文本进行解读，以期厘清"后现代理论的大致轮廓、发展脉络以及社会影响"。[①]《法哲学关键词》则试图从本质性、学术性、思想性三个方面，对所选的 24 个"关键词"的内在规定性、发展演变的思想脉络以及与其他概念之间的相互关联进行学术梳理、深度解读和充分阐释。

自 2007 年起，北京师范大学出版社开始推出周宪、杨书澜、李建盛主编的《人文社会科学关键词丛书》。该丛书计划出版《文学关键词》《语言学关键词》《历史学关键词》《哲学关键词》《伦理学关键词》《美学关键词》《逻辑学关键词》《宗教学关键词》《教育学关键词》《心理学关键词》《社会学关键词》《人类学关键词》《传播学关键词》《政治学关键词》《经济学关键词》《艺术学关键词》《文化研究关键词》等 17 本涵盖人文社会科学领域"关键词"的研究著作，现已出版了《文化研究关键词》（周宪编著，2007），《伦理学关键词》（程炼编著，2007）、《心理学关键词》（刘希平，2007）、《艺术学关键词》（李建盛，2007）和《传播学关键词》（陈力丹、易正林编著，2009）等。

2013 年，北京大学出版社出版了共计十本的《人文学科关键词丛书》，包括《意义：当代神学的公共性问题》（杨慧林）、《礼物：当代法国思想史的一段谱系》（张旭）、《身体：从感发性、生命技术到元素性》（夏可君）、《动物（性）：传统与现代之间的人性根由》（赵倞）、《倾听：后形而上学时代的感知范式》（耿幼壮）、《书写：碎片化语境下他者的痕迹》（王涛）、《行动：从身体的实践到文学的无为》（汪海）、《法则：现代危机和克服之途》（葛体标）、《焦虑：西方哲学与心理学视域中的焦虑话语》（杨钧）、《道说：从逻各斯到倾空》（芮欣）。该丛书以跨学科的原典梳理为分析线索和立论依据，用"一词一书"的形式从各人文学科交叉概念入手，深入探究了当代西方神学与人文学的内在关联、相互借鉴及深层对话，同时又从我国自身的学术处境和问题意识出发，试图把握当代西方思想的关键概念、核心命题和基本逻辑。

[①] 严翅君、韩丹、刘钊：《后现代理论家关键词》前言，江苏人民出版社 2011 年版，第 2 页。

我们在第二章检视 20 世纪 90 年代以来西方"关键词批评"的发展状况时曾经指出,在西方学术界和教育界出现了不少运用"关键词批评"研究方法的教材,如瓦·叶·哈利泽夫的《文学学导论》、彼得·威德森的《现代西方文学观念简史》、安德鲁·本尼特和尼古拉·罗伊尔合著的《关键词:文学、批评与理论导论》等。在新世纪初,我国文学和文化研究领域也出现了一些采用"关键词批评"模式的教材。如赵一凡等主编的《西方文论关键词》、陶东风主编北京大学出版的《文学理论基本问题》(2004)等。前文已经提到,《西方文论关键词》的出版定位即为"研习西方文论的大型工具书与辅助教材"①,是一本"关键词批评"著作;而《文学理论基本问题》这本教材虽然书名没有出现"关键词",但有研究者认为其具有雷蒙·威廉斯的"关键词"研究意义②,该书与过去我国"体系式"文学理论教材不同,采用了问题与"关键词"结合的方式,在"历史化"与"地方化"的语境还原中阐析文学理论的基本问题,围绕什么是文学,文学的思维方式,文学与世界,文学的语言、意义和解释,文学的传统与创新,文学与文化、道德及意识形态,文学与身份认同等,解析了文学概念的形成、界定和发展,梳理了"文学性""再现"等相关概念和"关键词"。此外,我国还出现了一些直接以"关键词"命名的其他学科教材,如江苏人民出版社出版的《中外艺术关键词》(施旭升主编,2009),吉林美术出版社出版的《广告心理解析关键词》(赵元蔚,2011)、《广告传播文化关键词》(赵小塘,2011)、《广告文案美学关键词》(卢珊,2011)、《广告行销策划关键词》(李杉,2011)和《广告创意哲学关键词》(鞠惠冰,2011)等五本"中国当代广告教学系列丛书"。

采用"关键词批评"或"关键词"与问题结合式的方法来编写教材,一方面是因为以"关键词"为轴线来叙述把握核心价值既灵活又高效;另一方面是"关键词批评"反辞书性中的非权威性特点相对传统体系式的宏大叙事,更荷载了传承学术时激发创新思考的教育目的。一般而言,作为传授知识的重要载体,教材

①　赵一凡:《编者序》,载赵一凡、张中载、李德恩主编:《西方文论关键词》,外语教学与研究出版社 2006 年版,第 3 页。

②　刘坛茹:《关键词研究在中国当代文艺理论建构中的价值》,《济南大学学报》2010 年第 4 期。

的内容应当是严谨而较少争议的，教材对"关键词批评"范式的应用是"关键词批评"本身价值的体现，也说明了学术界、教育界对其价值的认可。而随着这种应用实践的拓展，不但有益于学科建设，也会扩大"关键词批评"的影响并刺激相关研究。

二、"关键词批评"在中国勃兴的原因

20世纪90年代以来，在全球化持续飞速发展的大时代背景中，我国社会也步入了急剧转型的快车道，互联网技术一日千里的迅猛发展不断加剧着我国社会文化变迁的复杂性。此时，西方文论证从"理论"向"理论之后"迈进，我国的文学理论与批评研究面临着内外纷繁的驳杂境况。怀抱着建构自身的美好愿景，国人一方面继续寻求域外的新知"为我所用"，一方面不断检视自身的问题，希望通过回溯过去把握未来。"关键词批评"这一源自雷蒙·威廉斯的研究与批评方法，因其特有的价值内涵正是在此时被引入我国并得到较为广泛的应用，"前关键词时期"的相关理念积累更是促发其勃兴的一个原因。正是在本土学术土壤的滋养及西方学术观念的促发下，"关键词批评"在我国世纪之交的文化时空中生发勃兴。

20世纪60年代，"全球化"一词被收录进《韦氏大词典》和《牛津英语词典》，但直至20世纪80年代中期，"知识界对'全球化'这一概念还没有给予足够的重视"，短短数年之后，到20世纪80年代后期它却"俨然成了被争相引用又争议颇多的话题"，"及至今日，'全球化'几乎已是无须界定且无所不在的口号"。[①]受到科学技术的发展特别是互联网技术的影响，"全球化"从经济向文化等社会各领域蔓延。其最主要的特征是"空间上的世界压缩"和"地域联结"，也即"地球村"一词所直接传递出的意义。科学技术的发展推进了全球化的进程，而"全球化"时代又反过来促进了科技文化等方面的知识更迭与传播速度。联合国教科文组织曾做过一项关于知识更新周期的研究，发现18世纪知识更新周期为

---

① 杨乃乔主编：《比较文学概论》，北京大学出版社2002年版，第1页。

80—90年；19世纪到20世纪初，知识更新周期缩短为30年；20世纪六七十年代，一般学科的知识更新周期为5—10年；20世纪八九十年代，许多学科的知识更新周期缩短为5年；而进入21世纪，知识更新的速度已缩短至2—3年。① 我们身处的这个"全球化"时代也是信息爆炸的时代，知识更迭速度之快让人应接不暇，随着快餐文化、信息碎片化的出现，短阅读、轻阅读等求新求快的阅读和写作方式也成为人们获取信息和知识的一种策略。同时，社会各领域比以往任何一个时期都显得更加驳杂多元，人们渴求一种提纲挈领、直指核心的高效方式来选择和提取自己所希望获得的信息。而抓住"关键词"，往往可以在相对较短的时间内把握最为紧要的信息，无怪乎有写作者认为"关键词式写作"在如今"也许是最佳的写作策略"。②

不过，对文学和文化研究来说，我们需要的却不仅仅是通过"关键词"快速获取核心信息，还要通过对"关键词"的精准把握推进学科纵深发展。我们在第二章分析西方"关键词批评"发展状况时曾提到，如果将20世纪60年代到90年代看作"理论时期"或曰"理论转向时期"，20世纪末至今则进入了"后理论"时期。在"理论时期"，文学研究向文化研究发展，解构观念出现并盛行，对"文学"和"文学学"本身的审视与反思几乎成了一个首要问题，西方文学进入到一种重新回到概念原初意义、检省自身状况的阶段；而"后理论"的阶段也不是要抛弃理论建构，其言说仍然建立在术语词汇之上，对于研究者来说，对概念的辨析仍然是需要的。因此，对"关键词"进行研究是"文学学"在这一阶段自身发展的诉求。而我国的文学和文论研究，从20世纪90年代起，一方面面临着西方"理论"与"后理论"话语不断涌入，文化研究逐渐侵占文学本体研究的挑战，"文学"和"文学学"的内涵与意义亟待重新回答；另一方面，中国文论又陷入域外新词和理论流派涌入后被误用、滥用的现实，需要在"失语"与"话语重建"的争论中艰难拓进。基于此，我们看到我国不少学者开展"关键词批评"的主要

---

① 《时事报告·信息速览》2010年第2期。
② 陈崇正：《短阅读与关键词写作》，《新民周刊》2014年第3期。

目的之一就是对重要词语或概念进行正本清源，尤其是对来自西方文学和文化研究的"关键词"进行必要的考辨和梳理。

南帆主编的《二十世纪中国文学批评99个词》出版于2003年，是较早在体例和理念上系统借鉴雷蒙·威廉斯《关键词：文化与社会的词汇》研究我国现当代文论的著作。该书借用了《关键词：文化与社会的词汇》的辞书式排序，将排布原则由按首字母顺序调整为按笔画数量排列，收录了大量域外"关键词"条目，如"后殖民批评""异化""零度写作"等，以较少篇幅梳理了我国现当代文学属性的本土概念。南帆等人正是觉察到了愈来愈频繁的"理论旅行"[①]的趋向，从而试图对源自西方的术语在我国的"游记"进行考察。在考察中，他们还窥见了这些"关键词"在跨国旅行中的细微变异。如书中对"陌生化"的检视，不仅回溯了什克洛夫斯基《作为手法的艺术》对"陌生化"的孕育、20世纪60年代后西方文论对"陌生化"概念的直接应用以及20世纪80年代我国文论界对该术语的引入，还分析了它在我国批评实践中发展出的独特性，即"除了作为界定文学本质特性的基本概念外"，还起着"与艺术的创新、个人的创造和艺术的变形等艺术问题相关联"[②]的作用。

而内容直接指涉西方文论"关键词"的《西方文论关键词》《幽默理论关键词》《西方文论关键词与当代中国》等书更是试图对西方引入的"关键词"正本清源。在正本清源或曰"原其所原"[③]的基础上，这些著作各有侧重点地进行了自己对"关键词"的研究。赵一凡等主编的《西方文论关键词》除对各词条提供简明扼要的术语解说、背景介绍、梳理辨析外，还"力求在外国理论与评论基础上，提出我国学者的自家见解"。[④]其中，"讽寓"（张隆溪）、"话语"（陈永国）、"交往理性"（章国锋）、"书写"（林少阳）、"文学场"（张意）、"文学性"（周小仪）、"性属/社会性别"（王晓路）、"叙事学"（申丹）等条目均体现了编写者自身的丰

① 南帆主编：《二十世纪中国文学批评99个词》前言，浙江文艺出版社2003年版，第2页。
② 同上书，第283页。
③ 闫广林、徐侗：《幽默理论关键词》前言，学林出版社2010年版，第8页。
④ 赵一凡：《编者序》，载赵一凡、张中载、李德恩主编：《西方文论关键词》，外语教学与研究出版社2006年版，第2页。

厚学养。《幽默理论关键词》旨在对幽默理论做较全面的梳理，希望做好相关研究的基础工作。《西方文论关键词与当代中国》则意在"探寻关键词在不同民族和语境中的变迁，考察和总结它们在中国文学批评中的流变与组构"①。姚文放认为，从域外获取理论资源是值得赞赏的，我们的文论建设中曾存在着一些这样的里程碑：王国维、梁启超等对"新学语"的"吸纳和输入"；20世纪30年代左翼文学对"苏联及日本左翼文学的文论观念的接受"；世纪之交"全球化"浪潮对我国文学理论话语"本土自觉"的激发等；而"关键词批评"作为文学新风尚和新热潮，从学术层面上说，"对于文学理论的影响之巨绝不逊于上述任何一次潮流"。②可见，"关键词批评"既是可借鉴的域外新资，又是供我们更好地吸收其他各种域外理论资源的工具。不过，我们也要清醒地看到，目前我国对"关键词批评"本身的认识与研究不足，在深入探析话语深层的权力问题等方面相对薄弱。

　　世纪之交的我国文学，既受到文化研究及反本质主义诉求的挑战，又要面对言说西化带来的本土文学理论与批评的自我身份认同等问题，在这一语境中，如上述"关键词批评"著作那样将引入的理论、方法和术语等有所甄别地"为我所用"，是刻不容缓的现实需要，也有利于相关学科的健康发展。上文提及的陶东风主编的《文学理论基本问题》就借鉴了"关键词批评"的撰写方式，有意识地反思我国文艺学学科自身和文艺学教材本质主义问题。编者认为，我国的文艺学教学与研究的最主要问题是，"以各种关于'文学本质'的元叙事或宏大叙事为特征的、非历史的本质主义思维方式严重地束缚了文艺学研究的自我反思能力与知识创新能力，使之无法随着文艺活动的具体时空语境的变化来更新自己"，这种本质主义思想反映在国内的文艺学教材中，则是固化的"本质论"基调和方方面面的绝对论断。③因此，该书从体例到内容上均意在为打破本质主义的霸权而努力。该书打破了文艺学教材传统通行体例，"改为用中外文学理论史上反复涉及的，或者

---

① 胡亚敏：《"概念的旅行"与"历史场域"——〈概念的旅行——西方文论关键词与当代中国〉导言》，《湖北大学学报》2015年第1期。

② 姚文放：《话语转向：文学理论的历史主义归趋》，《文学评论》2014年第5期。

③ 陶东风主编：《文学理论基本问题》，北京大学出版社2004年版，《导论》，第1页。

在今天的文学研究中大家集中关注的基本问题结构全书的原则","在认真梳理、研究中西方文学理论史的基础上，提出不同国家与民族的文学理论共同涉及的几个'基本问题'与重要概念"。①

近二十年来，在我国的文学研究中，以"关键词"为切入点的论文与著作呈现增长态势，除上面所分析的时代文化语境与学科自身发展因素之外，另一个直接动因就是文化研究及雷蒙·威廉斯《关键词：文化与社会的词汇》的影响。陈平原认为，虽然雷蒙·威廉斯《关键词：文化与社会的词汇》一书的中译本2005年才面世，但我国从20世纪末以来的"关键词"讨论热潮"仍以此书为肇端"，而此书在中国的影响应归于《读书》的积极推介：该刊1995年第2期上发表的汪晖的《关键词与文化变迁》，强力推介了《关键词：文化与社会的词汇》一书。同时，《读书》当期设立的"词语梳理"栏目促使"'词语梳理'作为一种学术思路，逐渐荡漾开去"。②

确实，我国不少有影响的"关键词批评"或"关键词写作"著作都在《前言》《绪论》等中直接提到了雷蒙·威廉斯及其"关键词"研究范式，如《二十世纪中国文学批评99个词》《文化批评关键词研究》《中外艺术关键词》《网络文学关键词100》《中国现代文学理论批评概念》《西方文论关键词与当代中国》等。《二十世纪中国文学批评99个词》的作者南帆认为，阐释"复杂的历史脉络的聚合之处"的关键性概念可以"从某一个方面阐释一个时代"，雷蒙·威廉斯的《关键词：文化与社会的词汇》是一个"众所周知的楷模"。③对雷蒙·威廉斯"关键词批评"价值的推崇无疑是诸多学者有意识地对借鉴其批评范式进行研究的重要原因。

原本就诞生于文化研究之中的"关键词批评"，也因为研究者们的有意识借鉴而在我国的文化研究中大放异彩。陶东风主编的《文化研究关键词丛书》、周宪等主编的《人文社会科学关键词丛书》、王晓路等著的《文化批评关键词研究》、汪民安主编的《文化研究关键词》等，均是其中翘楚。陶东风主编的《文化研究关

---

① 陶东风主编：《文学理论基本问题》导论，北京大学出版社2004年版，第25页。
② 陈平原：《学术史视野中的关键词》（上），《读书》2008年第4期。
③ 南帆主编：《二十世纪中国文学批评99个词》前言，浙江文艺出版社2003年版，第1—2页。

键词丛书》与雷蒙·威廉斯的"关键词批评"有着直接的影响关系。陶东风称该丛书出版主要有两个原因：其一，作为 20 世纪末国际上最有活力、最富创造力的学术思潮之一，文化研究自 20 世纪 90 年代起被介绍到我国，然而，其本身的跨学科特点及西方相关研究著作的卷帙浩繁为国内学术界把握其核心价值与整体面貌带来了困难，如雷蒙·威廉斯曾经做过的那样，从"关键词"入手"不失为一个明智的选择"，因而可以尝试借用他的方法把握文化研究；其二，就我国文化研究的自身建设而言，相关"关键词"的研究亟待开展，因为西方话语进入我国后存在理论与概念梳理不够、使用混乱等问题，而"概念、术语是研究的基石，尤其是对具有强烈批判性和实践性品格的文化研究课题来说更是意义重大"，故而，扫除障碍，"下功夫清理和厘定西方文学理论中关键性概念"已是"刻不容缓"。①他称雷蒙·威廉斯的《关键词：文化与社会的词汇》是通过对"关键词"的考辨来梳理西方思想史的经典著作。②随着理论视野向社会学和政治哲学领域的聚焦，这一系列"关键词丛书"也相应地体现出一定程度的政治性。编撰者像雷蒙·威廉斯那样，非但没有回避"意识形态"的政治性，还介入其中进行了操演。在《意识形态》一书的第一章中，作者将"意识形态"概念的源起、变迁与启蒙运动、法国大革命乃至第二次世界大战相联系。在接下来的篇章中，作者又从马克思主义传统和非马克思主义传统两条路径对这一概念的发展进行了细致的梳理。③而在《文化研究》一书中，陶东风更是专辟"文化、权力与差异政治"一章，阐析西方文化研究中关于文化、权力与不平等的关系。在这一章中，作者论述差异问题时不仅细谈了"差异文化"，还从阶级、种族、性别与身份四个维度出发对"差异政治"进行了细致的梳理，在每个维度的梳理中都体现出作者对政治性的高度重视。例如在界定身份差异时，他引进了身份政治的概念，提出身份政治"是一种关于激进政治的新原则，身份应当成为政治视野和实践的核心"④，强调了政治

---

① 陶东风：《主编的话》，载陶东风、和磊：《文化研究》，广西师范大学出版社 2006 年版，第 3 页。

② 同上书，第 2 页。

③ 参见季广茂：《意识形态》，广西师范大学出版社 2005 年版。

④ 陶东风、和磊：《文化研究》，广西师范大学出版社 2006 年版，第 76 页。

对于身份差异的重要建构意义。

　　不过，回溯"关键词批评"在我国的生发，虽然《读书》刊发的汪晖一文对《关键词：文化与社会的词汇》的推介是我们目前看到的国内最早相关文献，也确如陈平原所言对我国涌现"关键词"热潮产生了极大的影响，但我们不能据此判断我国学术界"关键词"的言说与应用均来自于雷蒙·威廉斯"关键词批评"的影响。在此，我们以中国知网的文献库为样本库，对雷蒙·威廉斯和"关键词研究"在我国的出现做一个补充性概览。我们统计了两组数据：第一组，检索全文字段含有"雷蒙·威廉斯"（或"雷蒙德·威廉斯"或"雷蒙·威廉姆斯"）与"关键词"的文章，从 1989 年至 2016 年共有 3067 个结果；第二组，检索主题含有"关键词"的文章，从 1980 年至 2016 年共有 110414 个结果。①

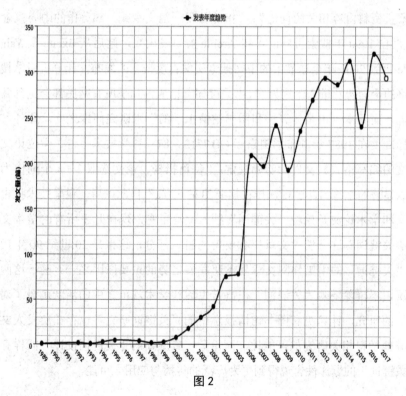

图 2

<hr />

①　检索时间为 2017 年 4 月 12 日。

　　这两组数据差异极大，图 2 代表的第一组数据显示，2000 年前，同时提到雷蒙·威廉斯与"关键词"的文献，也即关注到雷蒙·威廉斯的"关键词批评"或关注到雷蒙·威廉斯与"关键词研究"之关系的文章一直较少，2000 年后，相关文章的出现方才趋于增多。图 1 和图 2 表明，虽然 20 世纪 90 年代之后我国学术界开始出现"关键词写作"和"关键词批评"，并且主题含"关键词"的论著从初现到蓬勃发展极为快速，但基本上是在进入 21 世纪之后，对雷蒙·威廉斯及其"关键词批评"的关注才开始呈现明显增长趋势。

　　事实上，作为一个常用的新词，"关键词"的高频出现与 20 世纪 90 年代后的计算机搜索引擎的发展及我国论文编写规范文件的出台实施有密切关系。《现代汉语新词语词典》对"关键词"的释义包含两个义项："指在电脑中查找资料时输入的与所查资料内容相关的词语"；"指能体现一篇文章或一部著作的中心概念的词语"。[1] 自 1990 年搜索引擎的鼻祖 Archie 被研发出来，此后从 Excite 到 Yahoo 到 Google 再到 2001 年全球最大的中文搜索引擎百度搜索的发布，计算机引擎搜索随着网络的全面普及进入千家万户，"关键词"也成为几乎所有网民都会见到并使用的词汇，而其本身也是计算机和图书馆情报学的学术研究问题之一。此外，我国国家标准委在 1987 年颁布了国家标 GB 7713—87《科学技术报告、学位论文和学术论文的编写格式》文件，明确规定："每篇报告、论文选取 3—8 个词作为关键词，以显著的字符另起一行，排在摘要的左下方。"自此以后，科学技术报告、学位论文和学术论文开始将"关键词"纳入编写范围，现在几乎所有的学术文献都含有"关键词"这一切入文章核心要旨的组成部分，这也是 20 世纪 90 年代后主题含"关键词"的中国知网文章呈飞速发展之势的重要原因之一。基于这两方面的情况，不排除随着"关键词"在日常生活和学术规范之中的活跃刺激了对"关键词"的研究，计算机和图书馆情报学中的"关键词研究"也存在启发人文社会科学其他学科相关研究的可能性，而雷蒙·威廉斯的"关键词批评"同样存在随着"关键词"的爆炸性言说得到更为广泛的传播与应用之可能。

---

　　① 亢世勇、刘海润主编：《现代汉语新词语词典》，上海辞书出版社 2009 年版，第 110 页。

从我国已经出版的"关键词研究"相关论著看，有一些难以确证与雷蒙·威廉斯之间是否存在影响关系。如张荣翼虽然在《现代性、对话性、异质性——中国当代文论的内在关键词》一文中选取"现代性""对话性"和"异质性"作为我国当代文论最重要的三个"关键词"进行阐释，并言明这种"关键词"梳理对于学科所具有的重要建设意义，然而在论及研究"关键词"的意义和价值时，他并未提及雷蒙·威廉斯，而是提到了丹尼尔·贝尔（Daniel Bell）的系统中轴原理思想。中轴原理指由体系的各基本坐标进入，从而把握整体体系。张荣翼认为，"关键词作为荷载了最核心的思想的概念"，正是中轴原理的"承担"者，"可以作为某种思想和体系把握问题的出发点和坐标"。[①] 诸如此类的"关键词批评"论著还有不少，很难判定他们是否直接或间接地受到过雷蒙·威廉斯及其"关键词批评"的影响。早在 1987 年，我国著名哲学家张岱年曾出版《中国古典哲学概念范畴要论》（中国社会科学出版社）一书。该书将我国古典哲学的基本概念集中起来，从字面、历史、解经的角度对之进行系统阐释。[②] 作者把我国古典哲学的概念范畴分为自然哲学、人生哲学和知识论三类，在每个概念范畴下陈列不同思想家和哲学家的观点，梳理了"道""气""中庸"等 64 个概念范畴。2002 年，耶鲁大学出版了该书的英文版，译者艾德蒙·赖登（Edmund Ryden）将该书的英文书名译作 *Key Concepts in Chinese Philosophy*，某种程度上也反映了该书类乎"关键词批评"的内涵，但目前未见资料显示此书的创作与雷蒙·威廉斯有直接的影响关系。

其实，在"前关键词批评时期"，即早于雷蒙·威廉斯的《关键词：文化与社会的词汇》之前，我国曾出现过种种类似于"关键词批评"的写作现象，包括本书前文曾经提及的对"道""势"等核心概念的批评实践，而其他域外学者的类似研究对我国"关键词写作"的出现也有过影响。如英美新批评的早期代表人物 I. A. 瑞恰兹（Ivor Armstrong Richards）和威廉·燕卜荪在 20 世纪 30 年代曾在我国知名

---

① 张荣翼：《现代性、对话性、异质性——中国当代文论的内在关键词》，《湘潭大学学报》2006 年第 5 期。

② Lian Cheng. Rev. of *Key Concepts in Chinese Philosophy*, by Zhang Dainian, trans. Edmund Ryden. *The Journal of Asian Studies* 63. 2（2004）: pp. 501-502.

高校任教，比雷蒙·威廉斯更早地进入了国人的视野。陈平原曾分析道，朱自清受二人的影响，认识到现代语义学和中国传统训诂学的不同，开始将语义分析和历史考据相结合，写作了经典著作《诗言志辨》（开明书店，1947）。而"借考证特定词汇的生成与演变，来'辨章学术，考镜源流'"，对于中国学者来说，"实在是'老树新花'"，如清儒阮云，后来的郭绍虞、朱东润等学者均有相关实践。语言学家王力则认识到中国传统的训诂学过于"崇古"，可借鉴语义学的方法对语言做历史变迁的考察。他从 20 世纪 40 年代起开始倡导对语言新起的和当下的语义予以同等的重视，从而建立了中国的"新训诂学"。^① 这些在我国相关学科领域进行的语言分析实践和研究，均为 20 世纪 90 年代后的"关键词批评"的勃发奠定了基础。因此，20 世纪 90 年代以来，当"关键词"日渐流行之后，尽管很多人并未直接受到雷蒙·威廉斯"关键词批评"的影响，或并未全面认识到"关键词批评"的理论特质，但却在词语释义时已不再停留于"崇古"式解读，而是蕴含着某些历史语义学的内涵。而汪晖对雷蒙·威廉斯的"关键词"研究进行的较为深入的解读和推介，又促使学界对雷蒙·威廉斯及"关键词批评"予以了越来越多的关注。总体而言，结合学术传承与时代语境来看，"关键词批评"在中国的勃兴一方面是因为"前关键词时期"的理念积累与雷蒙·威廉斯《关键词：文化与社会的词汇》等的影响；另一方面是基于中国文论在全球化语境中自身学术话语的建构需要，其时学界需要对泛滥的域外理论术语资源进行正本清源的甄别以"为我所用"，同时"文学"和"文学学"面临着文化研究与"理论"进程的挑战与质询，也需要回溯自身核心概念的内涵与意义。

---

① 参见陈平原：《学术视野中的"关键词"》（下），《读书》2008 年第 5 期。

第七章
"关键词批评"在中国的译介和研究状况

在本书绪论中，已提及西方"关键词批评"源自雷蒙·威廉斯的《文化与社会：1780—1950》与《关键词：文化与社会的词汇》二书。本章首先以《文化与社会：1780—1950》和《关键词：文化与社会的词汇》的中译本为时间节点，考察"关键词批评"译介工作在我国的起步与发展。鉴于与"关键词批评"在我国的广泛运用相较，国内学术界对其自身的译介和研究略显滞后，本章还将重点对"关键词批评"在我国的传播、研究的整体状况及相关研究相对贫弱的原因进行分析。

一、"关键词批评"在中国的翻译概况

作为"关键词批评"正式诞生标志的《关键词：文化与社会的词汇》，与雷蒙·威廉斯的《文化与社会：1780—1950》一书有着特殊的血缘关联，后者的附录即是前者的雏形。《文化与社会：1780—1950》中译本由吴松江翻译，于1991年在北京大学出版社出版。不过，该书中译本的问世并没有引起国内学者对"关键词批评"的广泛关注。而且，正如图1所显示的那样，在1990年至2004年期间，也没有其他的"关键词批评"相关译著进入我国学术界。

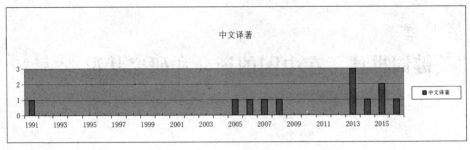

图 1^①

如果我们把《文化与社会：1780—1950》中译本的问世看作"关键词批评"翻译工作在我国的萌芽，那么时隔 14 年，它的第二阶段的翻译工作才在 2005 年之后逐渐展开。其中，最有代表性的当属雷蒙·威廉斯《关键词：文化与社会的词汇》一书的中译本。该书由刘建基翻译，2005 年由生活·读书·新知三联书店出版。如在本书上编相关章节中所分析的那样，《关键词：文化与社会的词汇》在批评理念和批评文体两方面均为"关键词批评"做出了重要贡献。就批评理念而言，该书确立了"关键词批评"的两大理论特质：一是以"关键词"钩沉为写作模式，对文化与社会研究的核心术语进行历史语义学梳理，注重词语之间的关联性，揭示词语背后的政治立场与人文印迹；二是体现了充满张力的学术思维特点，主张概念的意义与鲜活的理论活动、阐释实践密不可分，关注"关键词"的开放性与流变性，重视其生成语境、基本含义及在批评实践中的发展变异。就批评文体而言，雷蒙·威廉斯的《关键词：文化与社会的词汇》虽然对 131 个有关社会文化方面的核心词语的解说有些简略，但作者以对这些"关键词"演变的敏锐洞察及集辞书性、文论性、资料性为一身的独特批评体例开启了"关键词批评"的文本范例，在借鉴辞书编撰理念的同时，又突破了对词条进行定评式界说的话语权威姿态，表现出一定的反辞书性，其对文化现象的多元探讨也给文学理论与批

---

① 　图 1 根据上海图书馆、浙江大学图书馆数据库统计了截至 2016 年 12 月 31 日之前在中国出版的与"关键词"有关的文学、文化研究译著。

评以启迪。《关键词：文化与社会的词汇》的翻译出版为我国文学和文化研究带来了一缕新鲜空气，其后，丹尼·卡瓦拉罗的《文化理论关键词》、安德鲁·本尼特与尼古拉·罗伊尔合著的《关键词：文学批评与理论导论》、于连·沃尔夫莱的《批评关键词：文学与文化理论》等"关键词批评"著述陆续译介至我国，国内学者也开始关注对"关键词批评"方法的研究和运用。

丹尼·卡瓦拉罗的《文化理论关键词》中译本由张卫东、张生、赵顺宏合作翻译，江苏人民出版社 2007 年出版。该书以批判理论和文化理论为言说对象，强调批判及文化理论的跨学科特征，并力求显明如下事实：批判及文化理论"已经渗透了众多的学科领域，其主要论题引发了庞杂的阐释，其自身的含义则总是开放的，可以跨越时空重新界定"。[①] 根据作者的这一定位，我们不难管窥作者对于术语概念的动态理解：从成书立场上看，该书将历史视为一个动态发展的过程，文学批评术语的内涵正是在这变动的历史演进中不断产生新变的；从成书方式上看，该书"每一章都将一个主题处理为一个概念，其中涉及各种各样的哲学立场，其主要的倡导者，以及其社会、历史和意识形态的语境"[②]，并运用几组"关键词"阐释了作者对语言与阐释、社会身份等议题的理解。作者也为读者设计了两条阅读该书的路径：一是线性路径，将全书 18 章内容看作一个整体，逐章顺序阅读；二是将每一章视为相对独立的个体，既可以仅单独阅读某一章，也可以按照任意顺序将各个章节串联起来。总而言之，作者既突出了单个"关键词"内涵的变动不居，又强调了各个"关键词"之间的互动关系，赋予了这本理论性著作以流水般的灵动性。

2007 年出版的另一部"关键词批评"著作的中译本是安德鲁·本尼特与尼古拉·罗伊尔合撰的《关键词：文学批评与理论导论》，由汪正龙、李永新翻译，广西师范大学出版社出版。该书在编撰体例上进一步突破了辞书性，彰显了文论性。

---

① 〔英〕丹尼·卡瓦拉罗：《文化理论关键词》总论，张卫东、张生、赵顺宏译，江苏人民出版社 2007 年版，第 2 页。

② 同上书，第 3 页。

作者提供了一种新颖的文学理论与批评范式，在编排上也显示出了独具匠心的系统建构。他们以文学活动中的"作者""文本与世界""悬念""愉悦""性别差异"等 32 个"关键词"结构全书，以"开端"这一章开始，以"结局"这一章结束。这种编排看上去序列井然，但由于各词条又是相对独立的，其实，读者"可以从其中任何一章开始阅读"，作者甚至不无风趣地说，即便从"结局"这一部分阅读，"也会是一个不坏的开始"①，而全书各章合起来又共同构成了整个文学活动的各个方面和大致风貌。作者"从文学与其他文化形态的相互作用入手分析文学的特征，或从新的学术视野透视文学作品，揭示各类文学问题的生成语境和变形图景，吸纳了很多鲜活的文学现象和文学经验，勾画出文学活动丰富多彩的面貌"。②作者在论述每一个核心范畴时都力图呈现出问题的起源与流变，具有厚重的历史感和强烈的时代感。因而，该书不仅在体例的突破上给予我国的"关键词批评"以启思，更在批评理念上为我们点亮了一盏明灯，完全当得起"视野开阔，方法独特，信息量大，可读性强，对许多问题提出了新的看法"③这样的评价。

于连·沃尔夫莱的《批评关键词：文学与文化理论》一书由陈永国翻译，北京大学出版社于 2015 年出版。该书每一个词条的释义均由四部分内容组成：简要介绍这些"关键词"，简短引述重要思想家、批评家的观点以激发深入讨论，促进真正理解；为每一个"关键词"提供相关的词汇表及注释；在每一个"关键词"后面均提出若干反思性的实用问题，以引导读者进一步思考；每一个"关键词"还提供了解释性注释和参考书目以利于读者深入研究。该书一共探讨了"卑贱""绝境""召唤""权力""书写"等 43 条文学和文化研究之中的术语、概念、主题，由此解析这些"关键词"的复杂性，其目的并非解决"悖论、矛盾或含混性"，而恰恰是要"强调甚至肯定这些属性"。这对过去偏重于追求"关键词"确

---

① 〔英〕安德鲁·本尼特、尼古拉·罗伊尔：《关键词：文学批评与理论导论》序言，汪正龙、李永新译，广西师范大学出版社 2007 年版，第 2 页。
② 〔英〕安德鲁·本尼特、尼古拉·罗伊尔：《关键词：文学批评与理论导论》前勒口，汪正龙、李永新译，广西师范大学出版社 2007 年版。
③ 同上。

定意涵的研究来说是一个挑战，能够极大地激活人们对相关问题的多维思考。正如有研究者所言，"本书向读者发出了最卓越的、经过缜密思考的、不留任何个人印记的邀请，使你可以在文学和文化理论中遨游驰骋"，是进入现代思想的最好的路径。①

随着文学和文化研究领域有影响力的"关键词批评"中译本相继问世，愈来愈多的相关著述陆续通过翻译的途径进入国人视野，如德利勒等编著的《翻译研究关键词》（Jean Delisle, Hanna Lee-Jahnke, Monique C. Cormier and Jörn Albrecht. *Terminologie de la traduction*, 1999. 孙艺风、仲伟合编译，外语教学与研究出版社，2004）、苏珊·海沃德的《电影研究关键词》（Susan Hayward. *Cinema Studies: the Key Concepts*. 邹赞、孙柏、李玥阳译，北京大学出版社，2013）、安娜贝拉·穆尼和贝琪·埃文斯编的《全球化关键词》（Annabelle Mooney and Betsy Evans. *Globalization: the Key Concepts*, 2007. 刘德斌等译，北京大学出版社，2014）等。

然而，与西方"关键词批评"如火如荼的发展趋势相比，相关著述的翻译工作尚存在不小的距离。20 世纪 90 年代以来，国外在"关键词批评"方面取得了不少重要研究成果。在本书第二章"20 世纪 90 年代以来西方'关键词批评'发展检视"中提到的那些在西方学术界颇受推崇的文学和文化理论方面的"关键词批评"研究成果，大部分还没有中译本。"关键词"本身已经日益成为国内文学、文化研究的一个常用术语，"关键词批评"也已然成为一种重要的批评方法，而国内的翻译工作却没有能够及时地跟上这一发展步伐及时译介更多的国外相关学术著作，这不能不说是个遗憾。

---

① 〔美〕于连·沃尔夫莱：《批评关键词：文学与文化理论》序，陈永国译，北京大学出版社 2015 年版，第 1 页、封底。

二、中国"关键词批评"的研究现状

我们在绪论中即提到，与"关键词批评"自世纪之交以来勃然兴起的批评实践相比，学术界有关"关键词批评"自身的研究显得相对薄弱。在笔者 2009 年前后关注"关键词批评"之时，国内学术界相关研究除陈平原、汪晖等学者所撰写的屈指可数的几篇专题性论文和笔者参编的《文学批评教程》中予以专门评析之外，相关研究成果不多，主要表现为书评和相关出版物的序言、译者导读，或是研究者在评析文化研究和雷蒙·威廉斯学术思想时稍有论及"关键词批评"。

可喜的是，近几年来相关研究逐步增多，虽然数量上仍然偏少，但其中一些研究成果质量可谓上乘。不仅有一些专题性的研究课题，还出现了姚文放、李建中等名家的相关研究论文，以及复旦大学汉语言文字学专业宋姝锦的博士学位论文《文本关键词的语篇功能》（2013）这样篇幅较长的研究成果。当然，在欣喜之余，我们也要冷静地看到，"关键词批评"尚有大量深入细致的研究工作需要我们在我国近年学术思想变迁中进行系统深入的研究。

下面，我们将从"关键词批评"的专题性研究论著、相关出版物序言及书评、文化研究及其他研究三方面对"关键词批评"的研究现状进行梳理。

（一）专题性研究论著

汪晖在《读书》1995 年第 2 期发表的《关键词与文化变迁》一文，率先向国内学术界引介雷蒙·威廉斯的《关键词：文化与社会的词汇》。汪晖从"没有共同语言"的状况切入，对雷蒙·威廉斯《关键词：文化与社会的词汇》的理论价值进行了梳理。他首先明确了雷蒙·威廉斯所谓"不是一种语言"是指"不同的人，不同的群体在运用他们的母语时，各有不同的价值判断和价值标准，不同的感情强度和重要观念，不同的能量和利益"，"还伴随着不同的姿势和表情"，而词汇、语音、节奏、语义以及它们唤起的感觉方式的改变事实上标志着一种"生活方式"的改变，这种生活方式即一种与社会紧密相连的"文化"。接着，汪晖介绍了《关键词：文化与社会的词汇》的源起，揭示了它与《文化与社会：1780—1950》一书的关系，并进一步阐释了这本特殊"词典"的内在结构："这种内在结构一方面体现在作者对词条的选择上，另一方面则体现在他对这些词条及其相互关系的解释之中。这两个方面如同经线与纬线一样，编织出十八世纪后期直到二十世纪中期的欧洲的社会与文化的变迁轨迹和地图"。汪晖指出，与其说《关键词：文化与社会的词汇》"是有关词源和定义的注释性读物"，不如说它是对"一个词汇表进行质询的记录"，既是"最普遍的讨论的词汇和意义的汇集"，也是将我们组织成为"文化与社会的那些实践和体制的表达"。进而，汪晖在阐析中精准地把握了"关键词批评"的两个要素："词条的选择"和"意义的分析"。最后，汪晖展望了雷蒙·威廉斯紧密联系词汇与文化的分析方法与我国语境的对接，并指出我国许多"关键词"的双重语源性为"关键词"梳理带来了复杂性。[①]

2005 年起，随着西方"关键词批评"相关论著中译本的陆续问世，我国学者就"关键词批评"研究方面发表的专论性文章数量也有所增长。

黄丽萍的《"所指"变迁下的文化史：论雷蒙·威廉姆斯的"关键词"研究》将重点放在雷蒙·威廉斯的文化理论实现的从精英局限到大众社会的跨越与"共同文化"的构建上。她首先分析了雷蒙·威廉斯的工人阶级出身对其反精英视角的影响，继而通过以"工业"和"文化"二词语义的变迁与时代的变化之间的关联为例，指出雷蒙·威廉斯《关键词：文化与社会的词汇》是一部"所指"变迁下的文化史。作者借助梳理雷蒙·威廉斯对"工业""文化"这两个"关键词"的独特理解，既说明了"关键词批评"对为全社会所创造、所共有的"共同文化"立场的坚守，也阐明了其学术研究方法在打破学院体制下枯燥刻板的学术理论环境中的重大贡献。[②]

陈平原的《学术史视野中的"关键词"》分为上下两篇，分别阐析"关键词""从哪里来"和"到何处去"的问题。在上篇中，陈平原梳理了"关键词"相

① 汪晖：《关键词与文化变迁》，《读书》1995 年第 2 期。

② 黄丽萍：《"所指"变迁下的文化史：论雷蒙·威廉姆斯的"关键词"研究》，《上海大学学报》2007 年第 3 期。

关研究被引介至中国后的发展之路。他认为，国内学者对"关键词"的关注肇始于上述汪晖一文对雷蒙·威廉斯《关键词：文化与社会的词汇》的积极推介，此后，对"关键词"的研究作为一种学术思路逐渐风行。陈平原提出，"几乎从一开始，对于'关键词'的引介就蕴含了两种不太相同的工作目标：第一，通过清理各专业术语的来龙去脉，达成基本共识，建立学界对话的平台；第二，理解各'关键词'自身内部的缝隙，通过剖析这些缝隙，描述其演变轨迹，达成对于某一时代学术思想的洞察"。而与此相适应，《关键词：文化与社会的词汇》的"中国弟子"或倾向于"对于一种词汇质疑探寻的记录"，或演变成"某特殊学科的术语汇编"。同时，他也指出了国人著述中"关键词"命名的泛化倾向。他认为，陈思和的《中国当代文学关键词十讲》"是先有完整的论文，再从中抽离出若干'关键词'来；换句话说，'关键词'是工作的结果，而不是出发点"，因此，收录的部分文章并不能与雷蒙·威廉斯意义上的"关键词"完全对接。不过，笔者认为陈思和等所进行的"关键词批评"，虽然不能与雷蒙·威廉斯意义上的"关键词批评"完全对接，但在某种程度上恰也可视之为对"关键词批评"的新变与推进。在下篇中，陈平原论述了现代语义学与我国学术界的深厚渊源，既探讨了威廉·燕卜荪等人给我国学术界带来的深刻影响，也分析了清儒语义考证、新训诂学与历史语义学的联系。[1] 陈平原此文问题意识突出，学术视野开阔，对"关键词批评"在我国的发展历程进行了深入扎实的探讨，具有很高的学术价值。

　　赖勤芳的《"关键词"及其对文学理论研究的现实意义》一文将雷蒙·威廉斯"关键词批评"的特点概括为一种"不同于词典式释义，语言学式批评的语词批评方式"，并指出其对学术界的深远影响——国内外均涌现出一批探析"关键词"的研究论著，"关键词"亦成为一种研究风格和写作时尚。作者重点论述了"关键词"之所以适用于文学理论的研究或写作的原因在于："关键词"可以"突显文学理论存在的特殊性"，"促进文学理论基本问题的深入反思"，并"构成了

---

[1]　陈平原：《学术史视野中的"关键词"》（上、下），《读书》2008 年第 4、5 期。

对日益盛行的文化研究思潮的一种积极回应策略"。① 该文将我国文学理论研究的现实语境与"关键词批评"相结合，具有丰盈的现实意义。

李紫娟的《作为文化研究方法的"关键词"》提出雷蒙·威廉斯的《关键词：文化与社会的词汇》这种"聚焦于词汇"的研究方法为其后的文化理论研究以及其他领域的相关研究开创了新的方法革命，"启动了对文化理论进行特殊视角线索和理论范式的建构"。该文第一部分在概览雷蒙·威廉斯及其《关键词：文化与社会的词汇》的基础上重点解读了其中"文化"一词。第二部分着力于阐释雷蒙·威廉斯开创"关键词批评"方法的过程，解析了为何从关键性词汇入手、如何从关键性词汇入手及雷蒙·威廉斯"关键词批评"的影响等问题。作者指出"关键词批评"一反宏大叙事和元叙事理论建构方法，从细微单元着手，关注词语之间、社会与语言之间的关联性。在"关键词批评"中，雷蒙·威廉斯"借《辞典》的非客观性来论证词语的非零度性"，继而探讨"在词汇意义变迁背后的主宰价值观或意识形态"。作者认为，这一研究方法虽然在不同领域都得到了运用，但其深刻性却值得怀疑，这也是"关键词批评"在我国文化语境中亟待解决的重要问题。第三部分探讨了"关键词批评"对文化理论及社会变迁的探索。作者选取了几组"关键词"，先后梳理了文化概念的演变、途径及其后的权力交接。第四部分关注的是雷蒙·威廉斯对文化研究的影响及后雷蒙·威廉斯时代的文化产业发展状况。作者指出，雷蒙·威廉斯的文化定义比马修·阿诺德 /F. R. 利维斯式的文化定义更具综合性，将文化理论研究的对象范围从传统文学作品扩大到大众视野的诸多方面，也为文化产业的正名做出了卓越的贡献。②

复旦大学汉语言文字学专业宋姝锦的博士学位论文《文本关键词的语篇功能》将"关键词"的功能拓展到了语篇层面。她提出"关键词"是一种基于词典体发展而成的写作范式，具有"信息加工、信息组织、切入相关论域，以及能够形成具有较高开放性、客观性的文本空间"等优点。随后，作者从语言学角度对"文

---

① 赖勤芳：《"关键词"及其对文学理论研究的现实意义》，《青年文学家》2011 年第 1 期。
② 李紫娟：《作为文化研究方法的"关键词"》，《中国文化产业评论》2012 年第 1 期。

本关键词的语言本质特征及其语篇功能"进行了分析,以系统功能语言学的"衔接理论"与朱丽娅·克里斯蒂娃的"互文性理论"为理论基础,探讨了"文本关键词"作为语篇的一个相对独立的成分与同一语篇整体中其他成分之间的关系,并对文本"关键词"对语篇的解读和建构功能进行了考察。[①] 在理论探究的基础上,作者进一步将写作实践引入了论文讨论的范畴,重点探析学术文本和新闻文本对"关键词批评"的运用,从而体现出"关键词"范式在写作实践中的普遍适用性。

李建中、胡红梅合撰的《关键词研究:困境与出路》一文系国家社科基金重大项目《中国文化元典关键词研究》的阶段性研究成果。该文首先解析了有关"关键词"的研究目前陷入的三个困境:分科治学模式导致对研究对象的切割;辞典释义模式导致关键词阐释的非语境化;经义至上模式导致对"关键词"之现代价值的遮蔽。在此基础上,作者提出了"关键词"相关研究走出困境的应对之策在于:突破"分科治学"模式,实现对"关键词"的整体观照和系统阐释;突破"辞典释义"模式,开启"关键词"阐释的生命历程法;发掘"元典关键词"之文化宝库,为中华文明的现代传承与新变提供语义及思想资源。李建中、胡红梅还结合我国文化元典"关键词"的研究提出了若干具体研究方法:以"资格审查法"遴选"关键词";以"形分神合法"类分"关键词";以"生命历程法"阐释"关键词"。[②] 该文在"关键词批评"热潮中,能够敏锐洞悉其存在的不足之处,可谓对"关键词批评"自身研究的一大突破。

笔者也结合所主持的国家社科基金项目、教育部人文社科规划项目对"关键词批评"做了一些研究,阶段性研究成果分别为探析雷蒙·威廉斯"关键词批评"的反辞书性、雷蒙·威廉斯与"关键词批评"的生成、文学研究中的"关键词批评"现象及反思、当代文学研究中的"关键词写作"现象等的若干论文。这些论文点面结合,从生成发展、理论特质、学理价值、存在问题等不同方面展开了论析,以期对"关键词批评"进行深入系统的剖析。此外,在目前国内的文学批评

---

① 宋姝锦:《文本关键词的语篇功能》,复旦大学汉语言文字学专业博士学位论文,2013 年。

② 李建中、胡红梅:《关键词研究:困境与出路》,《长江学术》2014 年第 2 期。

类教材中，仅有蒋述卓、洪治纲主编的《文学批评教程》在第六章"文学批评的类型"中专节简要评析了"关键词批评"。这一章也是由笔者执笔的，当初囿于篇幅之限，对于"关键词批评"的理论渊源、理论特质等问题仅仅点到为止，并没有进行深入探讨。但该书将"关键词批评"作为一种与感悟式批评、主题式批评、技术式批评、透视法批评等具有相同地位的批评方法进行研究，首开国内文学批评类教材探讨"关键词批评"之先河。此外，该书还强调了"关键词批评"对社会、学科乃至时代的研究的重要作用，这无疑为"关键词批评"在更大范围内的接受和关注贡献了不可忽视的一分力量。由于笔者的相关研究成果已经融入本书之中，此处就不再赘述这些已经发表的论文的观点。

最后，我们还要特别提一下姚文放《话语转向：文学理论的历史主义归趋》一文。该文虽然不属于讨论"关键词批评"的专题论文，但作者在该文第五部分对"关键词批评"做了专门性研究。姚文放这篇文章重点讨论的是分别发生于20世纪始末的文学理论范式与语言学有深切关联的两次转向，作者将其概括为从历史主义到形式主义的"向内转"和从形式主义到历史主义的"向外转"。在讨论中，作者用较长篇幅以"关键词批评"为个案，从文学理论话语角度提出，"它的铸成乃是在社会、政治和经济结构的演变中穿行，在各种权力关系的博弈中被形塑的动态过程"。该文在20世纪我国文学理论话语变迁的宏阔学术视野中透视"关键词批评"的生发及价值，提出"关键词的成长史其实并无关乎'中体西用'或'西体中用'的争锋，也超越了'厚古薄今'或'是今非古'的分歧"，我们应该关注其"在时光隧道中穿行的轨迹，以及在穿行过程中社会历史语境和权力关系对它的规定和形塑"。[1] 这篇论文研究视角恢宏，探析深入，对"关键词批评"在20世纪我国文学理论与批评史上的地位及价值的评析颇为确当。

总之，以上专题性研究论著各有侧重，分别从理论渊源、生成发展、理论特质、文体特征、传播运用、面临困境等方面对"关键词批评"进行了详细剖析，研究成果数量虽然不多，却具有一定的研究深度，对于推进和深化"关键词批评"

---

[1]　姚文放：《话语转向：文学理论的历史主义归趋》，《文学评论》2014年第5期。

自身的研究具有重要的学术意义。

（二）相关出版物的序言及书评

国内学者对"关键词批评"的评介也体现在一些相关出版物的序言或书评之中，在上述专题性研究论著不多的情况下，这些序言和书评对"关键词批评"的推介及深入发展起到了非常重要的作用。下面，我们就按发表的时间顺序介绍一些有影响、有深度的"关键词批评"相关出版物的序言及书评（一些在其他章节中重点分析过的出版物的序言及书评，此处不再重复）。

朱水涌为南帆主编的《二十世纪中国文学批评99个词》所写的书评《关键词、话语分析与学术方法》从话语分析和学术方法角度对"关键词"这一研究方式展开了探讨。朱水涌认为这是一种新颖的话语分析方法，强调了话语活动与历史语境的互动，"关键词"中蕴含了历史、政治、社会意识。同时，朱水涌指出"关键词"分析是一种基本的学术研究方式，即"借助阐释概念而从某一方面阐释一个时代"。该书主编南帆也认为，"一个时代关键性的概念'隐含了这个时代最为重要的信息，或者成为复杂的历史脉络的聚合之处'"。①

陆建德、刘建基分别为雷蒙·威廉斯《关键词：文化与社会的词汇》一书的中译本撰写了《词语的政治学》（代译序）和《译者导读》。在《词语的政治学》中，陆建德不仅从文化研究的角度引导读者认识雷蒙·威廉斯，更以"标准"、"财富"等"关键词"为例，向读者揭示了雷蒙·威廉斯在释义过程中表述政治立场、党派所见的方法，并提醒读者要格外留意关注书中的论辩风格，在字里行间寻觅其嘲讽、挖苦的话外之音。此外，陆建德极有卓识地提出，仅从文化研究角度认识雷蒙·威廉斯是不够的，应该从文学、历史素养等更加丰富的层面加以认识。尤为可贵的是，陆建德还关注了我国"关键词批评"开展的难度。他认为，由于清末民初以来东传的外来词语的本义与我们对这些词语的理解存在着一定偏差，如何才能真正做到"簸思想之谷，扬去'外壳和表皮'，留下并光大'精华'"

---

①　朱水涌：《关键词、话语分析与学术方法》，《当代作家评论》2004年第2期。

实为艰难的重任。① 刘建基在《译者导读》中介绍了雷蒙·威廉斯的生平与思想，并就其大众文化观与 T. S. 艾略特、F. R. 利维斯等人精英文化观的差异进行了详尽分析。他还在探讨《关键词：文化与社会的词汇》与一般英文词典的区别中初步总结了"关键词"这一研究方式的理论特点：是一种对词汇质疑探寻的记录，体现了一种质疑和批判精神；注重关联性，如词与词、用法与语境、过去与新近的用法、各知识领域之间、各阶段的社会生活之间、专门词汇与普通用语之间等多种相关性；重视"关键词"体现出的"语言在演变的过程中'意义的变异性'"。②

　　冯宪光的《文化研究的词语分析——雷蒙·威廉斯〈关键词〉研究》一文详细介绍了《关键词：文化与社会的词汇》一书的研究理路，并将雷蒙·威廉斯意义上的"词语"定义为"社会实践的浓缩，历史斗争的定位，政治智谋和统治策略的容器"，"关键词"则是"对社会、文化的总体状况、历史流变、生命内涵及其相互关联的表现与反映"。该文着重分析了雷蒙·威廉斯对"文化""现实主义"两个"关键词"的梳理，借此向读者揭示了其以词语分析的形式进行文化研究的方法。③

　　在"关键词批评"蒸蒸日上的学术语境中，安德鲁·本尼特、尼古拉·罗伊尔合著的《关键词：文学、批评与理论导论》颇受关注，成为文学研究领域内的一个极具特色和颇有成就的批评实践。汪正龙在为该书中译本写作的《译者序》中，重点阐述了其三大特色：一是"内容上的新颖性"，书中所选取的 32 个核心范畴或"关键词"为我们理解和研究文学"提供了很多新的维度"；二是"在对文学问题的多元探讨和文学文本的多种解读中呈现文学理解的多种可能路径，为读者提供多样化地看待和理解文学的方式"；三是"试图强化文学理论的实践功能"，"作者在讨论问题时并不是采用乏味的概念演绎，而是处处利用文学文本的范例性

---

① 参见陆建德：《词语的政治学》（代译序），载〔英〕雷蒙·威廉斯：《关键词：文化与社会的词汇》，刘建基译，生活·读书·新知三联书店 2005 年版，第 1—11 页。

② 参见〔英〕雷蒙·威廉斯：《关键词：文化与社会的词汇》译者导读，刘建基译，生活·读书·新知三联书店 2005 年版，第 1—10 页。

③ 冯宪光：《文化研究的词语分析——雷蒙·威廉斯〈关键词〉研究》，《绵阳师范学院学报》2006 第 3 期。

分析来展示文学创作异彩纷呈的面貌"。汪正龙还探讨了该书对我国文学理论教材编写及文学理论研究自身的贡献。他认为，"以核心范畴或关键词的形式编写文学理论教材本身"是该书的一大创造，这为我国文学理论教材的编写提供了一条新思路，有助于学术界思考"20世纪以来西方文学理论知识建构方式的变化"，促进我们对文学活动和文学经验本身展开更为深入的思索。① 汪正龙的《译者序》站在我国文学理论研究的立场上对《关键词：文学、批评与理论导论》一书的特点、价值进行了精彩的评析，具有很强的实践指导意义。

汪民安主编的《文化研究关键词》一书也以文化批评研究中的"关键词"为对象，针对读者对各类理论书籍中频繁出现的理论术语的不解甚至误读，为研究者提供了一本有助于厘清这些文化研究中的理论术语的参考书籍。有别于其他"关键词批评"的推崇者，汪民安深入思考了晦涩的语词概念存在的意义，从而使得该书的立意更为深远。他在《编者前言》中借助吉尔·德勒兹（Gilles Deleuze）的观点阐述了自己对"关键词"相关研究的思考，提出学者们并非乐于通过概念和词语的围墙将读者拒斥于理论之外，"之所以发明这些概念，并不是为了发明晦暗本身，而是为了发现这个世界的晦暗"。换而言之，"关键词"和概念的发明，是人们迫使晦暗世界隐约现身的必由之路。汪民安等人对于语词概念诞生意义的解释深入浅出，也凸显了《文化研究关键词》的成书价值所在："这本书正是试图去探索这些词语构筑的深渊，这些意义繁殖过程所编织的深渊，这些时空交织起来的翻译深渊。同时，借助于这种探索去探索词和物之间的意义的差异性深渊"。②

王晓路为《文化批评关键词研究》一书所作的《序论：词语背后的思想轨迹》梳理了"关键词批评"在西方学术界风起云涌及传入我国后在学术界掀起波澜的背景，指出在全球化作为一种通识性术语逐步取代了后现代性的语境之下，跨越原有学科边界规定的范围，变换视角看待固定的问题和新近出现的问题极为必要。

---

① 参见汪正龙：《译者序》，载〔英〕安德鲁·本尼特、尼古拉·罗伊尔：《关键词：文学批评与理论导论》，汪正龙、李永新译，广西师范大学出版社2007年版，第1—6页。

② 参见汪民安主编：《文化研究关键词》编者前言，江苏人民出版社2007年版，第1—4页。

随着文化研究和文化批评成为国内研究焦点之一，推进性、拓展性研究也呼唤着研究方式和视角的改变，而"学术领域观念与解说方式的发生史与某些中心词汇的演变和互动密不可分"，在这种不同文化区域频繁交往的情势下，"关键词研究受到学界的重视，也自然成为当代学界重要的基础性研究"。此外，由于国内学术界较多使用一些舶来的术语或概念，而"对这些术语和概念的理解和使用却是在翻译定型的汉语基础上进行的"，也就是说，"一些学术产品是在借用或沿用或转换西方词汇的基础上进行再生产的"，对这类舶来词汇和概念本身的研究也就成为深入开展研究的前提之一。王晓路等人之所以选用"关键词批评"来研究文化批评，则是因为自雷蒙·威廉斯《关键词：文化与社会的词汇》问世以来，"随着社会的变迁和学术思想的发展，关键词的不断演变和扩充成为学界不得不面对的基本问题"。[①]

周宪在为《人文社会科学关键词丛书》所写的《总序》中指出，从雷蒙·威廉斯的《关键词：文化与社会的词汇》到托尼·本尼特等人的《新关键词——修订的文化与社会的词汇》，学术界已经广泛接受了雷蒙·威廉斯的创造性想法，即"把关键词作为社会和文化研究的一种有效路径"。周宪也解析了《关键词：文化与社会的词汇》有别于一般语言工具书的特征：具有关联性、变异性和多样性。而周宪、杨书澜、李建盛之所以推出这套人文社会科学领域内的"关键词"丛书，正是基于雷蒙·威廉斯意义上的"关键词批评"的一种尝试，诞生于对词汇复杂性、多变性的认识之上。他们注意到，"就对词语复杂含义的把握而言，一个人的理解或一个人的用法总难免有局限性，超越这种局限性，尽可能多地从不同学者在不同语境下的不同用法中加以探寻，不失为一条行之有效的路径"。[②]施旭升在为其主编的《中外艺术关键词》所写的《前言》中也开宗明义地提出，概念、术语、范畴是构成"一种理论、一门学科的细胞"，也是我们"认知和体验事物的基础"，而被称为"关键词"的那些"最为基础、最为核心的概念、术语"更是具有

---

① 参见王晓路：《序论：词语背后的思想轨迹》，载王晓路等著：《文化批评关键词研究》，北京大学出版社 2007 年版，第 1—13 页。

② 参见周宪编著：《文化研究关键词》总序，北京师范大学出版社 2007 年版，第 1—2 页。

举足轻重的意义。他认为，自雷蒙·威廉斯《关键词：文化与社会的词汇》出版以来，"关键词"的学理意义已经普遍为学术界所接受和认同，从"涵盖具体现象与规律的基本概念（'关键词'）入手，将不失为一条有效的捷径"。[①]

通过梳理相关出版物的序言和书评，我们不难发现，"关键词批评"在文学和文化领域的研究和运用已经受到越来越多国内学者的重视。这不仅体现在相关书籍引介数量的上升，还体现在一些出版物的序论和书评中学者对"关键词批评"这一研究方法的肯定。当然，仅仅关注"关键词批评"显然还不够，还需要我们对其进行更为深入的研究。

（三）文化研究及其他研究

随着文化研究的蓬勃兴起，学术界涌现了不少关于英美文化研究的论著，其中有关英国文化研究的开创人和代表人之一的雷蒙·威廉斯的学术思想的研究也不在少数。因此，除了上述有关"关键词批评"的专题性研究论著、相关出版物序言及书评之外，这些以文化研究、雷蒙·威廉斯为研究重心的论著中也有一些会顺带提及"关键词批评"或《关键词：文化与社会的词汇》。就文化理论研究而言，学界对雷蒙·威廉斯的研究多集中于其文化唯物主义思想和文化批评研究，鲜有涉及"关键词批评"，即便有也只是点到即止。

有的研究者以"关键词"为切入点探讨雷蒙·威廉斯文化研究的价值，如李兆前在《范式转换：雷蒙德·威廉斯的文学研究》中提出，雷蒙·威廉斯的相关研究标志着一种突破英国文学研究危机的新的文学研究范式的诞生，即"文学研究的文化主义范式转向"。在文中，李兆前三次运用雷蒙·威廉斯的"关键词批评"方法对其文学研究展开考察：在论述雷蒙·威廉斯小说研究的文化主义范式转向时，李兆前分析了其小说研究的三个"关键词"——"小说的概念""可知群体"和"新现实主义"，借此探析他在小说研究中是如何承继并超越传统研究的文化主义范式的；讨论"文学"概念时，李兆前指出雷蒙·威廉斯并没有给"文

---

① 参见施旭升主编：《中外艺术关键词》前言，江苏人民出版社 2009 年版，第 1—8 页。

学"以定义，而只是梳理了其概念的发展历史，强调"文学"的"现时体验性"
和"过程性"，并通过强调"文学"写作形式的多样性，提出"文学的边界应适时
和适度地扩大"；讨论"文化"概念时，李兆前指出雷蒙·威廉斯在梳理"文化"
概念的历史语义之后提出了自己的文化观，即"文化是一整套生活方式"，"文化
是平常的"，这与精英主义文化观形成鲜明对比。显而易见，这几个"关键词"都
具有"关键词批评"所崇尚的理论特质：赋予词汇随社会和历史的变革而历久弥
新的变动性。[1] 李兆前借由雷蒙·威廉斯的几个"关键词"巧妙地折射了其对文学
研究范式转换做出的开创性贡献，但与其他研究者一样，他并未就"关键词批评"
本身展开深入探讨，只是以此为视角切入探究雷蒙·威廉斯的文学研究。李兆前
还围绕着"文化""共同文化""文化霸权"等主题对雷蒙·威廉斯的"文化"概
念进行了详细考察，指出其早期的"文化"是指一整套生活方式，至提出"共同
文化"的概念带有明显的理想主义色彩，而后"文化霸权"概念的提出和发展则
反映出其"文化"概念已经发生了转变。

　　金惠敏、刘进同样对雷蒙·威廉斯在文化研究方面的建树予以肯定。金惠敏
认为雷蒙·威廉斯对英国文化研究发展史的理论贡献在于通过"全部"将"日常
生活和社会制度纳入'文化'范畴，并强调了各种经验形式的相互关联"，又通过
"特殊"将"人类的所有表意实践视为'文化'"。[2] 刘进的《文学与"文化革命"：
雷蒙德·威廉斯的文学批评研究》抓住了文学研究这一雷蒙·威廉斯学术视野中
的重要场域，从纷繁复杂的文学体裁到更替变迭的文学思潮，将雷蒙·威廉斯文
学研究的各个方面一一予以剖析。事实上，刘进的行书体系也在一定程度上体现
了"关键词批评"的风格。他将"文化革命"，即雷蒙·威廉斯对激进政治主题的
坚守视为其写作的核心内核，"共同文化""文化扩张""文化形式""文化唯物主

---

[1] 李兆前：《范式转换：雷蒙德·威廉斯的文学研究》，首都师范大学文艺学专业博士学位论文，2006年。
[2] 参见金惠敏：《一个定义·一种历史——威廉斯对英国文化研究发展史的理论贡献》，《外国文学》2006年第4期。

义"等多个论题在"文化革命"的统摄之下构成了全书的整体。①

　　许多学者不约而同地将"关键词批评"意识贯穿在对雷蒙·威廉斯的"文化唯物主义思想"进行研究的字里行间。辛春《论雷蒙德·威廉斯的文化唯物主义思想》一文系统梳理了雷蒙·威廉斯"文化唯物主义"思想的生成背景、理论渊源、思想内涵和当代意义及其局限性。在阐析文化唯物主义思想的核心内容时，辛春对雷蒙·威廉斯提出的"文化"这一"关键词"着重进行了探讨。作者梳理了雷蒙·威廉斯关于"文化"界说的演变历程，并比较了"文化"和"文明"这两个容易混淆的词语，继而分析了19世纪后"文化"内涵扩大之后出现的双重内涵：原指心灵状态、习惯或者知识与道德活动的总和，后来变为也指整个生活方式，重心开始转向了社会。②辛春之所以重视"文化"这一"关键词"的演变历程，是因为该词汇掌控着解读雷蒙·威廉斯"文化唯物主义"的密码。"文化"的双重内涵一方面使得"文化"的物质性得以认可，继而驳斥了文化唯心主义观点；另一方面，将"文化"视为能动的过程，也反对了机械唯物主义文化观。辛春此文通过对某一"关键词"的挖掘寻找到了通向雷蒙·威廉斯文化唯物主义思想的路径。事实上，这也在一定程度上代表了目前国内有关雷蒙·威廉斯的研究现状：与对"关键词批评"本身的研究相比，研究者们更多的是将该方法运用于对雷蒙·威廉斯本人的研究之中。

　　"关键词"也是打开雷蒙·威廉斯的"文化唯物主义思想"大门的钥匙之一。赵国新的《新左派的文化政治：雷蒙·威廉斯的文化理论》将雷蒙·威廉斯的文化理论置于"二战"之后新左派文化政治的语境中予以考量。从这个角度出发，该书分析了雷蒙·威廉斯文化思想生发的语境，指出其文化思想和"文化和社会"的传统之间存在既传承又反叛的双重关系，并以雷蒙·威廉斯本人的批评实践为基础，探究了其文化分析策略。在写作过程中，作者提取了"情感结构"（structure of feeling）这个重要的"关键词"展开探讨。他认为"情感结构"与后殖民批评、

---

①　参见刘进：《文学与"文化革命"：雷蒙德·威廉斯的文学批评研究》，巴蜀书社2007年版。
②　参见辛春：《论雷蒙德·威廉斯的文化唯物主义思想》，黑龙江大学马克思主义哲学专业硕士学位论文，2009年。

世界观、文化霸权之间有着千丝万缕的关系，使得"关键词"成为通向雷蒙·威廉斯文化理论的认识桥梁。① 赵国新指出，"情感结构"的内涵在不断地发生着变化，从"强调直接经验、强调一代人共有的精神面貌和伦理价值"，逐渐转向"对资本主义文化霸权的揭露与批判"，乃至将革命希望"寄托于新兴文化因素的崛起"。② 付德根将"情感结构"概念分为提出、发展与成熟三个阶段，揭示了雷蒙·威廉斯的理论作为一种学术研究范式的价值，指出了感觉结构与社会变化的关系，阐释了文化和文学之间的互动关系。同时，正如黄璐所言，已有不少学者意识到雷蒙·威廉斯关于"情感结构"的定义并不清晰，存在过于强调经验的重要性，与领导权、世界观等概念区分不明显等不足。还有学者就如何从方法论意义上运用"情感结构"来描述或者解决我们所处社会当中的文化经验进行了思考。③ 李巧霞的《雷蒙·威廉斯的"文化唯物主义"研究》一文也围绕雷蒙·威廉斯对"文化与社会"传统的重建、基层与上层建筑的重构、文化唯物主义与社会过程这三个话题的思考展开了探讨，在"文化唯物主义与社会过程"这一章中解读了"意识形态""情感结构""文化霸权"这三个关键性概念，并认为它们在雷蒙·威廉斯的文化唯物主义理论中具有递进和共存关系，是通向其文化唯物主义理论的钥匙。④

　　上述研究再次表明虽然"关键词批评"是雷蒙·威廉斯文化研究的重要方法，也是其学术思想的重要体现，然而，除了对这一方法进行一般考察之外，研究者们更多的是运用该方法转向对雷蒙·威廉斯本人的学术首先展开研究，而对于"关键词批评"本身的解析则显然不够，亟待国内学者的深入推进。

---

① 参见赵国新：《新左派的文化政治：雷蒙·威廉斯的文化理论》，外语教学与研究出版社 2009 年版，第 120—129 页。

② 参见赵国新：《情感结构》，《外国文学》2002 年第 5 期。

③ 参见黄璐：《中西学术视阈中的雷蒙·威廉斯研究》，《江西师范大学学报》2011 年第 6 期。

④ 参见李巧霞：《雷蒙·威廉斯的"文化唯物主义"研究》，河南大学马克思主义哲学专业硕士学位论文，2010 年。

三、中国"关键词批评"研究贫弱现状原因探析

经过上述两个部分的梳理，我们不难看出，虽然"关键词批评"在我国学术界已经受到了越来越多学者的关注，但相对于蔚为壮观的"关键词批评"实践而言，我国学术界关于"关键词批评"自身的研究尚处于较为贫弱的阶段。究其原因，除了我们在绪论中所分析过的那些原因之外，还与我国长久以来的"前关键词批评时期"的相关批评实践有着密不可分的关联。

20世纪90年代以降，有关西方"关键词批评"的推介及相关论著的中译本才陆续在我国学术界出现，但国内文学研究中自觉提炼"关键词"的批评实践却早于这一时期。不过，这种研究并没有使用"关键词"字样，而且与"关键词批评"虽有相近之处，但也有一定差异，我们不妨称之为"前关键词批评时期"。我们根据是否受到外来影响，将我国文学研究中的"前关键词批评时期"大体分为两个阶段：

第一个阶段是在传统训诂学影响下我国古代文论中关注核心术语的批评实践。如先秦以来，"情""理""象""势"等是古代学者们分析文章构思、布局、行文时无法回避的"关键词"，在我国古代文论中占据着不可撼动的地位，为历代学者作为文学艺术领域的"关键词"所关注并进行了一系列研究。以"势"为例，自汉代起逐渐浸润文艺领域，担纲了论述文辞之"势"、音乐之"体势"、书法体制与笔法、画面布局与形象体态、文学作品的精神等意涵的"关键词"，成为文学艺术领域重要的理论范畴之一，并衍生出"造势""取势"等相关术语。① 这一阶段对核心术语的研究更贴近于"论题"，即指文章讨论的主题。

"论题"式研究与"关键词批评"相比较，有同有异，同中有异。"论题"的结论不是封闭性的，而是开放的、发展的。这一点与我们在第五章对"关键词批

---

① 参见常振国、绛云：《为文之"势"》，《新闻战线》1991年第8期；孙立：《释"势"——一个经典范畴的形成》，《北京大学学报》2011年第6期。

评"的理论特质探讨时所提出的注重开放性与流变性相近。以我们刚才提到的"势"为例，该词就屡屡被学者研究和赋义，各家之说不一而足，呈现出多种语源演进的轨迹。有的将"势"解释为盛力、权，如《尚书·君陈》曰："尔惟弘周公丕训，无依势作威，无倚法以削"①。也有的将"势"定义为形势、状态，如《周易》坤卦之"地势坤"的"地势"即指地貌状态。"势"还被用作"气势"之义，如《淮南鸿烈·兵略训》曰："兵有三势，有二权。有气势、有地势、有因势。将充勇而轻敌，卒果敢而乐战，三军之众，百万之师，志厉青云，气如飘风，声加雷霆，诚积踰而威加敌人，此谓气势。"②书法也可以用"势"来形容随着笔锋笔触运转而形成的连绵不绝的笔势，我国古典人物山水画也多借用"势"来形容画面布局的态势或人物的形体姿态。③这恰如韩非所言，"夫势者，名一而变无数者也"。④总之，"论题"式批评意味着概念本身的开放性和包容性，以一种邀请的姿态敞开怀抱，随时迎接新的阐释的加入。在"前关键词批评时期"的相关研究中，研究者们或通过对术语的梳理厘清概念，或利用"关键词"阐析作品，已然出现了"关键词"意识。只是，相关阐释犹如夜空中的点点繁星，虽然在夜幕里闪烁着动人的光芒，却又彼此分立，尚未形成系统的"关键词批评"形态。这也是这一阶段的相关研究与"关键词批评"同中有异之处。

与"关键词批评"立足于历史纵轴的透视不同，我国"前关键词批评时期"的"论题"式批评并没有特别突出的历史意识。虽然在源远流长的训诂学传统影响下，"论题"式批评往往也会对某些词语进行了词源学的追溯，但多就词论词，旨在便于读者更好地理解今义，而非折射政治、文化等多重领域的光华。不少研究者对"势"的理解就多从训诂角度展开，如黄侃的《文心雕龙札记》以《考工记》为源头把"势"训为古代插在地上用来测日影的标杆"槷"，"槷"通"艺"，

---

① （唐）孔颖达：《尚书正义》卷 18，阮元校刻十三经注疏本，中华书局 1980 年版，第 237 页。

② （西汉）刘安：《淮南鸿烈集解》（新编诸子集成本），刘文典集解，冯逸、乔华点校，中华书局 1989 年版，第 504 页。

③ 参见孙立：《释"势"——一个经典范畴的形成》，《北京大学学报》2011 年第 6 期。

④ （战国）韩非子：《韩非子·难势》，选自梁启雄：《韩子浅解》，中华书局 1960 年版，第 394 页。

将"势"引申为法度①，詹瑛以《孙子兵法》为源头②，寇效信则兼收各家之说③。在"前关键词批评时期"，研究者们基本倾向于运用训诂考证字源，以正其义，并未跳脱出词源学式追溯的窠臼。这与西方"关键词批评"影响我国之后诞生的有关"势"的文章形成了鲜明对比。后者将"势"纳入无限延伸的历史中，试图找寻它在历史纵轴中的位置。如孙立《释"势"——一个经典范畴的形成》一文不拘泥于词源学探索，而是将传统的训诂实践与"关键词批评"方法结合起来，明确指出"势"作为一个经典理论范畴的地位，注重这个范畴的形成过程，从书法笔触飞动之骨力与人物山水布局之"取势"角度梳理"势"在书画领域内涵的流变。④这种在无限延伸的历史纵轴上寻找坐标的宽广视野，无疑是"前关键词批评时期"对核心词语进行"论题"式研究时所欠缺的。

第二个阶段是伴随着西学东渐步伐的加快，历史语义学与西方外来词汇研究在国内掀起了新高潮的阶段。晚清以降，西方历史语义学传入我国，"其范围与传统训诂学相当，治学方法上则有很大差异，故语言学家王力先生将其称为'新训诂学'"。⑤旧训诂学与新训诂学在治学方法上的主要差异在于：前者崇古，"从历史的兴趣开场，或早或迟渐渐伸展到现代"；后者强调历史观念，将语义分析与历史考据相结合，"从现代的兴趣开场伸展到历史"⑥，将注意力转移到词汇背后的历史与文化内涵。与此同时，西方外来词汇的传入提供了一条"通过辨析'新言语'之输入，来探究'新思想'之输入"⑦的道路。西方文论在我国的引进大致可分为五个阶段：一是晚清时期对西方文论的引进，如梁启超、严复等人翻译的小说理论，王国维直接将西方文论与我国文学相结合的尝试；二是五四时期现实主义、自然主义、浪漫主义、唯美主义等流派的引入；三是20世纪30年代左翼文

---

① 参见黄侃：《文心雕龙札记》，中国人民大学出版社2004年版，第107页。
② 参见詹瑛：《〈文心雕龙〉的"定势"论》，《〈文心雕龙〉的风格学》，人民文学出版社1982年版，第63页。
③ 参见寇效信：《〈文心雕龙〉之"势"的辨析与探源》，《陕西师范大学学报》1984年第3期。
④ 孙立：《释"势"——一个经典范畴的形成》，《北京大学学报》2011年第6期。
⑤ 陈平原：《学术视野中的"关键词"》（下），《读书》2008年第5期。
⑥ 同上。
⑦ 同上。

艺理论的大量引入；四是 20 世纪 50 年代形成纵向西方文论脉络；五是 20 世纪 80 年代以来对西方文论较为系统化的引入。① 伴随以上西方文学理论影响的加强，我国的文学研究也迎来了西方术语的大爆炸，旨在厘清西方文论术语内涵的文章也应运而生。如王宁的《现实主义、现代主义和后现代主义》针对学术界对"现实主义""现代主义"和"后现代主义"这三个概念描述的不尽如人意，分别梳理其内涵，并对三者间边界不明的情况提出了新的见解。②

我们将以上两个阶段归纳为"前关键词批评时期"，因为这两个阶段中的相关文章虽然并不能严格纳入我们所谓的"关键词批评"，但体现出了一种"关键词"意识，点燃了西方"关键词批评"方法传入之前国内文学研究中"准关键词批评"实践的星火。总体而言，第一阶段的"论题"意识影响了"关键词批评"在我国文学批评实践中的发展走向，而第二阶段历史语义学与外来词研究的东传则为雷蒙·威廉斯"关键词批评"在我国的风生水起铺平了道路。因为，正如雷蒙·威廉斯本人所言，运用"关键词"进行研究归根结底也属于历史语义学的分支之一，而我国晚清以来历史语义学的兴起无疑为"关键词批评"的东传提供了良好的学术衔接。

20 世纪 90 年代以来，我国文学研究中的"关键词批评"进入勃兴发展期。从表面上看，这一时期国内"关键词批评"相关论著、专栏的发展趋势与"关键词批评"译介的传播几乎同步，事实上，"前关键词批评时期"文学批评中的"关键词"意识好似潜藏于西方"关键词批评"湖面之下的暗流，对我国"关键词批评"勃发期的发展走向起到了不容忽视的导向作用，但也造成了"关键词批评"研究的相对贫弱。一方面，在"前关键词批评时期"，人们对"关键词"的运用带有训诂学倾向，多集中于考证字源，以证其义，其目的在于使读者更好地理解今义，并没有与政治、文化等多重领域展开社会学意义上的互动。与西方学术研究不同，我国传统文论研究中，往往存在忽视方法论研究的倾向，在此影响下，当

---

① 参见吴学先：《西方文论在中国的引进过程——兼评〈西方文论史〉》，《哈尔滨师专学报》1994 年第 3 期。

② 王宁：《现实主义、现代主义和后现代主义》，《文艺研究》1989 年第 4 期。

西方"关键词批评"东渐之时，有相当一部分学者仍然只关注"关键词"的工具性作用，"关键词批评"作为一种批评方法的地位并没有能够受到充分认识。另一方面，"前关键词批评时期"的"关键词"原本便存在着边界模糊、缺乏系统性的特点。进入网络时代之后，虽然信息的传播越来越迅捷，但信息爆炸也造成了人们对信息的囫囵接受，这便进一步造成了国内学术领域"关键词"内涵的模糊。受此影响，我国学术界目前的"关键词"相关研究也出现了泛化的趋向，有的表现为对"关键词批评"的误用、滥用，有的则表现为一些研究者运用了"关键词批评"的方法却对之并不了解。总体而言，我国学术界对"关键词批评"自身的研究尚不够系统，"关键词批评"的价值尚待更深入的挖掘。

第八章
"关键词批评"在中国批评实践中的新变与推进

随着"关键词批评"相关著述译介的出现及我国相关批评实践的风生水起，学术界关于"关键词"的研究呈现出更为多样化的发展态势。"关键词批评"的历史虽然并不久远，但在世纪之交步入快速发展期后，除继续在文化研究领域大放异彩之外，在文学理论与批评领域也表现出了不可小觑的力量，并在理论承传中显示出新的特点和趋向。"关键词批评"延续了雷蒙·威廉斯紧密联系特定社会历史文化语境研究"关键词"生成与演变的做法，但在批评实践层面出现了不少新变与推进。本章结合 20 世纪 90 年代以来"关键词批评"在我国文学和文化研究领域的批评实践，从三个方面分析其新变与推进：一是不再仅以对"关键词"的词源学追溯为批评重心，而是以对其在学科发展脉络和批评实践中的流变为考察中心，以期有益于文学和文化批评理论及相关学科的建构与发展；二是出现了一些具有新气象的论著，表现出了注重紧扣文学文本的批评实践趋向；三是编撰体例有所突破，文论性得以进一步彰显。

一、在学科发展及批评实践的流变中考察"关键词"

1998 年 4 月，有关专家在广州召开的"中西文化关键词研究"计划会议上达成了如下共识：不必过分拘泥于对这些"关键词"的意义进行繁复的训诂考证，而是要特别注意描述和分析它们在社会生活中具有巨大活力和影响的领域。该计划关注的焦点在于把握这些"关键词"如何给每一种文化以特殊的组织和风格，如何构成了文化活力的储存库。^①而在我国 20 世纪 90 年代以来涌现的"关键词批评"实践中，也有些研究不以从词源学角度追溯"关键词"的源起为批评重心，而是以所遴选的"关键词"在批评历史和实践中的生发、演变为考察重点，以期有益于相关学科的建构和发展。

　　笔者首先以雷蒙·威廉斯的《关键词：文化与社会的词汇》和王晓路等人所撰写的《文化批评关键词研究》二书均收录的"体制"词条为例^②，看看相隔数十年，我国文化语境下的"关键词批评"较之雷蒙·威廉斯提出的"关键词批评"出现了怎样的新变与推进。雷蒙·威廉斯的《关键词：文化与社会的词汇》共收录 131 个词条，王晓路等著《文化批评关键词研究》共收录 28 个词条，二书均收录的词条有 4 个："文化"（culture）、"意识形态"（ideology）、"体制"（institution）、"传播"（communication）。在王晓路等人所著的《文化批评关键词研究》中，这 4 个词条均提及了雷蒙·威廉斯对它们的释义，其中，对"体制"一词的阐释更是直接引述了雷蒙·威廉斯《关键词：文化与社会的词汇》中的相关文字，因此，我们选择二书中对"体制"一词的解析进行比较。

　　从关于"体制"一词释文的篇幅多寡来看，《关键词：文化与社会的词汇》篇幅仅 2 页，六七百字左右，《文化批评关键词研究》的字数则数倍于此，连同注释及中英文参考文献在内一共 12 页，1 万字左右，其中，正文部分 9 页，8000 余字，引述雷蒙·威廉斯《关键词：文化与社会的词汇》中有关"体制"部分的内容约 300 字。就内容分布与写作思路而言，《关键词：文化与社会的词汇》中对"体制"一词的词源追溯占比甚重，《文化批评关键词研究》中词源的追溯则十分简略。毕竟雷蒙·威廉斯对该词的词源已经做了十分到位的考辨，夯实了研究基

---

① 任可：《"中西文化关键词"计划》，《世界汉学》1998 年第 1 期。
② 二书中均收录了该词条，王晓路等人所著《文化批评关键词研究》中"体制"一词的英文为"institution"，雷蒙·威廉斯的《关键词：文化与社会的词汇》中译本则将"institution"译作"制度、机制、机构"。

石，后人如无新的发现没有必要再花费笔墨去重复，择要点到即可。

　　雷蒙·威廉斯在词条释义中，首先以简要的概述性文字勾勒了"体制"一词语义变化的轨迹：由"表示行动或过程"的名词演变为用于"描述某个明显的、客观的与有系统的事物"的抽象名词，用现代意涵表示即为"一种被制定、订立的事物"。而后，雷蒙·威廉斯按其"关键词"写作的惯例考察其词源，指出其最接近词源为古法文 institution 和拉丁文 institutionem，可追溯的最早词源为拉丁文 statuere，意为"建立、创设、安排"之意。该词在英文早期用法中指"一种创造的行动"，即"在某个特殊的时刻被制定、订立的某种事物"，16 世纪则发展出"用某种方法确立的惯例"这一普遍意涵。从托马斯·莫尔（Thomas More）等人文字的"意义脉络"中可以看出"习俗、惯例"这样的抽象意涵，18 世纪中叶起这种抽象意涵愈发明显，而且自此时起，institution 与 institute 开始被用于一些特别的机构名称中，前者用在慈善机构名称中，如"慈善机构"（Charitable Institutions，1764），后者则用于职业的、教育的、研究的机构，如"英国皇家建筑师学会"（Royal Institute of British Architects）。到 19 世纪中叶，该词指涉"一种特别的或抽象的社会组织"的普遍意涵在"制度化的"（institutional）、"使制度化"（institutionalize）等的词义演变中得到确认，到 20 世纪则表示"一个社会中任何有组织的机制"。①

　　雷蒙·威廉斯对"关键词"词源的追溯十分细致，时间节点虽不可能做到非常精确，但关涉的各个重要语义转换的大致时间均有考察，同时结合相关文献予以佐证。以上述所引述的他对"体制"一词的考察为例，雷蒙·威廉斯就提及了 14 世纪、16 世纪中叶、18 世纪中叶、18 世纪末期、19 世纪初、19 世纪中叶、20 世纪等"体制"一词词义转换的重要时期，所引证的文献涉及范围极其广泛，不局限于文学，引用了托马斯·莫尔《乌托邦》（*Utopia*, 1551）等著述中的文字。雷蒙·威廉斯对每一个"关键词"进行解析时往往将其与相关词汇进行

---

　　① 参见〔英〕雷蒙·威廉斯：《关键词：文化与社会的词汇》，刘建基译，生活·读书·新知三联书店 2005 年版，第 242—243 页。

比较性分析，"体制"词条中虽然仅在末尾的参照词语中列了"社会、协会、社交"（society）这一个词语，但在其不算长的论述篇幅中仍然涉及了除"社会、协会、社交"之外的众多词汇，如"文化"（culture）、"教育"（education）、"惯例"（practices）、"习俗、惯例"（custom）等。

王晓路等著《文化批评关键词研究》对"体制"一词的探讨虽然首先也是从考察其词源开始的，但英文部分的词源追溯较为简略，而且显然汲取了雷蒙·威廉斯的研究成果，并直接引用了《关键词：文化与社会的词汇》中关于此词条解析中的近半内容。但作者对"体制"的解析并未止步于此，而是补充了该词在中文辞书及现代权威英文词典中的数种释义。此外，作者结合中西方"异质的文化语境"对该词中英文释义的不同意涵进行比较后指出，"就西方的历史文化生成语境而言，institution 更侧重于社会和文化的角度"，指长期社会发展中"积淀下来的社会习俗、意识模式和学位方式"等。作者重点不在于对"体制"进行词源学考察，而在于从文学和文化研究的维度对"体制"概念进行辨析，指出"文学实践的过程也就是文学体制化的过程"，随着现代社会的日益市场化、商品化，文学也"被嵌入到日益复杂的关系网络之中，成为一种社会化的生产与消费"，这又形成了"外在于文学本体的文学体制"。作者发现，作为维持文学生产的一种"秩序性力量"，文学"体制"在"文学与社会、文学与权力、想象与规则等因素之间建立起了相互的联系"，使文学作品的产生由传统意义上的"包括表达个人意识观念和语言形式的个体性书写行为"，逐步转变为"各种社会因素和力量交互作用、参与和争夺的文化场所"。在这一过程中，文学"体制"就是文学生产、流通、消费过程中形成的社会机制和文学场域，将文学生产"纳入社会整体的运作和实践当中"，并产生了文学自主化与文学社会化之间的悖论与张力：既为文学提供生成空间与生产场所，又在日趋制度化的文学生产中规范乃至束缚文学意义的生成。因此，作者清楚地看到了"体制"作为"维持各种社会活动与社会关系的规定性力量和系统"，对包括文化现象的形成、意识形态的建构在内的社会整体运行起着广泛、复杂而重要的作用。而从"体制"的角度对文学及整体文化现象的生产、传播、消费进行更深层次的透析，也相应地成为文化批评的重要内容。① 作者在考察中除引述雷蒙·威廉斯的研究成果外，还涉及了杰弗里·威廉斯（Jeffery J. Williams）、文森特·B.利奇（Vincent B. Leitch）、皮埃尔·布迪厄（Pierre Bourdieu）、米歇尔·福柯、斯蒂芬·格林伯雷（Stephen Grennblatt）、路易斯·阿尔都塞、安东尼奥·葛兰西、爱德华·赛义德、佳亚特里·斯皮瓦克（Gayatri Spivak）等人的相关探析，研究视野极为开阔。在词义解析和论及文学内部"体制"早期形成时，作者又注意紧契中国本土的文学传统，可谓基于当下最新研究的比较性的文化批评实践。

接下来，我们再以陈思和的《当代文学关键词十讲》为例，看看其中在"中国文学中的世界性因素"这一"关键词"题下收录的两篇文章对"关键词批评"的推进与发展。这两篇文章，一篇是《20 世纪中国文学的世界性因素》，另一篇是《〈马桥词典〉：中国当代文学的世界性因素之一例》。纵览二文，均未从词源学角度对所涉及的词语进行考察，而是从比较文学学科反思的高度对"中国文学中的世界性因素"进行了探讨。

《20 世纪中国文学的世界性因素》一文是陈思和结合自己研究"20 世纪中外文学关系"问题时遭遇的困惑而提出的具体理论设想，其所谓"20 世纪中国文学的世界性因素"是从方法论和观念层面的高度对比较文学学科中最具我国本土特色的一个方向——"20 世纪中外文学关系研究"进行的反思和探讨。陈思和认为，"20 世纪中外文学关系"这个研究方向应该由两部分组成：一是译介学原则在该领域的应用，包括中外文学关系的原始译介资料的搜集、整理、汇编以及对此项工作的译介研究；二是 20 世纪我国文学与世界文学构成的"民族与世界"关系的研究，即关涉我国现代文学为何进入国际比较文学的研究视野，在世界文学总潮流中具有怎样的特色，在世界文学格局中位处何地。陈思和指出这二者之间并无必然的因果关系，前者的资料研究成果"仅能说明外国文学的译介状况，并不能说明'关系'本身的状况"，后者应该成为"中外文学关系"研究的主体，但是由

① 参见王晓路等：《文化批评关键词研究》，北京大学出版社 2007 年版，第 145—156 页。

于它"长期被制约在影响研究的范畴里",因此,仅从"影响"角度解释"关系"不能说明中外文学关系的全部内容。

鉴于"20世纪中外文学关系"研究方向是从"影响研究"起步发展而来的,陈思和尖锐地指出该领域的相关研究存在值得我们注意的问题。他以国内通行的一部比较文学教材中关于创造社与西方浪漫主义思潮在我国被接受的论述为例,通过富有信服力的论析显露出了作者治学态度不够严谨及影响研究在相关问题上的空疏等弊病。接着,他又以同一部教材中的另一段关于"中国现当代文学是在外国文学的影响下发展起来的"这一论述为例,指出其所论及思潮并未涵盖我国现当代文学的全部内容和意义,所得出的结论存在着逻辑错误。陈思和使用了"轻易""断然""断言""武断""轻率"等词语表达了对这种研究理路的不满和批评,他认为,"中国现代文学确实受过来自西方和日本的文艺思潮影响,这仅仅是它得到刺激以至发展的原因之一,或说是中国作家们曾经利用和借鉴外来思潮以壮大自身的声势",但不能因此就说"中国现当代文学是在外国文学的影响下发展起来的"。陈思和进一步指出上述错误论析的背后"隐含了一个时代的观念",即在20世纪80年代时代风气的裹挟下,伴随着比较文学引入我国,"影响研究"方法"直接帮助了当时的中外文学关系的研究,即通过列举外来影响的史料来证明中国现代化进程实质上是对西方先进文化的模仿和引进"。而这又与当时启蒙文化所主张的引进西方现代文化观念暗合,"影响研究"也因此被作为一种科学方法得到"信任和推广"。

难能可贵的是,陈思和在毫不讳言地反思比较文学学科在"20世纪中外文学关系"研究中存在上述弊病的同时,并未以先知先觉的姿态置身其外或高高在上,而是联系自己的治学经历和时代文化语境进行了深层反思,指出时代风气和"学术空气"导致"影响论"对中外文学关系的解释成为"不证自明的权威前提"。20世纪80年代,我国文化界面临着启蒙与现代性的追迫,陈思和坦言自己"就是在这种学术空气中走过来的","回想当时的心境,是刚刚从文化梦魇里走出来的激愤情绪,一面是深恶痛绝于极"左"路线造成文学创作的僵化与狭隘;一面是如饥似渴地接受外来的新鲜思想文化,因为明白传统势力的强大,不是百倍提倡外来的新思想新文化新方法，就不足以冲垮传统思想的堤坝"。陈思和这种融入个人治学体验的反思，借用郜元宝谈到反思"文革"时的话来说，就是"把自己也燃烧在里面"[①]。的确如陈思和所指出的，20 世纪 80 年代文学界"走向世界"这类表述隐含着"时代的焦虑"和"被'世界'承认的渴望"，在 20 世纪 90 年代关涉全球化语境下"民族现代化的前途与方向"问题的讨论时则遭到了质疑。在此背景之下，陈思和提出"世界性因素"作为"20 世纪中外文学关系"研究的理论设想之一。他赋予"世界性因素"一词以两种研究视角：一是由于我国在 20 世纪被纳入世界格局，其发展不能不受到世界性潮流的影响，因而，世界文学思潮刺激、影响了我国文学的发展进程，形成了"世界/中国"二元对立的文化结构；二是我国文学与其他国家的文学是在对等的地位上共同建构"世界"文学的复杂模式的。而他在文章中重点探讨的就是这第二种研究视角下的"世界性因素"，直接针对的是相关学科既有研究中"所谓'外来影响'考证的不可靠性"和"'中国现当代文学是在外国文学的影响下发展起来的'观念的虚拟性前提"，颠覆了传统的影响研究方法和观念。陈思和并未一概否定实证方法的价值所在，而是认可"在译介学的范围内收集资料、尊重材料"对开展相关研究起着基础性的作用。但他认为，"真正的影响研究，大约只能是在国与国之间的文化交流非常贫乏的情况下才存在"，而步入信息密集的时代，外来影响渠道众多，乃至"许多'外来影响'因素完全融入了本国的日常文化生活，你根本就无法去辨认它的渠道"。陈思和犀利地指出，"法国学派的治学经验是在人类对世界的认识处于低级阶段的时期产生的，是传教士到殖民地时代的学问思路和方法……如果我们今天在研究'20 世纪中外文学关系'课题时还对这种过时学派的一套烦琐经验顶礼膜拜而不加以认真清理，我们自己的学术道路如何健康开展起来？"陈思和此文的研究思路为：从实证方法的不可靠性——看中外文学关系研究存在的问题——提出世界性因素的设想。他针对"20 世纪中外文学关系"研究的领域所存在的问题，提出"世界性文学因素"这一"关键词"，意在质疑实证方法对 20 世纪中外文学关系的研究是

---

① 郜元宝：《关于"文革"研究的一些话》，《当代作家评论》2002 年第 4 期。

否适用？"除了在译介学的范围里我们尽可能详细地收集各种对西方文学的翻译介绍评论的原始资料作为我们的研究基础外，我们是否真的能够像我们想象的那样，通过严密的实证方法来弄清楚中国现当代文学创作中的外来影响，并以此来证明'中国现当代文学是在外国文学影响下形成的'结论？"陈思和结合自己对"20世纪中外文学关系"的实际研究体会及作家、流派、时代等例证提出，实证的方法在"20世纪中外文学关系"研究中作用有限，可以用来证明作家个人、社团和时代的接受状况，但无法"由作家个人的具体接受状况推断其全部思想创作的一般接受状况，尤其是无法真正解说作家的艺术创作；无法由社团的接受状况来推断具体成员的创作风格的接受与变异；也无法由时代的接受风气推断具体个人的思想接受形态"。"20世纪中外文学关系"是"在特定的殖民文化环境下中国知识分子寻找现代化的道路过程中表达出来的审美追求，对这种审美追求处于不同的立场就有不同的解释"。陈思和就一些研究者的立场发出了质询："为什么我们自己先要认定20世纪中外文学关系的大语境是不平等的'影响'而不应该是地位对等的'世界性因素'呢？"他主张不能以西方中心主义的立场将20世纪中外文学关系解释为"影响—接受"模式，而应该用"中国文学中的世界性因素的研究"来超越传统的影响研究和平行研究的二元对立范畴。[①]

《〈马桥词典〉：中国当代文学的世界性因素之一例》一文则以韩少功《马桥词典》为个案，探讨在世界格局下的中文写作，是否有可能出现纯粹"独创"的个人风格？如何解释我国文学创作中大量存在的"单纯性模仿"与"接受外来影响"之间不同的价值内涵？影响研究的传统论证方法是否还能解释当代文学创作中的世界性因素？在这样的思考之下，陈思和对韩少功的《马桥词典》（1996）与米洛拉德·帕维奇（Milorad Pavic）的《哈扎尔辞典》（*Dictionary of the Khazars*，1988）进行比对后发现，二者"除了都尝试用词条的形式写小说外，文本的展示上并无相似之处"。陈思和认为，更准确地说《哈扎尔辞典》是"一部用词条形式来分章节、以三个不同的叙事视角来展开文本内容的小说"，"作家放弃了传统

---

① 参见陈思和：《中国当代文学关键词十讲》，复旦大学出版社2002年版，第233—272页。

的封闭式的叙事结构，将三大教派的文献资料汇编于一书，呈开放形态，读者不仅可以任意选读某个教派的文献而信其说，而且可以把其中的词条做任意的拆解，选读其中感兴趣的片段"。他指出，"18 个词条顺序打乱，互相参照，甚至重新排列。这种开放型的文本形式与通篇人鬼纠缠的奇异故事构成了《哈扎尔辞典》的叙事特点"。米洛拉德·帕维奇自言："你不一定要通读全书，可以只读一半或者一小部分，顺便说说，人们对待词典通常也是持这种态度。"作为小说的《哈扎尔辞典》并非文本意义上的辞典，只是开放性阅读意义上的辞典。正是从这一比较角度，陈思和发现："《哈扎尔辞典》所不具备的因素，正是韩少功在《马桥词典》里所追求、并以一种语言形式固定下来的。同时，《哈扎尔辞典》里最精彩的因素，也是《马桥词典》所缺少的。"陈思和认为，韩少功开创了一种新的小说叙事文体，即运用词典的语言文体来写小说，而米兰·昆德拉、米洛拉德·帕维奇自称的"误解小辞书""辞典小说"，只是代表了用词条形式展开情节的叙事形式之实，并没有"当真地将小说写成辞典"；而韩少功却"着着实实地写出了一本词典形态的小说"，韩少功在小说形式探索上的独创性不容否定。这种独创性表现在《马桥词典》"以完整的艺术构思提供了一个地理上实有的'马桥'王国"，作者"将其历史、地理、风俗、物产、传说、人物等等，以马桥土语为符号，汇编成一部名副其实的乡土词典"，如果视词条展开的叙事形式为一种小说叙事形态，韩少功则是将这一叙事形式推进到词典形态小说的"大胆尝试者"。

　　陈思和认为，虽然"《马桥词典》词典体小说的叙事形式是在外国作家的词条展开的叙事形式基础上发展而来的"，但不能用简单的模仿说来解释这种现象。文本的开放性是《哈扎尔辞典》最为精彩之处，且与词条展开的叙事形式甚为相宜，形成了"词条的多义性和互现性的叙事特点"。而《马桥词典》中所有词条的解释却恰恰都是围绕词典规范下的准确性和知识性展开的，"小说里的人物故事表面上被词条分割得破碎无章，其实仍然是在严格的线性叙事顺序下展示"。由此可见，接受外来影响与独创性并不矛盾，"从某一种文学间的接触引发出作家天才的创造力勃发"，正是 20 世纪我国文学发展历史上的重要现象。陈思和以鲁迅的《狂人日记》（1918）为例，认为它在用"狂人日记"的叙事形式来写小说上可能受过果戈理同名小说的影响，但并非模仿之作，"没有丧失作家对本民族文化的最直接最独特的感受"，对"吃人"意象的"象征性应用"正是鲁迅的独创。他认为，更值得学术界研究的是"中国作家如何在接受了外来影响以后创作出充满独创性的作品"。韩少功在《马桥词典》中是"完全用中国式的理解来编撰'词典'，并且以自己的生活经验来构筑起马桥的语言王国，小说所展示的'马桥'充满着作家对自己民族文化的历史与现状的思考和参与精神，这是任何西方文学意象都无法取代的"。而过去的影响研究往往将重点放在考据两个文本间的"相似"之处，即"构成'影响'的事实"，而对"受影响者在接受与消化过程中表现出来的独创性缺乏应有的重视"。步入信息时代，思想文化之间的影响"可以通过无数有形迹和无形迹的渠道发生作用"，我国文学创作的独创性不应该"以其是否接受过外来影响为评判标准的"，而应该以这种影响所激发的"巨大的创造力"为标志。陈思和正是在这个意义上把我国作家在创作中表现出来的这种创造力称作为"当代文学创作中的世界性因素"。他认为，韩少功在《马桥词典》中所做出的努力，并非仅仅是小说的形式探索，"他通过词典形态的叙事方式写小说，对语言如何摆脱文学的工具形态，弥合语言与世界、词与物的分离现象以及构筑起'语言—存在'一体化等进行了一系列的实验"，从中可以看到 20 世纪以来"世界性的思想学术走向"和"文学的实验性趋势"。而在这一小说实验中，中外作家至少建立起了"一种类似同谋者的对应结构"，过去影响研究中"先生与学生"的传统结构被消解了，如果确认存在"词典小说"这一文学新品种，那么，《马桥词典》与《哈扎尔辞典》"应该享有同等地位和代表性"。①

从陈思和《当代文学关键词十讲》中所选录的这两篇文章可见，他跳出了词源学的窠臼，以极其敏锐的问题意识从学科反思的高度对"20 世纪中外文学关系"研究中存在的问题进行了深入思考，并以一度引发文坛热议的韩少功《马桥词典》与米洛拉德·帕维奇《哈扎尔辞典》之间的关系为例做了颇有信服力的解析，其研究在方法论和观念层面上着实令人耳目一新，是对"关键词批评"的有力推进。

_____

① 参见陈思和：《中国当代文学关键词十讲》，复旦大学出版社 2002 年版，第 273—293 页。

二、注重紧密联系文学文本进行批评实践的趋向

由于雷蒙·威廉斯更多的是在社会历史文化语境的变迁中捕捉"关键词"语义的生发流变，因此，《关键词：文化与社会的词汇》很少联系文学文本进行阐析，而多以其他文本为例证。近年来西方文学研究中的"关键词批评"则愈来愈倾向于紧扣文学文本进行"关键词"释义，这一趋向也影响到了我国"关键词批评"的发展。因此，我们首先以安德鲁·本尼特和尼古拉·罗伊尔合著的《关键词：文学、批评与理论导论》为例，评析它是如何将"关键词批评"与文学文本分析紧密结合起来的，再分析我国"关键词批评"实践在这一方面的应用情况。

安德鲁·本尼特、尼古拉·罗伊尔在《关键词：文学、批评与理论导论》中对 32 个"关键词"进行解析时，就注重将理论研究与文本范例分析有机结合起来。据笔者统计，该书在 32 个词条中讨论过的文学文本多达 127 部。在第 31 章对"战争"（War）词条约 1 万字的释义中，作者重点分析了三首与战争相关的诗作，分别为阿尔弗雷德·丁尼生（Alfred Tennyson）的《轻骑兵队的冲锋》（*The Charge of the Light Brigade*, 1954）、威尔弗莱德·欧文（Wilfred Owen）的《徒然》（*Futility*, 1918）和荷马（Homer）的《伊利亚特》（*Iliad*）；略微提及的诗作有维吉尔（Vergil）的《埃涅阿斯纪》（*The Aeneid*）、杰弗雷·乔叟（Geoffrey Chaucer）的《特罗勒斯和克丽西德》（*Troilus and Criseyde*）、约翰·弥尔顿（John Milton）的《失乐园》（*Paradise Lost*）、威廉·华兹华斯（William Wordsworth）的《序曲》（*The Prelude*）、约翰·济慈（John Keats）的《海披里安》（*Hyperion*）、乔治·戈登·拜伦（George Gordon Byron）的《唐·璜》（*Don Juan*）、沃尔特·惠特曼（Walt Whitman）的《草叶集》（*Leaves of Grass*）、埃兹拉·庞德（Ezra Pound）的《诗章》（*The Cantos*）、琼斯（Jones）的《括号》（*In Parenthesis*）等。

"战争"一章的开篇即以援引 19 世纪桂冠诗人阿尔弗雷德·丁尼生的那首关于战争的名诗《轻骑兵队的冲锋》为起点。这首诗描述的是克里米亚战争中一次由于指挥官的失误致使 600 名英国骑兵遭到俄罗斯炮兵轰击的军事行动。作者认

为阿尔弗雷德·丁尼生的诗歌并不怎么关心谁犯了错误并该为此负责，而是尽力歌颂那些执行了错误命令的士兵的英勇品质，因而该诗充满军国主义色彩和刻板的国家立场。作者认为威尔弗莱德·欧文写的关于第一次世界大战的《徒然》采取的是"私人的，甚至不带官方色彩的抒情形式"，表达的是一种"个人的悲伤"，与阿尔弗雷德·丁尼生《轻骑兵队的冲锋》"站在更为超然、刻板的国家立场上，表达了一种自豪感和胜利者的悲伤"不同，也不同于阿尔弗雷德·丁尼生诗歌表现出的"好战主义"，其立场是反战的，对战争和军国主义做了"有节制的批评"。作者联系社会历史发展和时代背景变换指出，"在过去的一百五十年中，文学和文化趣味不断发生变化，特别是接踵而至的两次世界大战以及美国在越南战争中的民族精神创伤促进了这种变化的发生。19世纪站在国家立场上以民族主义的姿态对军人英雄气概的颂扬已经让位给当代对私人忧伤的赞赏，以及对战争、任何战争以及所有战争的无用性的反对"。行文至此，作者笔锋又为之一转，直言"文学开始于对战争以及战争中的愤怒的描写"，并回溯到西方文学的源头《伊利亚特》。由其第一句话宣告了主题是"阿喀琉斯的愤怒"而得出结论："西方文学传统是在愤怒和流血，对战争的愤怒，对愤怒的愤怒——神力的、身手敏捷的、凶残的阿喀琉斯的愤怒中——开始的"。作者引述了《伊利亚特》的第1卷1—8行，并指出这样的开头以及荷马史诗最引人注目的地方是"狂热地醉心于战争和赞美战争，它与为惨烈的伤亡所举行的痛哭失声的哀悼融为一体"，抒发了"尚武""好战"的情感。作者发现《伊利亚特》一万七千行诗中有一半以上的篇幅与战争有关，将其所表现的内容称之为"经过精心策划的战争场景和复杂而充满血腥的白刃战"，并谓之像是《桂河大桥》（*Bridge Over the River Kwai*, 1957）、《星球大战》（*Star Wars*, 1977）、《现代启示录》（*Apocalyse Now*, 1979）、《拯救大兵瑞恩》（*Saving Private Ryan*, 1998）、《搏击俱乐部》（*Fight Club*, 1999）等现代电影的组合。作者还引述了《伊利亚特》第16卷362—374行和407—413行，认为诗句所描绘的与弗朗西斯科·戈雅（Francisco Goya）绘画作品《战争的灾难》（*Disasters of War*, 1810）所展现的图景相似："破碎的身体，被劈开、被切开、被斩首、遭肢解的和被开膛的身体"，"令人吃惊地对人类苦难进行不动声色甚至充满热情的记录,对那些遭到暴虐地侵犯、劈砍、刺戳的人们的身体进行客观化描写"。

分析了这三首诗歌之后,作者就三位诗人要纪念、证明或证实什么以及关于战争诗歌呈现给读者的是什么发问。继而结合肖珊娜·费尔曼(Shoshana Felman)关于"见证危机"及雅克·德里达关于证据有一种"可普遍运用的独特性"的观点,探讨了上述三首诗是怎样以各自特有的方式与证据及例证联系起来的。作者认为,荷马叙述残暴的杀戮和血腥的死亡,既表现了暴力的独特性及每一次砍杀、刺戳的唯一性,又因为这些行动和场景所具有的"范例性"而使之代表了"成千上万次的刺戳和砍杀",使读者想象"它以怎样的方式接受和讲述这种对身体的暴力行为",而"正是想象的这种可怕特性和对暴力的生动描述赋予它们以真实感"。威尔弗莱德·欧文则以"令人亲切的语言和动人的抒情,通过描写一个士兵的死亡代表了成千上万的其他士兵的死亡,发话人亲临其境见证的这个士兵的死亡代表了人们广泛认可的观点,即战争是无用的"。阿尔弗雷德·丁尼生的诗作是在读了《泰晤士报》关于那场战役的报道后写的。安德鲁·本尼特、尼古拉·罗伊尔认为阿尔弗雷德·丁尼生"作为一个报纸的读者,表现了士兵即使面对指挥者表现的愚蠢错误都具有一种英雄气概",而"正因为他表现的内容不是独特的而且的确不是直接的,所以他的诗歌在当代这个'强调见证的时代'似乎对那些活着的人来说是虚假的、伪造的、不可信的、愚蠢的"。由上述结合文本的分析,作者指出三首诗歌对战争持有不同观点,并进一步提出了关于"我们可以从死亡、牺牲和野蛮场景中获得'审美'愉悦"的思考:为什么这类场景诗人感到不快,可人们却喜欢阅读和想象它?何以具有强烈的吸引力?作者提及了西蒙·弗洛伊德(Sigmund Freud)《对战争和死亡的思考》(*Thoughts for the Times on War and Death*, 1915)、《悲伤和忧郁症》(*Mouring and Melancholia*, 1917)、《论无常》(*On Transience*, 1916)、《为什么要战争》(*Why War?*, 1933)、《文明及其缺憾》(*Civiliazaton and Its Discontents*, 1930)等论著中所探讨的观点:在所谓的文明社会中,人所具有的攻击性原始本能,隐匿于人的心理深处,变成了一种被体验为"内疚感"和"良心"的精神暴力。作者由西蒙·弗洛伊德的观点得到启发,从新的视角对"战争与和平相对立以及和平是社会的自然或正常状态的设想"和"战争文学应该在某种程度上'天然'是或通常是反战的、和平主义的和'非战争'的"这两种通行的战争文学观念提出了质疑。作者认为西蒙·弗洛伊德对人的攻击本能及其与社会或"文明"相冲突的分析可以帮助我们理解战争文学及阅读战争文学作品中产生的种种矛盾心理,有助于理解文学与战争之间的"错综复杂而又连绵不断的联系"。①

与以安德鲁·本尼特、尼古拉·罗伊尔所著《关键词:文学、批评与理论导论》为代表的文学理论与批评方面的"关键词批评"注重联系文学文本进行深入剖析不同,文化研究方面的"关键词批评"较少联系文学文本进行细致分析。不过,这一现象在新世纪我国一些文化研究中有所改观。如周宪编著的《文化研究关键词》一共收入了42个词条,其中"电脑空间/网络空间/塞(赛)博空间"、"超文本"词条分别联系了威廉·吉布森(William Gibson)的小说《新浪漫者》(*Neuromancer*, 1984)、B. S. 约翰逊(B. S. Johnson)的小说《不幸者》(*The Unfortunates*, 1969)进行了分析。不过,囿于体例设置及篇幅所限,相关论析并未详细展开,而是以精当的语言点到为止。② 汪民安主编的《文化研究关键词》一共收录了142个词条,其中在"狂欢""浪荡子""陌生化""赛博空间""戏仿"词条的释义中,联系陀思妥耶夫斯基的《罪与罚》(1866)、《赌徒》(1866)、《白痴》(1868)、《卡拉马佐夫兄弟》(1879),弗朗兹·赫塞尔(Franz Hessel)的《漫步柏林城》(*Spazieren in Berlin*, 1929),夏尔·皮埃尔·波德莱尔(Charles Pierre Baudelaire)的《恶之花》(*The Flowers of Evil*, 1857),托尔斯泰的《战争与和平》(1865)和《霍尔斯托密尔》(1863—1885),乔纳森·斯威夫特(Jonathan Swift)的《格列佛游记》(*Gulliver's Travels*, 1726),克努特·汉姆生(Knut Hamsun)的《饥饿》(*Hunger*, 1976),元代散曲《高祖还乡》,普希金的《叶甫盖尼·奥涅金》(1954),劳伦斯·斯特恩(Laurence Sterne)的《项狄传》(*The Life*

---

① 参见〔英〕安德鲁·本尼特、尼古拉·罗伊尔:《关键词:文学、批评与理论导论》,汪正龙、李永新译,广西师范大学出版社 2007 年版,第 260—271 页。

② 参见周宪编著:《文化研究关键词》,北京师范大学出版社 2007 年版,第 117、226—227 页。

and Opinions of Tristram Shandy, 1959—1967），威廉·吉布森（William Gibson）的《神经症漫游者》（*Neuromancer*, 1984）等文本进行了较为深入细致的分析，在文化研究类的"关键词批评"中实属难能可贵。①

与文化研究中的"关键词批评"对文学文本的关注相比较，赵一凡、张中载、李德恩主编的《西方文论关键词》这类文学理论批评方面的"关键词批评"更加注意紧扣文学文本进行深入阐析。如《西方文论关键词》一书在"细读"词条的释文中就在"细读的类型"这部分就结合安德鲁·马韦尔（Andrew Marvel）的《致羞怯的情人》（*To His Coy Mistress*, 1681）这一诗歌文本进行了分析。作者在论及新批评关注语言在普通层面和修辞层面的含义时，指出对"意象"进行解读是新批评细读中较为普遍使用的方法之一，并视"意象"为包含诗歌意义重要暗示的"肌质"。紧接着，作者就以安德鲁·马韦尔的《致羞怯的情人》为例来说明其在"意象"运用方面的新颖严谨。作者从该诗第一行"如果我们有足够的空间和时间，/情人，你的羞怯就不是罪过"入手，指出此处诗人引入了贯穿全诗始末的两个"意象"——"时间"与"空间"，构成了诗中恋人求爱表白的逻辑核心。就"时间"这一"意象"而言，"我"的爱始于《圣经》记述的洪水泛滥及诺亚方舟时代，延续至绵延的未来。"我"愿意用一百年欣赏"你"的眼，用两百年欣赏"你"的胸，用三千年欣赏"你"身体的其余地方，各个部位需要一个时代，直到最终抵达"你"的心灵。然而，当诗中恋人听到"时间之车"快速飞驰而过时，意识到个人的生命其实在浩渺的宇宙时间中只不过是短短的一个瞬间而已。在个体生命消逝之后，"你怪异的贞操将是黄土一堆"，而"我的情欲也将全部化成灰"。就"空间"这一"意象"而言，第一段想象中的恋人在印度恒河"寻觅红宝石"，"我"却在英格兰亨伯河畔吟唱"相思的歌"，"我"的爱情在这辽阔的空间如植物一样自由生长。第二段中辽阔的空间感却遭遇了狭窄"墓穴"的逆转，生命的空间原来也是如此有限。作者通过借用新批评细读方法对该诗核

---

①　参见汪民安主编：《文化研究关键词》，江苏人民出版社 2007 年版，第 173—176、177—179、202—204、273—275、378—382 页。

心"意象"——"时间""空间"的细致解读指出，这首诗歌并非仅仅是一首宣扬及时行乐的"宫廷式情歌"，也是对时间、永恒、生活态度、来世等问题的哲学思考。作者进而提出，诗人在诗歌中还引入了从"欲望"到"拯救"的一系列议题，这些议题的答案则与这首短诗中的另一个重要"意象"——"性"紧密相关。作者通过文本细读，指出第一段的"罪过"原指 17 世纪女性失身，诗中却恰以此指称女性的守节，其后对女性身体各部位的列举也"充满了性暗示"，"像摄影一样，从一个部位转移到另一个部位，勾起许多联想"。第二段则在想象"贞节"死后被蛆虫啃食的场景中暗示女性生前未破裂的处女膜却在死后遭遇啃食的厄运。第三段则由"暗示"趋向"露骨"，由"羞怯"变为"大胆"，恋人的每一处"毛孔"都喷射出了爱的火焰，他们像"相爱的猛禽"似的，"狠斗猛拼把我们的欢乐 / 硬拽过人生的两扇大铁门"。作者认为此处"人生的大铁门"并非指天堂的大门，而是指"阴道"这一人出生经过的通道，要获得人生的欢乐也只有经由这个通道，而非"墓穴"这个只有"永恒的沙漠"和"大理石的殿堂"的所谓天堂。经过对安德鲁·马韦尔的《致羞怯的情人》一诗的文本"意象"的细腻解读，作者得出该首诗歌的"意象"暗示了鼓吹现世主义的主题这一结论。该词条的释义除花了约十分之一的篇幅对安德鲁·马韦尔的《致羞怯的情人》进行文本细读之外，还在阐析"细读"语义时分析了约翰·济慈的《希腊古瓮颂》(*Ode on a Grecian Urn*, 1819)、亨利·菲尔丁 (Henry Fielding) 的《约瑟夫·安德鲁斯》(*Joseph Andrews*, 1742)、艾米莉·勃朗特 (Emily Bronte) 的《呼啸山庄》(*Wuthering Heights*, 1847)、荷马的《奥德赛》(*Odyssey*, 8th Century BC)、詹姆斯·乔伊斯 (James Joyce) 的《尤利西斯》(*Ulysses*, 1922)、米格尔·德·塞万提斯·萨维德拉 (Miguel de Cervantes Saavedra) 的《堂吉诃德》(*Don Quixote*, 1605, 1615) 等多个文本。①

　　我国文学研究中的"关键词批评"也越来越注重紧密联系创作主体和文学文

---

① 参见赵一凡、张中载、李德恩主编：《西方文论关键词》，外语教学与研究出版社 2006 年版，第 630—640 页。

本展开研究，以当代文学研究中的"关键词批评"为例，其最为集中的领域即为作家作品研究，涉及的作家作品为数众多，如管怀国的《迟子建艺术世界中的关键词》（中南大学出版社，2006）、安本·实的《路遥文学中的关键词：交叉地带》（《小说评论》1999 年第 1 期）、杨扬的《一部小说与四个批评关键词——关于孙惠芬的〈上塘书〉》（《当代作家评论》2005 第 2 期）、林平乔的《北岛诗歌的三个关键词——北岛前期诗歌简论》（《理论与创作》2005 年第 2 期）、王春林的《理解蒋韵小说的几个关键词——兼谈中篇小说〈心爱的树〉》（《北京文学·精彩阅读》2006 年第 5 期）、刘保亮的《阎连科小说关键词解读》（《名作欣赏》2008 年第 10 期）等众多著述，均在批评实践层面与文学文本紧密关联。

管怀国《迟子建艺术世界中的关键词》一书以迟子建的创作为研究对象，从文本出发并结合迟子建的人生经历和创作心路历程，从"童年视角""回归式结构"等 18 个"关键词"入手进行了富有创新意义的文本解读。与多数借用"关键词批评"方法阐发理论术语内涵的纯理论性著述相比，该书对于"关键词"的运用在更大程度上挣脱了词典形式镣铐的束缚，使得每个章节更像是一个个围绕着某个论题展开的评述文章，极富开放性与创造力。以"父亲：月光下的精神苦役者"一章为例，管怀国对"父亲"这一"关键词"的阐析在一定程度上偏离了"父亲"概念，他关注的并非"父亲"定义本身，也不是迟子建的"父亲"形象，而是"父亲"形象对迟子建本人创作的影响。该章共由三个部分组成：第一部分驳斥了迟子建本人认为"父亲"并没有对自己的写作产生影响的说法；第二部分通过迟子建的回忆性文章说明"父亲"独特的生活经历和个性对迟子建的影响；第三部分从迟子建的作品出发，分析"父亲"何以在一定程度上决定了迟子建创作的艺术特点和美学品质。与之类似，该书的其他章节也均由"关键词"出发，却又不局限于"关键词"，而是从"关键词"辐射出一片广袤的思维空间。正如有研究者指出的那样，管怀国通过文本细读和纵横比较，"构建了坚实的理论框架，逼近了迟子建的思想潜质与艺术精髓"，"全方位多维度地对迟子建艺术世界"进行了"科学探寻和准确评估"，重新思考那些几乎成为迟子建研究中权威话语的"耳熟能详的时尚赞词"和"相沿成习的论断评析"，并对迟子建在当代文学中的定位进行了郑重的考量，这不仅是对迟子建研究的新超越，也为当下文学研究特别是作家研究提供了一个较好的研究范式。①的确，借鉴"关键词批评"的研究方法，从"关键词"的维度对创作主体进行深度观照，并对其文学文本展开深入解读，有益于丰富对作家作品的系统研究。

刘保亮的《阎连科小说关键词解读》则注意到阎连科的小说在方言的开掘和使用上独具一格，认为这有助于恢复和表达对乡土的原初感觉。作者提出，"合铺""命通""受活"这些河洛方言是解读阎连科"耙耧小说世界"的"关键词"和象征性符码，让人直接触摸到了耙耧土地文化的脉搏。"合铺"揭示了耙耧婚姻并非以爱情为基础，而更多的是礼俗仪式意义上的身体占有；"命通"体现了耙耧人对苦难人生的阐释和梦想；"受活"则从"身体的享乐"这一意涵演化为了"幸福的追求"。②上述这类紧密联系文本氛围和文化意味的"关键词"解读，在很大程度上避免了研究者一厢情愿的过度阐释，也显示出了"关键词批评"在文本细读上的有效性。

三、在编撰体例的突破中彰显文论性

雷蒙·威廉斯在《关键词：文化与社会的词汇》中虽然采用的还是传统辞书按音序编排的体例，但在对词义的简略梳理和精当辨析之中也通过各种方式表达了自己的个人观点与批评立场，体现了传统辞书所不具备的文论性。相较而言，我国文学研究领域中的"关键词批评"在编撰体例上有不少新变，文论性也随之进一步增强了。如赵一凡、张中载、李德恩主编的《西方文论关键词》的文论性就十分突出。该书以83篇独立论文的形式汇聚成书，用一词一文的形式对西方文学和文化批评理论中的核心用语和时新词汇予以明晰阐释。在体例上，该书每一词条均分为"略说""综述""结语""参考书目"四个模块，对术语的涵义、背景

---

① 郑丽娜：《对作家思想潜质与艺术真髓的精彩探寻——评管怀国的〈迟子建艺术世界中的关键词〉》，《名作欣赏》2008年第10期。

② 刘保亮：《阎连科小说关键词解读》，《名作欣赏》2008年第10期。

做简明扼要的解析，对涉及概念的发展演变过程进行细致辨析梳理，并力求在外国理论与评论的基础之上提出我国学者的见解，文末则附有中外文参考书目，以供有兴趣的读者进一步查阅或深化研究。该书在明确所选术语与概念的源流、内容、特点和演变，凸显中外学者及其观念之间交流对话的学术效应的同时，还反映了西方文论在我国的接受、发展、变异及其独立品格。① 以其中收录的"误读"为例，在"略说"部分，作者用不到三百字的篇幅精要介绍了其涵义，指出牛津词典将其解释为"错误地阅读或阐释文本或某一情境等"，该释义包含了对"误读"的否定，是一种基于传统的逻各斯中心的正/误、优/劣等二元对立范式的解释；而在 20 世纪 60 年代解构主义颠覆成规与权威的文化语境下，"误读"又被视为创造性阅读。六千余字的"综述板块"部分则首先分"远背景""近背景"两部分，对"误读"自古希腊以来到 20 世纪的历史演变进行了勾勒，接着从哲学、语言学、权力、文学等诸多层面对"误读"理论进行了"面面观"，还对学界反对"误读"的观点做了介绍，以期使读者对该术语的综合研究现状有相对客观的把握。在八九百字左右的"结语"部分，作者提出，"从宏观上讲，历来的科学研究（不论是自然科学还是人文科学）乃是一个不断怀疑并挑战已建立的原理、定律、成规，不断试错、误读的过程"，因而，"误读是破旧立新，推陈出新"；"从微观上讲，文学作品的阅读从来就不是'一锤定音'、'一言而为天下法'"。作者认为，"误读"可以分为创造性的阅读或洞见及错误的理解这两类，前者值得肯定，后者则不可取。最后，作者在"参考书目"中列出了王夫之《庄子通》、哈罗德·布鲁姆（Harold Bloom）《误读图示》（*A Map of Misreading*, 2003）等 12 本有助于读者进一步了解"误读"理论的参考文献。② 《西方文论关键词》虽然讨论的是西方文论中的"关键词"，却注意到"西方文论的引进是个长期复杂的本土化过程"，力求使该书"具有鲜明独特的中国特色"，"凸显中外学者及其观念之间彼

---

① 赵一凡：《编者序》，载赵一凡、张中载、李德恩主编：《西方文论关键词》，外语教学与研究出版社 2006 年版，第 2—3 页。

② 参见赵一凡、张中载、李德恩主编：《西方文论关键词》，外语教学与研究出版社 2006 年版，第 621—629 页。

此交流对话的学术效应"。① "误读"词条就注意联系我国文论中的相关理论进行阐析，涉及《庄子》中的《天道篇》《齐物篇》《秋水篇》及朱自清《短长书》等我国不同时代的文献。

周宪等人主编的《人文社会科学关键词丛书》虽然受到了雷蒙·威廉斯《关键词：文化与社会的词汇》的影响，但在体例及理念等方面均有突破，也具有鲜明的文论性。周宪认为，雷蒙·威廉斯强调"关键词"的指涉在日常生活关系中呈现变异性和多样性，而对这种变异性和多样性的研究本身也应该是多种多样的：既可以像雷蒙·威廉斯那样开展研究，也可以经由其他路径来"记录、质询、探讨与呈现词义问题的方法"。周宪和一批志同道合的学者就力图采取"从当代思想家和学者对同一关键词的不同用法中来彰显其复杂性、多变性和差异性"的研究方法，考虑到"当代思想界学派林立，观念殊异，这不但体现在所强调的关键词有所不同上，即便是对同一关键词也必然会有不同的理解和解释"，而"不同思想界的不同语境恰恰是呈现出关键词差异变化的背景所在"，"就对词语复杂含义的把握而言，一个人的理解或一个人的用法总难免有局限性，超越这种局限性，尽可能多地从不同学者在不同语境下的不同用法中加以探寻，不失为一条行之有效的路径"。② 正是基于此种认识，周宪等学者编撰了这样一套体例上别具特色的"关键词"系列丛书。以该书对"现代性"的解析为例，编著者首先用四五百字篇幅的"关键视窗"板块简明扼要地对何为"现代性"及理论界围绕着"现代性"产生的各种不同观点进行了梳理。编著者指出"现代性"是描述现代社会特定属性的术语，社会学对其的研究建基于前现代社会和现代社会明晰区分的假设，然而，在西方何时进入现代社会、前现代社会与现代社会的特质等方面学术界均存在分歧。编著者认为"现代性"通常是"基于经济的、政治的、社会的和文化的根据而加以判断的"，因此，现代社会典型地具有工业的和资本主义的经济、民主的政治组织及由分工导致社会阶级的社会结构。而学术界对"现代性"的分期也

---

① 赵一凡：《编者序》，载赵一凡、张中载、李德恩主编：《西方文论关键词》，外语教学与研究出版社2006年版，第3页。

② 周宪编著：《文化研究关键词》总序，北京师范大学出版社2007年版，第2页。

存在歧见，有主张与 14—18 世纪资本主义的出现与扩张相关联的，有主张与 15 世纪之后的宗教改革关联起来的，有主张与 18 世纪后期、19 世纪工业化的开始关联起来的，还有主张将其与 19 世纪末 20 世纪初的现代主义文化转变关联起来的，也有人认为当代社会已经不再是现代社会了，而是进入了后现代社会。接着，编著者在"关键视点"板块，遴选了马丁·阿尔布劳（Martin Albrow）、米歇尔·福柯、于尔根·哈贝马斯等 14 位学者关于"现代性"的各种有代表性和启发性的观点。最后，编著者在"关键著作"板块中列出了 14 部有关现代性的著作，作为对之进行延展性解读的参考文献。①

汪民安主编的《文化研究关键词》系我国另一部颇有影响的文化研究著作。该书《前言：词语的深渊》有这样一段文字："关键词语和概念的发明，是理论对世界进行表述的权宜之计。晦涩的世界，必须借助词语通道隐约地现身。理论家常将某些词语和概念召唤而来，就是为了利用它们，尽可能地照亮世界的晦暗秘密。这些词语，其命运，在理论家手中得以改变。理论家选择它们，尽管有各种各样的特定机缘，但是，他们往往是将这些词语的原初意义作为凭借，然后，在这个原初意义上不间断地进行意义繁殖。这些词，其意的增殖过程，也通常是原初意义不断地隐退的过程。一旦被理论家所选择并作为关键词的概念来运用的话，词语，在理论著述中的效应，就如同一块单调的石头被扔进池塘中一样，它负载的意义像波浪般地一层一层地荡漾开来。"汪民安编撰此书意在试图探索这些词语在意义繁殖过程中所构筑的深渊，而编者对这些关键性词语的选择，既"取决于它们在今天被谈论的频率"，也"取决于它们在今天的文化理论领域中的重要性"，还"取决于我们这些撰稿人自身"。这些"关键词"之所以"在此时此刻被挑选出来"，也充满着机缘："二十年前，或者二十年后，这样一个词语列表肯定会面目全非。也正是在这个意义上，这个关键词是一个'未完成的计划'，它在可以预见到的将来，也需要不间断地增补和删削"。② 该书关于"混杂性、杂糅性"

---

① 参见周宪编著：《文化研究关键词》，北京师范大学出版社 2007 年版，第 270—281 页。

② 汪民安主编：《文化研究关键词》编者前言，江苏人民出版社 2007 年版，第 2—3 页。

（hybridity）词条的释义就彰显了该书的上述批评立场与理念。作者指出在如今的
跨文化及后殖民研究中，"混杂性"之所以成为重要语汇，在于两层原因：既可
"消除各种等级制严格的界限与桎梏"，也可"在混杂相交的地带生成多力抗衡的
空间"。作者首先从词源上分析了"混杂性"一词的双重涵指：生物或物种意义上
的杂交，尤指人种方面的混杂；语言特别是不同语系、语种或方言的混杂。接着，
回溯了后一重意义的发展历经了俄国形式主义文学理论家巴赫金，后殖民理论家
霍米·巴巴、比尔·阿什克劳夫特（Bill Aashcroft）、罗伯特·杨（Robert Youg）
等人的推动使其"负载的意义"逐步"像波浪般地一层一层地荡漾开来"的过程。
巴赫金在《对话的想象》（*The Dialogic Imagination*, 1981）中对"混杂性"的探讨
强调了语境的作用，指出两种语言或发声的区别只有在一个融合与差异并重的语
境中才得以存在并显现。而政治话语中的混杂性则是与单声部、权威性独白相对
应的多声部交融、众声喧哗的混声合唱，消解了官方话语的权威性，维持不同社
会力量的动态平衡。作者认为巴赫金的这一解释与其狂化诗学精神实质相通，并
开启了"混杂性"概念的后现代性的一面。霍米·巴巴则率先将"混杂性"用于
后殖民理论对殖民者和被殖民者关系的研究之中，认为殖民者在使被殖民者失去
了自己的文化、身份、话语的同时，也不可避免地受到殖民地本土话语的影响，
形成了一种含混、矛盾的"第三空间"，这一混杂状态开启了被殖民者创造、生成
新话语的可能性。比尔·阿什克劳夫特认为"混杂性"是"由殖民行为所带来的
两种文化接触地带所产生的跨文化形式"，混杂现象不完全归属殖民者或被殖民者
的某一方，而是双方文化身份之间的"他者"。罗伯特·杨则认为"混杂性"在重
复现有文化的起源中不断创造异质的、不连续的、革命性的文化形态。作者指出
了这些后殖民理论家对"混杂性"的阐述在 20 世纪 90 年代获得了不少学者的认
同，也在挑战种族主义及殖民主义意识形态、正视种族及文化方面显现出的多元
化和离散化的全球新景象等方面取得了突出的贡献，但也遭到了理论性大于实践
性、处于弱势的被殖民地文化面临被强势的殖民地文化吞没而无力抵抗等批判。①

---

① 汪民安主编：《文化研究关键词》编者前言，江苏人民出版社 2007 年版，第 2—3 页。

该书正是在对"混杂性"等"关键词"语义的纵向历史梳理和相关的正反面评价中，对其意涵及在当代文化语境中的价值进行了全面深刻的评析。

而汪民安所表现出的这种开放性的批评理念也是不少提出或推动"关键词批评"发展的学者的共识。雷蒙·威廉斯本人就在《关键词：文化与社会的词汇》再版时进行了词条的更新，新增了 21 个词条，并对原有的词汇进行了一些修订。他一直强调该书必然是"未完成的"（unfinished）以及"不完备的"（incomplete），因为"关键词"的词条应当是不断补充、不断更新的。正是基于这种理念，其继承者不断在他的"关键词"条目上进行修订和增补，这其中包括2006 年由剑桥耶稣学院与匹兹堡大学共建的"关键词项目"和托尼·本尼特等人编撰的《新关键词：修订的文化与社会的词汇》。安德鲁·本尼特与尼古拉·罗伊尔合著的《关键词：文学、批评与理论导读》初版时收录了 24 个词语，第二版在修订已有的章节之外增加了"纪念碑式的作品""幽灵""怪异""殖民" 4 个词条，第三版在继续修订的基础上再次增加了 4 个词条——"创意写作""动态的画面""变异""战争"，每一次的更新都寄寓了编撰者的冀望，即以"更新鲜、更具有信息量和更富有启发性的方式"①，参照文学、批评和理论的最新发展并对之做出回应。"关键词批评"的写作体例决定了它总是可以随着时代的前进不断对接新的需要补充进新的血液，毕竟，对当下的关注总是理论发展的重要考量。

上述新变和推进昭示了"关键词批评"在雷蒙·威廉斯之后的发展新路向，也显现了我国"关键词批评"在新时代语境下的勃然生机和研究实绩。鉴于学术界对"关键词批评"自身研究的不足，我们更应在中西对话与交融的背景下，客观审视"关键词批评"在我国批评实践中的得失，注重发扬其优质因素，规避可能产生的副作用，以期更好地发挥其批评功能。

---

① 〔英〕安德鲁·本尼特、尼古拉·罗伊尔：《关键词：文学、批评与理论导论》序言，汪正龙、李永新译，广西师范大学出版社 2007 年版，第 2 页。

第九章
"关键词批评"可能面临的理论"陷阱"与实践误区

  在新概念、新术语层出不穷的当下文学和文化研究语境中，认真清理核心术语对相关学科的健康发展尤为重要。从这个意义上说，"关键词批评"的开拓者和推进者以他们深刻独到的学理思考和充满生机的批评实践，冲击着传统批评理念和批评话语，显示了强劲的理论穿透力。相较既有的研究模态，"关键词批评"在显微知著中灵动又别具穿透力地通过那些起着支撑作用的核心语汇来把握一部作品、一个作家、一个问题、一个时代乃至一个学科的核心要义，显然具有自己的特色与优势。相对而言，"关键词批评"是一种经济高效的批评方法，能够敏锐地捕捉到那些关系着批评对象实质的关键性发展脉络。一方面，"关键词"在批评实践中使用频率极高，切实有效地推进了批评的进程；另一方面，学术界往往在对这些核心范畴的理解和使用上存在着一定的混杂性。因而，对"关键词"进行细致的梳理、反思、甄别、滤汰就显得十分必要。

  我们在充分认识"关键词批评"理论价值的同时，也要清醒地看到它在有力地推进了当代文学研究的同时，也在批评实践中存在着一些误区或盲区。"关键词批评"在我国兴起不久，并表现出了非常宽泛的适用性，但也已经显现了一些应该引起我们重视的不良倾向的端倪。李建中、胡红梅在《关键词研究：困境与出路》一文中指出，进入 21 世纪的第二个十年之后，对"关键词"的相关研究陷入了三重困境："分科治学模式导致对研究对象的切割"；"辞典释义模式导致关键词阐释的非语境化”；“经义至上模式导致对关键词之现代价值的遮蔽”。[①] 除了这三点之外，我们还应注意避免“关键词批评”的一些理论“陷阱”和实践误区，慎防霸权化、唯政治视角、快餐化等倾向，力争在批评实践中有新的理论提升与实践拓展，为其在更多研究领域的纵深发展及与西方文论界展开有效对话提供良好的理论支撑，并宕开更为广阔的发展空间。

一、避免“关键词批评”的霸权化和中心论

从某种程度上讲，“关键词”的流变就是一个社会、时代或学科的发展历史和研究前沿的浓缩。因此，研究这些词语及其关涉概念的内涵厘定、发展流变的“关键词批评”受到学界的重视，是相关学科发展到相对成熟阶段的自然产物。王晓路在《文化批评关键词研究》中就指出，“学术领域观念与解说方式的发生史与某些中心词汇的演变和互动密不可分”，“关键词”及相关研究也因而受到学界的重视，并自然而然地成了当代学术界“重要的基础性研究”。[②] 正是在这个意义上，“关键词批评”具有极大的理论价值。然而，正如雷蒙·威廉斯当年不仅注重“关键词”的所谓“权威”意义，还特别关注其被边缘化了的意义一样，我们在“关键词批评”的实践中不要仅仅重视“关键词”——它们本来就是相关学科的强势话语——更要注意不能因此而遮蔽其他非关键性的词语及其昭显的文学和文化现象与问题，以免由于唯“关键词”马首是瞻而造成“关键词”霸权现象。

“关键词”本来就是研究对象中备受瞩目的词语，对其进行全面系统的深入探究确有必要。然而，我们也应意识到，研究“关键词”有助于把握住核心问题，但并不能囊括全部问题。以我国当代文学研究为例，它历经了六十余年的风雨洗礼，发展至今，亟须对“关键词”及其折射的重大问题进行透彻研究，毕竟它们起着支撑一个学科大厦的根基性作用。在这方面，“关键词批评”已经并仍将继续

---

① 李建中、胡红梅：《关键词研究：困境与出路》，《长江学术》2014 年第 2 期。

② 王晓路：《序论：词语背后的思想轨迹》，载王晓路等：《文化批评关键词研究》，北京大学出版社 2007 年版，第 7 页。

发挥重要作用。但我们也不能因此而忽略对非关键性词语及非关键性问题的研究，倘若研究者眼中只有"关键词"，不及其余，唯"关键词"是从，显然会遮蔽当代文学研究的多元景观，使我们陷入"关键词"中心论的泥淖之中。

"关键词"好似万绿丛中的那一点红，然而，如若没有那些绿叶枝干，没有地下那些四通八达、盘根交错的根系的支撑，地表是开不出繁盛娇艳的花朵的。何况，"关键词"本来就是相对而言的，它不是孤立的，"关键词"与"次关键词"或"非关键词"之间有着千丝万缕的关联性，若干"关键词"组成了一个个"星座"，共同构建了璀璨浩瀚的文学星空。因此，理想的"关键词批评"绝非为"关键词"所障目，止步于"关键词"所折射的问题，而是能够通过对某些"关键词"的深入研究带动促进相关的"次关键词""非关键词"及其折射问题的研究。面对我国文学和文化研究中"关键词批评"愈演愈烈的态势，我们要保持清醒，不能仅仅看到其优势，也要看到其不足，更不能盲目跟风。

"关键词批评"只是纷繁多姿的各种文学和文化批评中的一种形态，在给予我们极大理论启迪的同时，也难免有局限和短板。"关键词批评"就如同文学和文化批评百花园中的一株引人注目的鲜花，既不会因为膺拥"关键"二字而艳压群芳、独领风骚，也不可能替代其他各色各形的鲜花。毕竟，仅推崇少数几种批评范式而漠视其他批评范式，显然有悖于理想的文学和文化生态场，也不利于对文学和文化展开全方位、多层面的研究。

此外，在具体进行"关键词批评"时，我们也应理性对待"关键词"的遴选问题。一方面，随着社会文化的变迁、学术思想的发展，"关键词"所面对的问题在变化，不同时代或同一时代的不同研究者的思想观念也在变化，这些都会造成"关键词"本身在历史文化的流变中发生种种复杂的变化；另一方面，我们也要看到"关键词批评"的实践者们在遴选"关键词"时也不可避免地具有主观性与差异性。

我们可以两组同时代的研究者针对同一个领域的"关键词"所选录的词条为例，在比较中管窥"关键词"自身的复杂性及研究者遴选取舍"关键词"时所体现出的差异性。一组是汪民安主编的《文化研究关键词》、王晓路等人所撰写的《文化批评关键词研究》与周宪编著的《文化研究关键词》；另一组是洪子诚、孟繁华主编的《当代文学关键词》与陈思和撰写的《中国当代文学关键词十讲》。

　　第一组三本有关"文化研究"的"关键词批评"著作均出版于 2007 年，分别由江苏人民出版社、北京大学出版社和北京师范大学出版社出版。这三本书收录的词条数量多寡不一：汪民安主编的《文化研究关键词》（以下简称"汪版"）共收录 193 个词条，系三者中收录词条最多者；王晓路等著《文化批评关键词研究》（以下简称"王版"）收录词条 28 则，是三者中最少的；周宪编著的《文化研究关键词》（以下简称"周版"）收录 42 个词条，收录词条数量在三者中居于中间。

　　三本著作收录的词条中完全相同的仅有 7 个，相似或相近的词条有 4 个（汪版的"文化霸权""日常生活""族裔""性别"这 4 个词条，王版分别作"文化霸权""日常生活""种族""性属 / 社会性别"，周版分别作"霸权 / 领导权""日常生活审美化""族群 / 族性""社会性别"）。汪版与王版收录的词条中完全相同的有 13 个，相似或相近的词条有 3 个（汪版的"主体""族裔""性别"这 3 个词条，王版分别作"主体性""种族""性属 / 社会性别"）。汪版与周版收录的词条中完全相同的有 19 个，相似或相近的词条有 3 个（汪版的"日常生活""族裔""多元文化主义"这 3 个词条，周版分别作"日常生活审美化""族群 / 族性""多元文化论"）。王版与周版收录的词条中完全相同的有 13 个，相似或相近的词条有 4 个（王版的"文化霸权""日常生活""多元文化主义""种族"这 4 个词条，周版分别作"霸权 / 领导权""日常生活审美化""多元文化论""族群 / 族性"）。

　　三本著作收录的词条中完全相同的词语具体分布如表 1 所示：

表1

词　条	汪　版	王　版	周　版
差　异	收　录	收　录	未收录
超真实	收　录	未收录	收　录
大众文化 / 流行文化	未收录	收　录	收　录
多元文化主义	收　录	收　录	未收录
公共领域	收　录	未收录	收　录
后殖民 / 后殖民主义	收　录	未收录	收　录
话　语	未收录	收　录	收　录

续表

词条	汪版	王版	周版
混杂性	收录	未收录	收录
经典	未收录	收录	收录
民族—国家	收录	收录[1]	未收录
模拟	收录	未收录	收录
拟像	收录[2]	未收录	收录
批判理论	收录	收录	收录
权力	收录	收录	收录
日常生活	收录	收录	未收录
赛博空间	收录	未收录	收录[3]
社会性别	未收录	收录	收录
身份／认同	收录	收录	收录
身体	未收录	收录	收录
市民社会	收录	未收录	收录
他人／他者	收录	收录	收录
文本	收录	收录	未收录
文化	未收录	收录	收录
文化霸权	收录	收录	未收录
文化帝国主义	收录	未收录	收录
文化工业	收录	收录	收录
文化政治	收录	未收录	收录
文化资本	收录	收录	收录
现代性	收录	未收录	收录
消费社会	收录	未收录	收录
意识形态	收录	收录	收录

注：1 王版收录该词时没有使用连字符号，但书中所标示的英文则有连字符号"nation-state"。

2 汪版中的"模拟""拟像"在周版中是以一个词条的形式"仿像（拟像）／模拟（仿拟）"呈现的，统计二者相同词条数为19条是按此两个词条分列而计算的。

3 周版作"赛博空间／网络空间／电脑空间"，因"赛博"与"塞博"同为音译，故仍视二者为完全相同的词条。

毋庸讳言，"关键词批评"实践中遭遇最大的难题之一就是如何遴选"关键词"，这一过程不可避免地会受到批评者主观意图的牵引，但同时又应体现所涉及学科或研究对象的客观性。王晓路就直言他在《文化批评关键词研究》中所讨论的 28 个词语"完全是笔者个人的主观选择"，因为，"人文社会科学的选择角度可以是多样的，其中也难以形成完全统一、客观的筛选标准，但作为一种深入言说的起点，笔者认为这样一种选择作为讨论问题的开始是可行的"。① 虽然如此，研究者们在"关键词批评"的实践中还是力图在主观性与客观性之间寻找到一个平衡点。

我们不妨将雷蒙·威廉斯 1983 年修订版的《关键词：文化与社会的词汇》（以下简称"关键词"）与托尼·本尼特等人主编的《新关键词：修订的文化与社会的词汇》（以下简称"新关键词"）收录的词条做一个比较。前者共收录 131 个词条，后者共收录 142 个词条。其中有 14 个为词性不同或词义微变但词根相似、相近或相关的词语，"关键词"中的"美的、审美的、美学的"（aesthetic）、"受过教育的、有教养的"（educated）、"种族的、民族的"（ethnic）、"自由的、变革的"（liberal）、"解放"（liberation）、"民众、大众"（masses）、"民族主义"（nationalist）、"人格、性格"（personality）、"实用的"（pragmatic）、"人种的、种族的"（racial）、"象征、再现"（representative）、"性、性别、性行为"（sex）、"社会主义者、社会主义的"（socialist）、"西方的"（western），在"新关键词"中分别为"美学"（aesthetics）、"教育"（education）、"种族渊源、种族特点"（ethnicity）、"自由主义"（liberalism 与"关键词"中的"liberal""liberation"二词对应）、"大众的"（mass）、"国家、民族"（nation）、"人、个人"（person）、"实用主义"（pragmatism）、"人种、种族"（race）、"代表、表现"（representation）、"性征、性欲"（sexuality）、"社会主义"（socialism）、"西部、西方世界"（the west）。"关键词"与"新关键词"中一共有 45 个词条完全相同，

---

① 参见王晓路：《序论：词语背后的思想轨迹》，载王晓路等：《文化批评关键词研究》，北京大学出版社 2007 年版，第 11 页。

仅占二书收录词条总数的三分之一强。这些词语分别是"艺术、技艺"（art）、
"行为、举止"（behaviour）（"新关键词"拼写为"behavior"，属于同词异拼，意
义完全相同）、"科层制、官僚制"（bureaucracy）、"资本主义"（capitalism）、
"城市"（city）、"文明"（civilization）、"阶级、等级、种类"（class）、"传
播"（communication）、"社区、社群、共同体"（community）、"国家、乡村"
（country）、"文化"（culture）、"民主"（democracy）、"发展"（development）、
"生态学"（ecology）、"精英分子"（elite）、"经验的"（empirical）、"平
等"（equality）、"发展、演化、进化"（evolution）、"经验"（experience）、"家
庭"（family）、"世代"（generation）、"起源的、遗传学的"（genetic）、"意识形
态"（ideology）、"意象"（image）、"个人、个体"（individual）、"勤勉、实业、
工业"（industry）、"有知识的、知识分子"（intellectual）、"资方、管理、技巧"
（management）、"物质主义、唯物论"（materialism）、"媒介、媒体"（media）、"现
代、现代的"（modern）、"自然、天性"（nature）、"民众的、通俗的、受欢迎的"
（popular）、"个人、私人、非公开的"（private）、"根本的、激进的"（radical）、"改
革、重新形成"（reform）、"革命、大变革、天体运行"（revolution在"新关键
词"中合而为一个词条"reform and revolution"）、"科学"（science）、"社会、协
会、社交"（society）、"味道、品味"（taste）"、"工艺、技术"（technology）、
"理论、学理、原理"（theory）、"无意识的、未知觉的"（unconscious）、"福利、
幸福"（welfare）、"工作、事、劳动、产品、作用"（work）。

　　从上述比对性分析，我们可以窥斑见豹地看到仅仅相隔二十余年的时间，"关
键词"在文化批评领域所发生的历时性变化。正如有研究者谈到"关键词"时所
说的那样，有些词"表现出了强大的生命繁殖能力，它们在哲学和理论的历史中
存活了千百年"，有些词却仅仅"风行一时，它们短暂地披上了理论的辉光后，不
久又恢复到了平庸的常态"，还有一些词"历经命运的反复沉浮"，在某些历史时
刻"沉默无语"，在某些历史时刻"又被邀请出来大声诉说"。① 鉴于"关键词"

---

① 参见汪民安主编：《前言：词语的深渊》，《文化研究关键词》，江苏人民出版社2007年版，第2—
3页。

本身一直处于历史流变之中，我们在"关键词批评"中也要注意其相对性，审慎地辨析是在怎样的时限、场域范围内探讨"关键词"，不能也没有必要将某些"关键词"始终置于话语霸权和中心地位。

第二组两本有关我国当代文学研究方面的"关键词"著作均出版于 2002 年，分别由广西师范大学出版社和复旦大学出版社出版，编著者也均为国内相关领域的知名学者。洪子诚、孟繁华主编的《当代文学关键词》（以下简称"洪本"）共收录了 29 个词条，陈思和撰写的《中国当代文学关键词十讲》（以下简称"陈本"）仅收录了 5 个词条，粗看二书没有一个词条是完全相同的。稍加甄别，则可见"洪本"的"民间"与"陈本"的"民间文化形态与民间隐性结构"直接相通，这一概念原本也是由陈思和于 20 世纪 90 年代在《民间的沉浮：从抗战到文革文学史的一个尝试性解释》（《上海文学》1994 年第 1 期）、《民间的还原："文革"后文学史某种走向的解释》（《文艺争鸣》1994 年第 1 期）等文中提出并予以系统论析的。此外，"洪本"收录的"民族性"词条在具体阐析时并不仅局限于"民族性"，而是用了不少的篇幅探讨民族文化与西方文化、民族主义与世界主义及全方位国际文化交流背景下的"民族性"问题等。而"陈本"在"中国文学中的世界性因素"词条中侧重于探析我国文学是如何参与世界文学总体格局的营建的。陈思和指出，我国当代文学在被纳入世界格局的情形下，不论与外来文化之间是否存在直接影响关系，都不再是完全被动地接受，而是"以独特面貌加入世界文化的行列"，"与其他国家的文学在对等的地位上"，共同建构世界文学。因而，虽然"洪本"对"民族性"与"陈本"对"中国文学中的世界性因素"解析的着眼点不完全一样，但二者仍然有所相通。

而颇有意思的是，在有关当代文学特殊历史时期的独特写作方式方面，"洪本"收录的是"集体创作"，而"陈本"收录的是"潜在写作"。二者都是值得研究的当代文学史上重要而独特的写作现象，只不过，"洪本"遴选"关键词"时偏重的是反映曾经极为盛行的公开的文学界主流文学的创作模式，而"陈本"偏重的是被剥夺公开发表作品权利的作家及文学爱好者在主流文学之外进行的自觉或不自觉的创作。编著者不同的关注点导致他们遴选"关键词"时有所偏好，这也恰恰体现了"关键词批评"在批评实践中受到研究者主观性影响较大的一面，再次彰显了"关键词批评"在遴选"关键词"时会深深地烙印着批评主体的印迹，这也从另一个侧面提醒我们既要重视"关键词"又不能过于夸大其作用，以避免造成霸权化。

二、避免政治视角从"一维"成为"唯一"

如前文所述，"关键词批评"萌生之初即与政治视角紧密相连，雷蒙·威廉斯视词语为社会实践的浓缩、政治谋略的容器，注重在语言的实际运用、意义变化中挖掘其文化内涵和政治意蕴。乃至有批评者指责雷蒙·威廉斯在《关键词：文化与社会的词汇》中虽然秉持尊重历史的原则追溯"关键词"的词源，却仍然将自己的文化政治观点融入对"关键词"的阐释之中，充满党派之见。雷蒙·威廉斯曾直言《关键词：文化与社会的词汇》一书对词义的评论并非不持任何立场，他在对词义的细微辨析中往往暗含针砭。陆建德也从中看到了雷蒙·威廉斯《关键词：文化与社会的词汇》价值之所在，并以《词语的政治学》为题撰写了该书中译本的代译序。陆建德指出这些涉及文化和社会的词语在实际使用中原本就时常具有明显或潜隐的政治倾向，人文学者不该忽略词语背后的政治学和利益。陆建德还以雷蒙·威廉斯对"福利"（welfare）词语的释义为例，指出其结尾所言"福利国家（the welfare state）一词出现在 1939 年，它有别于战争国家（the warfare state）"，这就巧妙地通过"welfare"与"warfare"这两个头尾押韵的词语的对照，婉曲地讽刺 20 世纪七八十年代提出削减福利待遇的那些政界人物有 1939 年第二次世界大战爆发时纳粹德国的法西斯分子之嫌疑，有力地抨击了撒切尔夫人及其追随者。① 虽然有些学者认为我国的"关键词批评"缺乏政治权力、意识形态方面的分析，不能算是真正的雷蒙·威廉斯意义上的"关键词批评"。② 然而，

---

① 陆建德：《词语的政治学》（代译序），载〔英〕雷蒙·威廉斯：《关键词：文化与社会的词汇》，刘建基译，生活·读书·新知三联书店 2005 年版，第 6 页。

② 参见冯黎明：《关键词研究之"关键技术"》，《粤海风》2014 年第 3 期。

我们需要注意的是，政治视角只是文学研究的重要维度之一，我们在"关键词批评"的实践中既要重视词语背后的政治意味和意识形态色彩，又要避免政治视角从"一维"成为"唯一"。

如何做到既重视"关键词"蕴含的政治意味，又不坠入唯政治论的陷阱？我们也许可以从"关键词批评"的开创者雷蒙·威廉斯那里获得更多的启益。

雷蒙·威廉斯讨论"关键词"语义时注重历史考察，关注"语言背后的情感色彩和隐含动机"，并通过对一些"关键词"的释义来揭示其后掩盖的社会真相和意识形态动机。有时，雷蒙·威廉斯的这种揭示是含而不露的，需要读者留心才能够捕捉到，如他对"主义"（Isms）的释义就是如此。陆建德指出，雷蒙·威廉斯在"主义"词条中引用托马斯·卡莱尔（Thomas Carlyle）、拉尔夫·沃尔多·爱默生（Ralph Waldo Emerson）等人的例句时都"语带讥诮或轻蔑"，而作者本人也由于政治立场原因受到过保守派对他是某某主义者的取笑，他在该词条结尾处则予了不动声色却是强有力的一击："Isms 与 ists……甚至被科学家（scientists）、经济学家（economists）与那些宣示爱国情操（patriotism）的人士拿来使用。"陆建德敏锐地察觉到雷蒙·威廉斯在这里故意利用词语尾缀抨击这些人"只顾把'主义'或'主义者'用作否定他人的杀手锏，忘了自己的身份和立场也带有'isms'和'ists'的尾巴。"[①] 有时，雷蒙·威廉斯的政治立场在词条释义中则是显而易见的，譬如他对"民主"（democracy）的阐释。他首先回溯了"民主"一词的词源，认为其在英文中的意涵因受到希腊词源影响，由人（people）和统治（rule）所组成。该词在 19 世纪中叶之前的通行意义为"群众的力量"，也因此带有强烈的"阶级意识"意涵，并在实际使用中多带有贬义色彩。雷蒙·威廉斯以 1790 年埃德蒙·伯克（Edmund Burke）在《法国大革命反思》（*Reflections on the Revolution in France,* 1790）中所说的"完全的民主是世界上最可耻的事情"为例说明其曾经蕴含的贬义色彩："因为当时'民主'被视为一种无法控制的群众

---

① 陆建德：《词语的政治学》（代译序），载〔英〕雷蒙·威廉斯：《关键词：文化与社会的词汇》，刘建基译，生活·读书·新知三联书店 2005 年版，第 6 页。

力量，而'少数人'（特别包括拥有大量财产的富人）将会被这种力量压抑。""民主"后来演变出"有投票选出代表的权力"的意涵，而正如雷蒙·威廉斯指出的那样，现代"民主"的两个意涵"水火不相容"：在社会主义传统中，democracy一直意指"群众的力量"，视"多数人"利益为最重要的，利益事实上也掌控在"多数人"手中；而在自由主义传统中，democracy则指人民可以公开选举代表，拥有言论自由等"民主权力"，并在政治上容许不同的声音。在词条结尾处，雷蒙·威廉斯一针见血地指出："在不同的世纪里，我们可以发现几乎所有的政治运动都宣称它们代表的是'民主的真谛'，而其中有无数其实是刻意扭曲'民主'的意义。他们表面上虽有'选举'、'代表制'与'授权'等'民主'形式，但实际上却只是在操弄这些形式；或者名义上打着'群众力量'、'为民谋利的政府'的旗号，实际上却只是借此来掩饰他们的'官僚统治'或'寡头政治'的真面目。"[1]陆建德认为雷蒙·威廉斯的功绩在于"通过一个个实例提醒我们，词语的使用既反映了历史的进程，也改变了历史的进程，它们始终与政治社会利益和合法性问题紧紧相连"。[2]

　　雷蒙·威廉斯发现"身份、地位、状态"（status）在现代被某些社会学赋予了新的意涵，并成了较之"阶级"（class）而言"更为人所喜用的词"，乃至"经常被视为一个较精准的且适当的词汇"。雷蒙·威廉斯显然并不认同这些社会学对status的这一理解，因此，通过与class词义的比较揭开了词语背后的复杂真相。他指出，class主要有三个意涵："群、组或类"（group）、"阶层、阶级"（rank）与"形构群"（formation），而status只具有"阶层"（rank）这一意涵，只能替代class三层意涵中的这一意涵，而不能替代全部意涵。雷蒙·威廉斯进一步指出，status"似乎是扬弃"了class的formation（形构群）概念，甚至是"广大群体"（broad group）的概念，与此同时，该词提供了一个"不仅具有层级、充满个

---

　　① 参见〔英〕雷蒙·威廉斯：《关键词：文化与社会的词汇》，刘建基译，生活·读书·新知三联书店2005年版，第110—117页。

　　② 陆建德：《词语的政治学》（代译序），载〔英〕雷蒙·威廉斯：《关键词：文化与社会的词汇》，刘建基译，生活·读书·新知三联书店2005年版，第8页。

人间的竞争，而且基本上可以从消费与展示来定义"的社会模式。在这一社会模式中，"社会阶层的等级"则可以由"居家客厅里的生活方式反映出"，而这些则与个人财产紧密联系在一起。status 这个原先表示法律状态或一般状态的词，在现代社会成了一个"工具性词汇"，被用来"将所有的社会问题简约为一个流动的消费社会中的各种问题"。雷蒙·威廉斯在对 status 词条释义时并未直接彰显其政治立场，但仍然可以被体察到，他用"似乎"这样的表述也凸显了不要被词义流变及词语替换表层现象蒙蔽而要探究其深层真相的用意。而陆建德对该词条的解读则犀利地把雷蒙·威廉斯的潜台词呈现在我们面前："身份、地位"一词"似乎取消了'阶级'的概念，但它所反映的是这样一种社会模式：人与人之间竞争激烈，每个人的阶层等级取决于消费能力以及这种能力的炫耀"。在独重 status 的社会，"个人的流动性大大增强，相对固定的群体的观念不重要了，原本复杂的社会问题可以由便于操作的技术手段来解决，而这些手段通过各种以商品、服务或'民意'为调查目标的市场研究来确立。所有这一切不能改变一个基本事实，即尊卑之别依然存在，财富依然集中在少数人手里。"[①] 陆建德在评析中也使用了"似乎"一词，在其后的两处使用"依然"的强烈对比映衬之下，那些用 status 代替进而遮蔽 class 的企图这一真实用意赫然呈现。

在讨论"财富"（wealth）一词时，雷蒙·威廉斯指出它源于 well（副词）和 weal（名词），原有"幸福"（happiness）、"兴旺"（prosperity）、"福祉"（well-being）的意涵。十七八世纪则与金钱、财产发生较为直接的意义关联，带有"个人主义""拥有"意涵，而原有的涵义则"已经消失且被遗忘了"。雷蒙·威廉斯还特别提及 19 世纪约翰·罗斯金（John Ruskin）在《留给这个后来者》（*Unto This Last*, 1860）中创了"Illth"这个新词，将其作为 wealth 的反义词表达"不幸福""浪费"之意。陆建德对此进行的精彩评析有助于我们更好地领会雷蒙·威廉斯在词语释义背后所表达的政治立场。陆建德指出，"依照古典政治经济学的观

---

① 陆建德：《词语的政治学》（代译序），载〔英〕雷蒙·威廉斯：《关键词：文化与社会的词汇》，刘建基译，生活·读书·新知三联书店 2005 年版，第 3 页。

点，少数人的财富会逐渐向社会下层渗漏，从而造福整个社会"，雷蒙·威廉斯则巧妙地在对"财富"（wealth）一词历史演变的勾勒中"做了针锋相对的文章"。陆建德认为，作为社会主义宣传家的约翰·罗斯金目睹当时"财富"一词已与社会整体的福祉无关而创制新词，意在"告诫国人，不应遗忘'财富'的本义，更不要让集中在少数人手中的财富成为整个社会不幸的根源"，而雷蒙·威廉斯重提约翰·罗斯金的用意也正在于此。①

　　如何把握好"关键词批评"的政治性问题其实关涉文学和文化批评的政治性问题，文学和文化批评不可能处于与政治绝缘的真空状态，因此，为了追求所谓纯粹的学术客观性、学理性而将政治性、意识形态性完全置于一边恰恰是不符合客观事实的非学理的态度。而过于夸大政治性，处处紧扣政治性，甚至牵强附会，则又走向了另一极，也同样是不符合客观事实的非学理的态度。在特殊时代语境的熏染下，我国当代文学研究在相当长一段时间内几乎始终被置于政治凹凸镜之下，因而，我们可以从该学科研究的"关键词批评"论著中汲取其在正视政治性又不陷于唯政治性这方面的经验。

　　有些当代文学研究领域的"关键词"本身就带有浓郁的政治性，在研究中自然就要联系相关的时代、社会背景对其蕴含的政治性进行透彻的解析。在这方面，洪子诚对"中国当代文学"这一"关键词"的解析就做得很到位。鉴于"中国当代文学"本身与政治的复杂关联，其生成"不仅是文学史家对文学现象的'事后'归纳，而且是文学路线的策划、推动者'当时'的'设计'"，洪子诚开宗明义地指出，他所要考察的是"中国当代文学"这个概念"在最初是如何被'构造'的，以及此后不同时期、在不同使用者那里，概念涵义的变异"，即这一概念在特定时间、地域的生成演变及其所隐含的文学规范性质。洪子诚指出，在 20 世纪 50 年代中期之前，我国学界对"五四"以来新文学的文学史论著、作品选，大多使用的是"新文学"这一名称，鲜有以"现代文学"名之。20 世纪 50 年代中后期开

---

　　① 陆建德：《词语的政治学》（代译序），载〔英〕雷蒙·威廉斯：《关键词：文化与社会的词汇》，刘建基译，生活·读书·新知三联书店 2005 年版，第 3—4 页。

始，"新文学"概念则被"现代文学"所取代，而以"当代文学史"或"新中国文学"指称 1949 年之后大陆文学的论著也随之产生。洪子诚认为，"'现代文学'对'新文学'的取代，是为'当代文学'概念出现提供'空间'，是在建立一种文学史'时期'划分方式，为当时所要确立的文学规范体系，通过对文学史的'重写'来提出依据"。这种依据，洪子诚认为来自毛泽东的《新民主主义论》等论著对"一定形态的政治和经济"决定"一定形态的文化"，后者再给予前者影响与作用的论述。上述认识也为左翼文学界开展的文学运动及与之密切关联的文学史研究确立了基本原则，因而，在文学史的叙述上，"现代文学"被用来专指"五四"文学革命至 1949 年新中国成立之间的文学，"当代文学"则指 1949 年以来的具有"社会主义文学"性质的大陆文学，其"直接渊源"为 20 世纪 40 年代开始的延安文艺整风和"延安文学实验"。"当代文学"概念构造的关键时期是 20 世纪 50 年代中后期，随着社会主义改造的完成，邵荃麟、周扬等人提出了 1949 年以来"当代文学"的"社会主义性质"，相关当代文学史的教材论著也随之问世，作为一种"独立"的文学形态的"当代文学"正式确立。在考察"中国当代文学"这一概念的特征、性质是如何在其生成过程中被描述、构造出来之后，洪子诚又站在新的时代高度回溯了"中国当代文学"概念确立之后，其内涵在不同时代、不同使用者那里所发生的变异："文革"中，"十七年"文学被扣上了"文艺黑线专政"的帽子，《京剧革命十年》等文实际上把 1965 年作为取代 1949 年的文学分期节点，以之为所谓真正的社会主义性质的"当代文学"；"文革"之后，学术界有关"现代文学""当代文学"及二者之间关系的理解愈加分化复杂，有的坚持"当代文学"的"社会主义文学性质"，有的质疑以政治事件作为现当代文学分期依凭的合理性，有的将其时间起讫定为 1949 年至 1978 年间，也有的将 20 世纪 50 年代之后的文学视作"左翼文学"和"工农兵文学"形态，并认为其"绝对支配地位"于 20 世纪 80 年代"遭遇挑战而削弱"……而在这些多元化的理解中，随着"文学史理念和评价体系"的更新，曾经在"中国当代文学"这一概念生成过程中被有意疏忽、遮蔽的作家作品及文学现象得到了重视。综上，洪子诚以尊重历史、求真求实的学理态度对"中国当代文学"这一关系到我国当代文学学科命脉的核心概念做了阐析，从作者简洁而明晰的行文中，我们可以清楚地看到这一"关键词"是如何逐步被构建的，看到它与生俱来的政治性及在新的历史时期日趋多元化的发展路向。①

　　其实，无论是我国的文化传统，还是当代文学的生成发展，文学与政治的关系都极为密切，因此，我们在"关键词批评"中要特别注意防止政治性视角从"一维"异变为"唯一"。虽然我们已经步入21世纪第二个十年了，回首20世纪的中华百年文学沧桑，横亘十年的"文革"主流文学却依然让人不寒而栗。"文革"时期，极左思潮恶性膨胀，在时代风云裹挟和"阶级斗争"的拘囿下，其时的主流文学蜕变为政治的"工具"，文学本体逐渐异化，文学、文化的生产、刊发、阅读、批评各环节的独立性与自足性在高压政治语境中日益消解，被赋予了强烈的政治行为色彩，最终沦为推行极左政治的重要工具，文学批评也未能逃脱厄运，成了"四人帮"及其爪牙争权夺利的器具。轰轰烈烈的"文革"虽渐被历史尘封，始终被置于政治这面光怪陆离的凹凸镜下的"文革"主流文学也仿佛随之离我们越来越远，但"文革"的精神流毒却仍像幽灵一样以各种变体形式在今天的文学领域和现实生活中游荡，似乎离我们又很近。"文革"的主导性文化现象和精神景观——全民性政治狂妄症，也并未因时间的消逝而自动终结。在新时期文学乃至当下文学中，我们还不时能窥见"文革"主流文学的影踪，一些挥舞政治棍子的"棒喝式"非正常文艺批评的狰狞面目，令人悚然间恍惚又回到了刀光剑影、杀气凛人的"文革"时代。②因此，在"关键词批评"研究中，我们也要以史鉴今，反思"左"的政治鞭痕深重的"文革"主流文学和文化的生态窘况，警惕被极左政治异化的文学和文化批评现象死灰复燃。我们冀望研究者们在进行"关键词批评"时，秉持科学态度对文学、文化现象进行严谨求真的理性观照，彰显问题意识和自我省思，关注其折射的社会、政治、文化、历史等多重光波，而不要重蹈"文革"覆辙，将政治光波放大到独尊一极的程度，避免以政治立场、道德审判取代学理评判。

———————

① 参见洪子诚、孟繁华主编：《当代文学关键词》，广西师范大学出版社2002年版，第1—7页。

② 参见黄擎：《废墟上的狂欢——"文革文学"的叙述研究》导论、后记，作家出版社2004年版。

三、避免浅表化、快餐化与简单化

我们在"关键词批评"实践中还要避免浅表化、快餐化、简单化，以免助长批评话语膨胀的不良趋向。由于"关键词批评"在"关键词"的遴选方面具有一定的主观性，运用不当易出现批评的浅表化、快餐化、简单化，并由此导致批评的随意化、草率化。在我国文学和文化研究领域令人眼花缭乱的"关键词批评"中，已经出现了这样的苗头，应当引起我们的警觉与重视。这当中，有的缺乏对研究对象进行深入细致的分析，比较随意地找出几个所谓的"关键词"，就对批评对象进行洋洋洒洒的分析；有的遴选出的所谓"关键词"则是直接挪移自西方术语，而不论其与我国之文化语境和批评对象是否相符；有的是人为地生硬制造所谓"关键词"，在这个浮躁功利和喜好通过命名来争夺批评话语权的时代，助长了批评话语膨胀的不良趋向。合理地运用"关键词批评"这一利器，需要我们对"关键词"进行严谨审慎的辨析，剔除那些不能体现出关键性词语应具有的"最关紧要的"意义的词语，注意根据研究对象的特点，从多个层级遴选"关键词"，尤应重视其后复杂的历史脉流及与更为广博的学科发展、社会流变、意识形态等之间的关联。以我国当代文学为例，在发展中涌现了许多镌刻着历史独特印记的关键性词语，从学科反思的宏观层面来说，我们要注意联系特定学科的发展流变和现实问题，选用那些真正体现了其历史、现状、问题与现象的词语，而非简单习效西方舶来的术语或热衷于新造术语以吸引眼球。正如陈思和在《中国当代文学关键词十讲》中所指出的那样："许多来自西方的理论术语自然也很好，但用来解释中国当代的文学现象总是有点隔，花费在解释术语的原意和引申义方面的精力要超过对文学现象本身的解释。"[①] 此外，在对"关键词"的考量方面，只做加法显然是不够的，我们在当代文学研究领域进行"关键词批评"时还要学会做减法，注意避免浮躁功利的批评心态，沉潜治学，认真理清庞杂的术语，滤汰那些"伪

---

① 陈思和：《中国当代文学关键词十讲》自序，复旦大学出版社 2002 年版，第 3 页。

概念""伪关键词"。现今的学术界本来就存在着热衷于发明新概念和新名词的浮躁现象，在文化"麦当劳"时代，我们也要避免让"关键词批评"扮演助长这一不良批评倾向的角色，以免出现"关键词批评"的快餐化和浅表化。毕竟，只有抓住那些真正能够有力阐释文学现象和解决文学问题、富含理论创见的批评术语，才能在批评实践中保持并不断激发"关键词批评"的生机与活力。如何遴选"关键词"，我们在前文已经详细阐述了，此处就不再赘言。对遴选出的"关键词"如何进行阐释，则是"关键词批评"面临的另一个重要问题。

对"关键词"的解析不能浮光掠影，止于所折射问题的表面，而应对之做深度阐析。当然，这与释文篇幅长短并无必然关联。以"霸权"（hegemony）词条为例，雷蒙·威廉斯《关键词：文化与社会的词汇》注重词源追溯及流变，释义篇幅适中，廖炳惠《关键词200：文学与批评研究的通用词汇编》的释义短小精核，王晓路等著《文化批评关键词研究》的释义则绵密精细，三者各有特色。

雷蒙·威廉斯的《关键词：文化与社会的词汇》在近1500字篇幅的关于"霸权"词条的释义中，首先还是依循其"关键词"阐释惯例追溯了它最接近及最早的词源分别为希腊文中的 egemonia 和 egemon，指支配他国的"领袖"（leader）或"统治者"（ruler），这一政治支配意涵19世纪后成为其普遍意涵并延续至今。雷蒙·威廉斯在回溯词义演变时，还注意到早期英文中"霸权"所指宽泛，可以指各种类型的支配，并不仅仅限于政治方面的支配。他也特别提到安东尼奥·葛兰西的"霸权"观，指出该词在其作品中的意涵"既复杂又变化不定"。即便在其简单用法中，"政治支配"的观念也从国与国之间的关系延伸到社会阶级之间的关系；就其广义意涵而言，则"试图描绘一种广义上的支配"，其主要特色在于是一种"洞察世界、人性及关系"的特殊方法。雷蒙·威廉斯将"霸权"的这种广义意涵与"世界观""意识形态"进行了辨析：与前者相较，"理解世界、自我及他人的方法，不仅属于智能层面，而且属于政治的层面，从制度、关系到意识皆是其涵盖的范围"；与后者相比，它"不但表达统治阶级的利益，而且它被那些实际臣属于统治阶级的人接受，视为'一般的事实'（normal reality）或是'常识'（commonsense）"。分析至此，雷蒙·威廉斯宕开一笔，由"霸权"的这一层意涵引发了对"革命"一词的思考，他认为，"革命"不仅强调政治、经济权力的转移，而且强调推翻某一种霸权——某种"不仅存在于政治、经济的制度与关系里，而且存在于生动活泼的经验、意识形态中"的所谓完整的阶级统治形式。而事实却是，"只有借着创造出另外一种霸权——一种崭新、优势的实践与意识——革命才可以达成"。也正是在对"霸权"词义的追溯和深入挖掘之后，雷蒙·威廉斯表达了不同于马克思主义关于经济"基础"与政治、文化"上层建筑"的理解，他认为"霸权"意涵不仅包含政治、经济因素，而且包含了文化因素。基于此种认识，雷蒙·威廉斯强调了广义"霸权"概念的意义所在：对"以选举政治"（electoral politics）及民意为主的社会尤为重要，对"社会实践必须符合主流观念，而这些主流观念表达了支配阶级的需求，主导阶级的需求"的社会而言也格外重要。①

廖炳惠编著的《关键词200：文学与批评研究的通用词汇编》对"霸权"的解析也如同该书收录的其他词条一样，要言不烦，仅就其精核要义进行讨论。在五六百字的篇幅内，编著者重点评介了对"霸权"现代意涵产生重大影响的安东尼奥·葛兰西的观点，指出其主张支配阶级多通过非武力、非政治手段，经由家庭、教育、教会、媒体等各种社会文化机制，形成"市民共识"，"使全民愿意接受既有的被主宰的现况"。廖炳惠指出，此种意义下的"霸权"成了社会文化规范和标准的推动者，不仅是"一种柔性的说服手段"，更往往通过"复制统治阶层所彰显的社会利益"，实现"统治的权威暴力合法化和正当化"。廖炳惠进而指出，"霸权"位处主导性位置，以"无形的方式"构建"民主国家的文化属性和认同"。鉴于此，"挑战与批判'霸权'无所不在的支配性意识形态"，就自然成了后殖民研究者关怀的一个重点。但在简要评析安东尼奥·葛兰西"霸权"理论的同时，该词条释义仍然闪现了编著者的精彩见解。如廖炳惠论及"霸权"超越政治经济体制，在平民生活中形成"微妙且无所不包的力量"时，就称其"深刻地缝织在日常生活纹理当中"。此外，在谈到不少理论家认为"霸权"处于某种不稳定、脆

---

① 参见陈思和：《中国当代文学关键词十讲》，复旦大学出版社2002年版，第201—203页。

弱的状态时，廖炳惠没有人云亦云，而更为强调的是在许多文化传统的深层结构之中，它仍然"持续性地以某种可见的形式恒久存在"，并常在家庭、媒体、教育等政治经济层面之外"建构其主导性的框架作用"。①

王晓路等著《文化批评关键词研究》则用了近万字的篇幅翔实地阐析了"文化霸权"一词在中外古今的意涵流变，重点评析了安东尼奥·葛兰西的"霸权"理论及其对当代文化、文学研究的意义。作者首先指出，由于在中国传统的儒家、墨家的"王""霸"之辩中，"霸""霸道"通常以"王""王道""仁政""兼爱""非攻"等对立意义的面目出现，因而在汉语中具有强烈的贬义的情感意味。鉴于此，作者赞同以相对中性情感色彩的"领导权"来传释 hegemony 一词。接着，作者简要引述雷蒙·威廉斯《关键词：文化与社会的词汇》中关于"霸权"词源的追溯之后，对安东尼奥·葛兰西的"霸权"理论进行了精微深彻的分析。作者尤其关注其"霸权"结构中支配与被支配二者之间的平衡性、互动性、间接性的关系特征，通过严谨细密的逻辑分析，指出安东尼奥·葛兰西所指称的"霸权"并非简单的政治、阶级支配权力，而是"文化霸权"，即"支配集团经由文化和意识形态方式来建构这种'一致同意'的'不稳固平衡'"，与此同时，被支配集团则在争取"文化霸权"的过程中实现"霸权"的转化，因而，"文化霸权"是观念性和构成性的，是一种"形成中的文化机制"，是一种"动态的逻辑结构"。作者还深入阐发了安东尼奥·葛兰西对"霸权"的文化和意识形态分析之于文化研究的重大启发意义：为文化研究提供了重要的理论源泉，"文化霸权"结构内外部互动关系也为文化研究融合结构主义与文化主义两种研究范式，"形成相对科学的方法论"提供了可能，阶级、种族、性别这三个文化研究的核心范畴在理论和方法上与安东尼奥·葛兰西的"霸权"理论发生了"锚接"。最后，作者指出"文化霸权"理论还使人们至少可以从三方面重新思考文学：文学总是存在于文化语境之中，没有所谓纯粹的文学，"文学是居于支配地位的集团、性别、民族、文明

---

①　参见廖炳惠：《关键词200：文学与批评研究的通用词汇编》，江苏教育出版社2006年版，第124—125页。

借以确立、散播、巩固其意识形态文化霸权的手段";没有无目的的审美,文学的审美方式也不是所谓纯粹的艺术美,"在文学作品中对一定文学形象(国家、文明、集团、性别等)的描写方式和读者的阅读习惯,是建构性的,是被塑造的";"文化霸权"可以在不同阶级、阶层间转化,"从属的阶级、阶层、集团同样可以建构起自己的文学的写作和阐释方式,对文学经典予以重写或更新"。[①]

　　上述三本著作对"霸权"的释义,各有所长,在精彩阐析中也各有新见。如果我国的"关键词批评"总体上能够臻达这样的研究水准,则可以在很大程度上避免浅表化、快餐化、简单化,在批评的百花园中散发出自己独特的芬芳。相对而言,"关键词批评"尚属于晚近新兴的批评类型,学界对它的研究不多也不够深入,尤其欠缺对其优势和短板的科学而有信服力的分析。与此相应,在我国文学和文化研究领域应该怎样合理运用"关键词批评",也是一个值得我们关注和思考的问题。不过,前文所指出的我国文学和文化研究中"关键词批评"存在的问题并非它独有,也折射出学术界存在的一些普遍性问题。我们期待"关键词批评"能够在跨文化的宏观境遇和批评实践中告别喧闹,真正做到"以问题带动关键词的创新"[②],更好地起到夯实学科研究基石、推动文学研究良性发展、拓宽对文学的多维阐释的作用。

[①]　参见王晓路等:《文化批评关键词研究》,北京大学出版社 2007 年版,第 14—25 页。

[②]　陈思和:《当代文学关键词十讲》自序,复旦大学出版社 2002 年版,第 3 页。

第十章
"关键词批评"对中国文学研究与文论转向的理论启示

我国文学研究中的"关键词批评"盛景是由两泓清泉共同浇灌而成的：一是西方"关键词批评"理论影响我国学术界之前，国内研究者自发的批评实践；二是在雷蒙·威廉斯等人"关键词批评"影响下进行的批评实践。与之对应，我国文学研究学术史上的"关键词批评"也经历了两个发展阶段：第一阶段是"前关键词批评时期"，指研究者在关于一些重要术语的探讨中萌生了"关键词"意识，但并未发展为系统的"关键词批评"；第二个阶段是"关键词批评"的勃兴期，即在"前关键词批评时期"已有的本土相关研究的学术积淀基础之上，研究者将雷蒙·威廉斯等人开创的"关键词批评"与我国文学批评实践相结合开展的与"关键词"有关的研究工作。

由于第七章探析我国关于"关键词批评"的研究较之蓬勃发展的批评实践而言相对贫弱滞后的原因时，详述了"前关键词批评时期"的发展情形，本章将集中探讨 20 世纪 90 年代以来我国"关键词批评"发展的状况。尚需说明的是，鉴于第六章通过对中国国家图书馆的馆藏书目及中国知网收录文献等进行的数据分析，勾勒了我国"关键词批评"兴起、发展的概况和趋势，本章将聚焦文学研究领域，结合对有代表性的专栏、论著和丛书的个案分析，考量"关键词批评"所具有的反辞书性品格和非权威性倾向对我国文学研究相关学科的建设和文论研究走向理论自觉的镜鉴价值，即其在方法论上对我国文学研究的全面影响和整体贡献，尤其是在促使研究者重视并遴选蕴含巨大理论能量、关系学科魂灵命脉的核心术语，以及实现宏观研究、中观研究与微观研究的有机结合，历时研究与共时研究的有效兼顾等方面的推进。

一、精准把握核心术语

随着雷蒙·威廉斯的《文化与社会：1870—1950》《关键词：文化与社会的词汇》，丹尼·卡瓦拉罗的《文化理论关键词》、托尼·本尼特和尼古拉·罗伊尔合著的《文化理论：文学、批评与理论导论》等著作中译本的陆续出版，源自西方的"关键词批评"与我国"前关键词批评时期"逐渐积累起来的"关键词"意识相碰撞，孕育并引发了我国"关键词"相关研究的勃兴。2005年后，以"关键词"烛照全局的研究出现了显著增长。除了厚实的"关键词批评"著作之外，不断涌现的论文及学术期刊出现的"关键词批评"专栏也极为引人注目，均切实推进了对相关研究领域核心术语的精准把握工作。

这些学术期刊设立的"关键词批评"相关专栏中，最早的当属《读书》1995年开设的梳理西方文化的"关键词"研究专栏——"词语梳理"（第2期之后改称"语词梳理"）。该专栏刊发了如下文章："霸权/领导权"（hegemony）、"交往"（communication）（第2期）；"话语"（discourse）、"主体/客体"（subject/object）（第4期）；"公共领域"（public sphere）和"文化资本"（cultural capital）（第6期）；"再现"（presentation）、"理论/实践"（theory/practice）（第9期）。《读书》在2006年第1—4期连续发表了由汪民安等人撰写的"文化研究关键词"文章：2006年第1期刊发的《文化研究关键词之一》包括四个词条："人之死"（death of man）、"属下/属下阶层"（subaltern）、"权力意志"（will to power）；第2期刊发的《文化研究关键词之二》包括两个词条："光晕"（aura）、"内爆"（implosion）；第3期刊发的《文化研究关键词之三》包括两个词条："文化霸权"（hegemony）、"习性"（habits）；第4期刊发的《文化研究关键词之四》包括两个词条："文化唯物主义"（cultural materialism）、"意识形态国家机器"（ideological state apparatuses）。

其后，不少文学和文化研究类的学术刊物也陆续开设过"关键词批评"栏目。《南方文坛》在 1999 年第 1 期到 2000 年第 6 期在"当代文学关键词"栏目下发表了 20 篇论文。《外国文学》自 2002 年第 1 期至 2016 年第 6 期，先后设立了"文论讲座：概念与术语""西方文论关键词"栏目，共收录论文 138 篇。《电影艺术》曾在 2003 年第 2 期到 2004 年第 5 期开辟"电影理论辞典"栏目，共刊载 10 篇与电影理论"关键词"相关的论文。《国外理论动态》也曾在 2006 年第 1 期到第 12 期创设"关键词"栏目，刊发了 24 篇文章。李建中曾在《湛江师范学院学报》2005 年第 5 期主持"中国古代文论关键词研究"专栏，共收录 5 篇相关论文。《长江学术》分别于 2013 年第 2 期、2014 年第 2 期和 2015 年第 4 期在"中国文化及文论关键词研究"专栏刊发了国家社科基金重大项目《中国文化元典关键词研究》的研究成果，共 6 篇文章。本书在附录中呈现了我国学术期刊中文学和文化研究类"关键词批评"相关专栏及刊发文章的详细情况，此处不一一列出。

　　图 1 选录了《南方文坛》《外国文学》《人大复印资料·文艺理论》这三个影响较大的学术期刊中的 4 个栏目，向读者展示"关键词批评"相关栏目的发展趋向。如图 1 所示，国内以"关键词批评"方法进行文学和文化研究的学术期刊专栏肇始于 2000 年前后，在 2005 年左右达到顶峰。这与"关键词批评"论著的相关译介工作的发展基本同步，也印证了国内文学和文化研究中"关键词批评"理

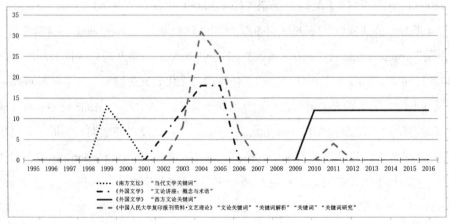

图1

路的确深受国外同类研究的影响并借鉴了其经验。

《南方文坛》以"当代文学关键词"栏目的形式率先在我国当代文学研究领域明确提出"关键词"概念。在该刊主编张燕玲的邀请下,洪子诚、孟繁华与谢冕先生一起初步拟定了最初一批"关键词"条目,并自 1999 年第 1 期《南方文坛》起刊发相关"关键词"解析论文,截至 2000 年第 6 期该栏目一共举办了 12 期,历时两年整,共刊载了"中国当代文学""两结合"等 20 条"关键词"。以"两结合"为例,作者南帆并没有拘泥于"革命现实主义和革命浪漫主义相结合"这一"两结合"的"标准"定义,而是追溯了这一定义的产生和发展历史。作者指出,"两结合"的创作方法是周扬 1958 年在《红旗》杂志创刊号上发表的《新民歌开拓了诗歌的新道路》一文中提出的,此后,关于"革命现实主义"与"革命浪漫主义"的理解一直存在纷争,直到周扬在"中国文学艺术工作者第三次代表大会"上作了题为《我国社会主义文学艺术的道路》的报告,才借用意识形态的力量使争论告一段落。编撰者批评理念中"关键词"概念的不确定性和不统一性从对"两结合"词条的解析中也可见一斑。

《外国文学》设立的"文论讲座:概念与术语""西方文论关键词"栏目及《中国人民大学复印报刊资料·文艺理论》设立的"文论关键词"等栏目则收录了不少西方文学理论与批评方面的"关键词",这些文章大多追溯术语源起、内涵与影响,以便国内读者能更好地理解所涉及的外来术语。《外国文学》2002 年第 1 期起开设专栏"文论讲座:概念与术语",至 2005 年第 6 期停设专栏的数年内,收录的文章数量呈逐年递增之势,由 2002 年的每期 1 篇,到次年的每期 2 篇,而 2004 年与 2005 年,每期均选录了 3 篇相关论文。《外国文学》自 2010 年第 1 期起又开辟了一个新专栏"西方文论关键词",每期包含 2 篇相关文章,截至笔者写作本章时,即至 2016 年第 6 期,一共发表了 84 篇论文。每篇文章都遵循了相同的体例:首先用"一句话概说"的形式简要介绍概念,进而通过"大背景解说"指出挖掘该术语内涵的价值之所在,随后详细论述其源起、发展过程。如殷企平撰写的《文化》一文将视点聚焦于文学和文化理论研究中备受关注的重要"关键词"——"文化"。该文从"转型"和"焦虑"这两个"关键词"出发剖析"文化"概念，提出"文化"的内涵演变根植于农业文明向工业文明转型之中的"现代性焦虑"。文章从"文化是什么"这一基本问题展开梳理，认为"文化"情结中的转型焦虑倒向了关于现代文明的批评实践。作者不仅研究了"文化是什么"，还进一步回答了"文化能做什么"这一问题。他通过分析莱斯利·约翰逊（Lesley Johnson）的话论证了"文化"能够通过从事批评和提供愿景两种方式化解焦虑。[①]该文不仅加深了我们对"文化"的理解，也向我们印证了从"子关键词"出发阐释"母关键词"的可能性。"母关键词"与"子关键词"既互相关联，又彼此独立。一方面，二者存在包含与隶属的关系。"母关键词"是一个内涵较为丰富的概念，而"子关键词"少至一个，多至一组，是为理解"母关键词"而提出并加以解释的概念。另一方面，二者又具有一定的独立性。"子关键词"也可以被视为独立的关键词进行更为深入的研究。

《中国人民大学复印报刊资料·文艺理论》自 2003 年第 5 期起先后开设了"文论关键词""关键词解析""关键词""关键词研究"等栏目，辑录了一批围绕"关键词"展开阐析的文章。该刊专栏的应运而生与《外国文学》"文论讲座：概念与术语""西方文论关键词"栏目关系密切。《外国文学》的"文论讲座：概念与术语"专栏始于 2002 年初，一年之后，2003 年第 5 期的《中国人民大学复印报刊资料·文艺理论版》推出"文论关键词"栏目，收录了《外国文学》2003 年第2 期刊载的《现代性》与《重复》两篇文章。"文论关键词"专栏虽如昙花一现，只存续了短短一期，却不失为一种投石问路的尝试。《中国人民大学复印报刊资料·文艺理论版》2003 年第 10 期起又推出了"关键词解析"栏目，而随着《外国文学》的"文论讲座：概念与术语"专栏 2005 年末的停设，《中国人民大学复印报刊资料·文艺理论》的"关键词解析"专栏也随之于次年第 3 期后停设。2011年之后，《中国人民大学复印报刊资料·文艺理论》虽然并未重现"关键词解析"专栏，却也两度闪耀着"关键词批评"的星光。第一次是在 2011 年第 5 期的"关键词"栏目中，收录了梁工的《神话》和张剑的《他者》两篇文章，均系 2011 年

---

① 殷企平：《文化》，《外国文学》2010 年第 3 期。

第 1 期《外国文学》"西方文论关键词"专栏所刊发的研究成果。第二次是 2011
年第 12 期在"关键词研究"专栏中收录了赵学存《宗白华意境理论的结构分析与
知识构成》（原载于《安徽师范大学学报》2011 年第 4 期）、姜荣刚《王国维"意
境"新义源出西学"格义"考》（原载于《学术月刊》2011 年第 7 期）两篇文章。
这一回潮的趋向也与《外国文学》自 2010 年起增设的"西方文论关键词"专栏在
时间上相契合。此外，从所刊论文上看，2003 年第 5 期至 2016 年第 12 期，《中
国人民大学复印报刊资料·文艺理论》与"关键词批评"相关的栏目共收录了 75
条"关键词批评"方面的研究论文，其中有 32 条辑自《外国文学》的"文论讲
座：概念与术语"与"西方文论关键词"专栏，几乎占据《中国人民大学复印报
刊资料·文艺理论》中"关键词批评"相关栏目的半壁江山。《中国人民大学复印
报刊资料·文艺理论》"关键词批评"相关专栏对《外国文学》相关专栏的关注与
重视由此也可见出。《中国人民大学复印报刊资料·文艺理论》在"关键词"词条
的遴选上也与《外国文学》一脉相承，均倾向于对"关键词"在西方文论场域之
内的阐析，鲜有涉及我国文学批评领域对这些舶来词的接受和实践史。以《中国
人民大学复印报刊资料·文艺理论》所转载金莉《生态女权主义》（原载于《外国
文学》2004 年第 5 期"文论讲座：概念与术语"专栏）一文为例，该文由三部分
构成：第一部分对生态女权主义在西方的勃兴和发展进行了细致的勾画，不仅梳
理了它在 20 世纪 70 年代末 80 年代初社会运动中的诞生以及 20 世纪 90 年代达到
高潮的过程，还指出，"生态女权主义理论的分析从上一世纪 70 年代后期才逐渐
发展起来，但是其实践却大大早于这一时期，而且在世界上许多地区此起彼伏"[①]，
并回溯了美国作家蕾切尔·卡逊（Rachel Carson）警醒人类关注环保事业的巨著
《沉寂的春天》（*Silent Spring*, 1962）以来的相关社会运动实践；第二部分将生态
女权主义的观点概括为人与自然互相平等、多样性的协调统一、对西方现代科学
观的反对和对前现代社会价值观的宣扬；第三部分介绍了生态女权主义的四大分
支——自由生态女权主义、文化生态女权主义、社会生态女权主义和社会主义生

---

① 金莉：《生态女权主义》，《外国文学》2004 年第 5 期。

态女权主义；第四部分解析了生态女权主义所面临的关于生态女权主义哲学等方面的挑战。金莉此文侧重围绕西方视域下的"生态女权主义"术语展开探讨，因而并未涉及该概念在我国的接受、应用乃至发展。而事实上，生态女权主义作为一种价值系统和批评框架，也开启了我国本土文学的一种新型研究模式。王明丽的博士论文《中国现代文学生态主义叙事中的女性形象》就运用生态女权主义探讨了《黄绣球》（汤颐琐，1907）、《木犀》（陶晶孙，1926）、《春风沉醉的晚上》（郁达夫，1923）、《迟桂花》（郁达夫，1932）等我国现代文学史上的小说名篇，阐析了生态主义视镜中我国女性形象的生命原型。作者以生态主义叙事为一种文学分析的策略，阐析了女性形象的"生态主义叙事政治性、寓言化、理想性、对话性的关怀伦理取向"，将现代性的反思融入后现代范式及生态危机的跨学科研究视阈之中，得出"生态意识是一种传统的女性意识，女性意识天然地具有生态主义叙事的生态伦理趋向"的研究结论。①

　　上述有影响的学术刊物以专栏形式推出的对文学和文化研究领域内重要词语进行深入探析的论文中的佳作也在"关键词批评"的浪潮中得以结集出版，进一步扩大了其影响力。2002 年 2 月，在广西师范大学出版社促成下，发表在《南方文坛》"当代文学关键词"栏目中的研究论文连同尚未发表的"文艺思想斗争""歌颂与暴露""香花·毒草""集体创作""革命历史小说""政治抒情诗""三突出""日常生活"8 篇汇编为《当代文学关键词》一书出版。赵一凡、张中载、李德恩主编的《西方文论关键词》则是在《外国文学》2002 年第 1 期至2005 年第 12 期推出的"关键词批评"相关的专栏基础上成书的。陈平原曾经总结过我国有关"关键词"研究的"两种不太相同的工作目标"，一是"通过清理各专业术语的来龙去脉，达成基本共识，建立学界对话的平台"；二是"理解各'关键词'自身内部的缝隙，通过剖析这些缝隙，描述其演变轨迹，达成对于某一时代学术思想的洞察"。②他认为赵一凡、张中载、李德恩主编的《西方文论关键词》

---

① 王明丽：《中国现代文学生态主义叙事中的女性形象》，兰州大学现当代文学专业博士学位论文，2008 年。

② 陈平原：《学术史视野中的关键词》（上），《读书》2008 年第 4 期。

"主旨明确，体例统一，学问渊深"，意在"厘清概念"，搭建对话的平台，属于前者；而洪子诚和孟繁华主编的《当代文学关键词》则锋芒毕露，具有"鲜明的论战色彩"，主张暴露概念的"裂隙和矛盾"，实现对我国当代文学的"反思"和"清理"，属于后者，二者分别体现了雷蒙·威廉斯《关键词：文化与社会的词汇》的两个不同侧面。[①]

　　除了上述学术期刊的专栏文章及建基于此出版的著作之外，还出现了众多阐析文学理论或文学批评术语的著述，以利于学术界在正本清源基础上，进行更有成效的学术对话，精准把握核心术语的构建过程，对其话语缝隙进行截面透视。柯思仁、陈乐编著的《文学批评关键词：概念·理论·中文文本解读》就是一本在新的视野中对文学批评及其基本概念和理论予以反思的"关键词批评"论著。该书选取了"作者""读者""文本""细读""隐喻""观点""人称""声音""叙事""再现""意识形态""身份认同""阶级""性/别""种族"这 15 个概念进行解诠。正如汪晖在该书《序》中所言，这是一部以"关键词"的形式对现代文学批评的基本概念、理论进行梳理、归纳和深入分析的著作，也是一部以"关键词"形式展开的对于文学批评的关键问题的"创造性探索"，可见作者对于文学批评的方法论革命及其历史含义有着深入的和完整的把握。[②]该书涵盖对象宽泛，涉及许多古今中外通用的概念，体现出极强的包容性。作者宽广的视域不仅体现在研究对象的择取上，还体现在每个章节的具体例证之中。作者注意到当前学术语境存在偏重欧美文论及文学文本，轻视我国文学批评传统的弊端。因此，在讨论源自欧美文论与批评的概念时，作者尝试将其与我国的文学批评互相参照。在全书的各章节阐析中，"作者都不是抽象地介绍相关的概念和理论，而是援例取譬，在古今中外的文学作品中寻找例证，并加以精辟的分析"[③]。从《诗经》《左传》等古代文本，到《红楼梦》《水浒传》等古典小说，从张爱玲、鲁迅

[①]　陈平原：《学术史视野中的关键词》（上），《读书》2008 年第 4 期。

[②]　汪晖：《序》，柯思仁、陈乐：《文学批评关键词：概念·理念·中文文本解读》，新加坡南洋理工大学中华语言文化中心、八方文化创作室，2008 年版，第 9 页。

[③]　同上书，第 12 页。

等现代作家，到北岛、顾城等当代作家，作者旁征博引，论证充分有力。

　　王晓路等著的《文化批评关键词研究》是一部在文化研究繁兴的大环境孕育之下应运而生的由我国学者编撰的集中讨论文化批评"关键词"的专著。该书所讨论的是文化批评中最为重要的 28 个"关键词"，作者从"基本解说、文化研究及文学研究的相互关系、文化批评理论话语的问题性等方面进行了梳理、甄别和学理分析"，以"文化与文学研究的关系"为重点，以"文化批评"为侧重点。① 王晓路认为，对于西方话语"超常规"的译介和引入现状，我们需要用一种正确的态度来对待，即对"进入到国内学术话语中的有关词汇及其概念的基本定义、内涵、旅行、扩延和发展，进行认真研究，加以切实的理解和梳理，厘清其指涉对象、范围和背后的思想轨迹"，从而"借以理解和丰富我们自身的表述系统"。② 作者主要针对西方文化批评理论的发展和目前学术界理论话语的言说状况进行研究，力图使该书既可用作工具书，也对由这些"关键词"所引起的学术观点进行梳理，在此基础上进行深入的探讨。③ 胡亚敏的《西方文论关键词与当代中国》一书也同样力图通过对西方"关键词"的梳理建构我们自身的话语。作者对西方文论中的"关键词"进行溯源研究，辨析其各种意涵与要素，继而研究它们在当代中国的传播和接受轨迹。该书不仅对"关键词"的内涵进行了追根溯源的探究，还将思辨性与资料性相结合，以求在"关键词"研究过程中实现"中西批评理论的对话"。④ 作者更将主体性带入西方文论"关键词"的阐释过程，使之体现"研究者的洞见和理论创造"⑤，重点考察这些源于西方文论的"关键词"与我国批评理论范式的重构问题，同时发掘其与我国传统文化的相关性，并进行了相应的理论反思。⑥

---

　　① 王晓路：《序论：词语背后的思想轨迹》，载王晓路等：《文化批评关键词》，北京大学出版社 2007 年版，第 10 页。

　　② 同上书，第 5 页。

　　③ 同上书，第 11 页。

　　④ 胡亚敏：《西方文论关键词与当代中国》后记，中国社会科学出版社 2015 年版，第 543 页。

　　⑤ 同上。

　　⑥ 胡亚敏：《"概念的旅行"与"历史场域"——〈概念的旅行——西方文论关键词与当代中国〉导言》，《湖北大学学报》2015 年第 1 期。

二、宏观、中观和微观研究的有机结合

我国文学研究领域中的"关键词批评"以一个个紧契文学发展的兼具深厚历史积淀与鲜活生命力的"关键词"为切入点，在多个研究向度上铺展开来，形成了这蔚为壮观的"关键词批评"潮流。其中，既有在宏观层面从学科建设维度着眼的反思，也有在中观层面对某一专题进行的研究，还有在微观层面对作家作品展开的探讨，可谓宏观、中观和微观三个层面研究有机交融、齐头并进，较好地丰富了我国文学研究的维度和层次。学科发展与话语建设往往是有着密切联系的，因而不少"关键词批评"论著都将对核心术语的定位、梳理、把握与宏观层面学科建设维度的探讨结合起来，着眼于思考学科的历史、当下与未来。

陶东风就把文化研究视为一个学科，其主编的《文化研究关键词丛书》一方面旨在厘清"关键词"及概念的"学渊系谱及发展变化情况"，"以期规范使用者在运用这些概念时的差异和分歧"，另一方面则意在"指出文化研究中重要概念的形成与变异及其与文化研究学科的互动关系"，"努力完整和推动文化研究学科的发展"。[①]《文化研究关键词丛书》采用一词一书的方式，对文化研究领域的"现代性""意识形态""互文性"等重要概念进行了深度剖析。《文化研究》便是这套丛书中的一本，该书在梳理"文化研究"的概念时追溯了"文化研究"的发展过程，探讨了大众文化研究、亚文化研究、视觉文化研究等"文化研究"的子类。在对"文化研究"的解析过程中，陶东风始终强调对知识领域进行划界是相当困难的，因此，该书的写作目的不是为了给"文化研究"下定义，而是"试图较为全面地描述文化研究的面貌，以引起读者思考的兴趣，获得另一种分析问题的视角"。[②]

洪子诚、孟繁华主编的《当代文学关键词》以"关键词"为线脉对当代文学

---

① 陶东风：《主编的话》，载陶东风、和磊：《文化研究》，广西师范大学出版社 2006 年版，第 3 页。

② 陶东风、和磊：《文化研究》引言，广西师范大学出版社 2006 年版，第 2 页。

学科进行了散点透视式的整体性观照，同样具有明确的学科反省意识和自觉的学科建设指向。该书在《南方文坛》设立的"当代文学关键词"专栏的基础上，对遴选的 29 个"体现了'当代文学'的性质，联系着'当代文学'的特殊问题"① 的基本概念进行了深入阐析。主编谈到了"社会主义文学""两结合创作方法""手抄本""鲜花""毒草""阴谋文艺"等"关键词"之于我国当代文学学科的重要性，并明确提出我国当代文学应该有属于它自身的基本概念，因为这些概念联系着我国当代文学的特殊问题，体现了其独特性质。② 编著者侧重从较为宏观的层面来反思我国当代文学的重大事件和学术命题，在对"关键词"的审度中进行了富含明晰历史感的细微考察。如其中对"香花·毒草"一词的辨析就注重联系生成语境考察其特有含义及在当代文学发展过程中的演化、裂变等复杂状况。撰写者结合特定时代的具体历史语境及对《关于正确处理人民内部矛盾的问题》（毛泽东，1957）、《在中国共产党全国宣传工作会议上的讲话》（毛泽东，1957）、《在省市自治区党委书记会议上的讲话》（毛泽东，1957）、《我们在文化教育战线上的任务》（周恩来，1959）、《关于整风运动的报告》（邓小平，1957）、《并非闲话（三）》（鲁迅，1925）、《摘自〈"德法年鉴"的书信〉M 致 R》（马克思，1844）、《德国的民间故事》（恩格斯，1839）、《关于民族问题的批评意见》（列宁，1913）等文献的细致解读，对"香花·毒草"这一词语及其折射的批评模式产生之必然原因进行了透彻分析，还从我国古代文化传统（如"美刺"）、现代文学传统（如鲁迅的"佳花"—"恶草"说）、马克思主义的传播与影响（如列宁提出的两种具有对立形态的民族文化的学说）等三方面进行了溯源，最后对这一特定时代产生的批评模式的合理性与局限性进行了实事求是的分析评价。正是在这些富有说服力的深入细致的话语分析基础之上，撰写者从社会主义文学与社会主义文学批评双向互动和互为因果的高度，指出了对"香花·毒草"这一当代文学"关键词"的解析在推动和促进当前文学与批评的发展等方面所具有的借鉴和反思意义。这

---

①　洪子诚、孟繁华：《期许与限度——关于"中国当代文学关键词"的几点说明》，《当代文学关键词》，广西师范大学出版社 2002 年版，第 2 页。

②　同上书，第 1 页。

种既注意在当代文学历史发展的整体视域中观照"关键词"的生发流变，又注意紧密结合批评文本或文学文本进行深度阐发的"关键词批评"，以史鉴今，表现出了明确的学科反省意识，也切实推进了当代文学学科的建设。

也有不少"关键词批评"论著是在中观层面展开研究的，这其中主要有以下两种研究情形：

一是对某一特定发展阶段的文学进行专题性研究。如古风的《从关键词看我国现代文论的发展》（《文学评论》2001 年第 5 期）、黄开发的《真实性·倾向性·时代性——中国现代主流文学批评话语中的几个关键词》（《中国现代文学研究丛刊》2002 年第 3 期）、刘志华的《"典型"的"纯粹"与"负累"——"十七年文学批评"关键词研究》（《学术论坛》2006 年第 7 期）、刘登翰的《双重经验的跨域书写——美华文学研究的几个关键词》（《文学评论》2007 年第 3 期）、张勇的《"摩登"考辨——1930 年代上海文化关键词之一》（《中国现代文学研究丛刊》2007 年第 6 期）等论文，均从"关键词"角度审视特定研究对象或特定历史时期文学研究的特点及文论的发展脉流。其中，刘登翰《双重经验的跨域书写——美华文学研究的几个关键词》一文通过对"关键词"的阐释，探讨了美华文学的语言形态、文化内质和族性规约，移民历史和移民者的文学书写，不同移民生存状态导致"唐人街写作"和"知识分子写作"的不同书写状态，移民作家从国内到海外的双重经验和跨域书写，百年来美华文学文化主题变迁及其与 20 世纪中国文学的互动关系等美华文学研究的一些基本问题。刘志华的《"典型"的"纯粹"与"负累"——"十七年文学批评"关键词研究》则对"十七年文学批评"期间的核心概念——"典型"进行了深入探究，指出其内涵的不断改写构成了"十七年文学批评"的重要现象，也记录着我国当代文学复杂变迁的微妙症候。作者认为，"典型"往往依托于"人物"和"形象"而言说自身，与"新的人物""（新）英雄人物"及"中间人物"等概念有着紧密联系。当代文学中人物"典型"的书写经历了由"新的人物"（实为独尊工农兵人物）到写（新）英雄人物（即工农兵英雄人物）再到对"中间人物"这样一个先肯定后否定（是对前者的反拨）的曲折发展过程。在这一过程中，"典型"阐释中意识形态话语对审美话语步步挤压，亦为"文革"时期以"三突出"为代表的"典型"论的生成开拓了空间。① 张勇的《"摩登"考辨——1930年代上海文化关键词之一》在20世纪30年代上海社会文化历史语境中对"摩登"一词进行了细致考辨，对其在汉语情境中的意涵生成及语义演变予以了翔实梳理。作者认为，作为英文"modern"的音译词，汉语中的"摩登"一词于20世纪20年代末期出现，至20世纪30年代，意涵趋于"时髦"之意，并渐与"现代"分野。作者指出，在左翼文学运动和新生活运动等话语力量的强势影响下，"摩登"很快被赋予了明显的负面意涵。的确，通过考察"摩登"的词义及词性色彩的变迁，可以管窥我国在现代化实践过程中不同文化力量和政治力量之间复杂的纠缠关系。这类"关键词批评"跳出了词源学的窠臼，在特定批评视野中辨析"关键词"的流变，有助于在审辨反思重要词语内涵演变的基础上推动相关学科的深入发展。②

二是按年度聚焦"关键词"对文学研究重心及状况进行勾勒，或按年度及文体类别从"关键词"角度进行分体文学的研究。如陈晓明等人的《2006年文学关键词》选取"重回八十年代""新世纪文学""底层写作""读图时代"和"古今之争"这五个视角作为2006年文学发展的几个侧面，以折射当今文坛之气象。"重回八十年代"即"重回文化（人）的时代"③，是对现今文坛商业化、世俗化现状的一种抵抗方式；"新世纪文学"是人为建构出来的一种文学性质、审美特性的归纳，其特征甚至其命名与合法性仍处于争论之中；"底层写作"是一种将笔触伸向底层社会，揭示底层人群生活状况的写作，"底层写作"代言人的合法性及关怀视角的局限性也引起了学术界的反思；"读图时代"指以图像、图形为主的阅读方式渐渐代替语言文字的阅读现状；"古今之争"则聚焦于如何阅读与理解经典的问题，体现出一种解构主义倾向。张清华的《二〇〇四诗歌的若干关键词》则是

---

① 刘志华：《"典型"的"纯粹"与"负累"——"十七年文学批评"关键词研究》，《学术论坛》2006年第7期。
② 张勇：《"摩登"考辨——1930年代上海文化关键词之一》，《中国现代文学研究丛刊》2007年第6期。
③ 陈晓明等：《2006年文学关键词》，《当代文坛》2007年第2期。

按年度进行的分体文学研究。该文以"中间代"(或"第三条道路")、"整合与怀旧"、"尖锐、诙谐与痛"来描述2004年度诗歌概况,指出"中间代"(或"第三条道路")显示出了诗歌界格局变化与整合的趋势,"整合与怀旧"体现了该年度我国诗歌领域颓伤依旧的风气,"尖锐、诙谐与痛"则代表了部分"今天罕见的具有感受能力的作品"。①

除上述两类中观层面的"关键词批评"外,也出现了少数从"关键词"角度对地域文学进行的研究。如张燕玲的《海南文学的三个关键词》(《海南师范大学学报》2010年第1期),针对20世纪90年代后诗歌岭南版块的异军突起,为海南文学梳理出了三个"关键词"——"岭南版块的中国诗歌""韩少功的意义"和"《天涯》"。作者通过地域、作家、杂志这三个层面提纲挈领地勾勒了海南文学的基本框架:"岭南版块的中国诗歌"以地域为单位对我国诗歌进行了划分,岭南版块的写作代表了一种异乡人写作,它"表面看来是社会问题,但实质是诗歌从农业题材范畴转化为城市题材写作";韩少功是海南文学的代表作家之一,其写作扎根乡土,致力于寻求乡土重建之路;《天涯》杂志则是海南文学的标志性期刊,彰显了海南文学的独特气质。②

在微观层面,"关键词批评"主要被用于两个层面:

其一,对某个或某些"关键词"进行梳理。刘彦顺的《时间性——美学关键词研究》就运用"关键词批评"方法对美学的"关键词"之一的"时间性"进行了深入思考与研究。该书围绕"时间性"概念有条不紊地展开,尽管切入口看似细微,讨论内容却涵盖了宽广的领域。在美学理论方面,从奥勒留·奥古斯丁(Aurelius Augustinus)、伊曼努尔·康德(Immanuel Kant)、格奥尔格·威廉·弗里德里希·黑格尔(Georg Wilhelm Friedrich Hegel)到王国维、梁启超、李泽厚,作者涉及了古今中外不同美学家关于"时间性"的各种观点,通过互相参照,梳理出"时间性"概念演变的脉络。此外,该书的最后几个章节还探讨了电影美学

---

① 张清华:《二〇〇四诗歌的若干关键词》,《当代作家评论》2005年第1期。
② 张燕玲:《海南文学的三个关键词》,《海南师范大学学报》2010年第1期。

甚至园林生活中的"时间性"，从中可看出作者宽广的视域和深厚的学术功力，也印证了"关键词批评"方法在各学科学术研究中的普适性。而我国古代文学领域的"关键词批评"在一定程度上沿袭了训诂传统，字义正源成为分析的一大重点。① 姜子龙的《唐代律赋的"雅"与"丽"——关于唐代律赋批评的两个关键词》对"雅""丽"这两个唐代律赋批评的"关键词"进行了剖析，作者首先将"雅"溯源至杨雄的"丽则"，接着引用《尔雅》释"则"，继而援引刘勰、白居易等的文章，进一步解释"雅"的内涵及其演变。作者用同样的方法梳理了"丽"的内涵，并在此基础上讨论了辞赋的"雅""丽"两大因素的博弈。② 与此同时，也有一些古代文学研究领域的"关键词批评"突破了字义正源的训诂传统。如李建中的《體：中国文论元关键词解诠》就是一部运用"关键词批评"探讨我国古代文论核心词语的专著。该书由三个部分组成，分别为"尊'体'""破'体'"和"展'体'"。在第一部分中，作者将文体尊为文学的根基，博览考辨，追溯了汉语文体学研究的现代西学背景和我国古代文体学的本体论价值。在第二部分中，作者探究了我国文学批评的文体传统及演变规律，提出文体一直处于变动演化之中，例如古代文论批评文体是一种无体之体，而古典批评文体也经历了现代复活。在第三部分中，作者聚焦于我国文体论的源头，对我国文论批评文体的原生形态进行了细致的考察，着重从文体学角度诠释了刘勰的文论。③ 纵览全书，该书脉络清晰，博古通今，由"体"出发，以"体"收束，为借助"关键词批评"探讨我国古代文论问题的研究提供了一个极佳范例。

其二，以"关键词"解析为构架和主要方法对具体作家作品进行探讨。安本·实的《路遥文学中的关键词：交叉地带》就选取了我国当代作家路遥文学作品中的"交叉地带"这一"关键词"来挖掘其文学作品中的点点滴滴。作者指出，路遥设定的"交叉地带"具有多重内涵。从字面上看，它指陕北的中小城镇以及

---

① 参见刘彦顺：《时间性——美学关键词研究》，人民出版社 2013 年版。

② 姜子龙：《唐代律赋的"雅"与"丽"——关于唐代律赋批评的两个关键词》，《暨南学报》2009 年第 1 期。

③ 参见李建中：《體：中国文论元关键词解诠》，中国社会科学出版社 2014 年版。

环绕这些中小城镇的农村，即农村与城市在地理路径上的交叉。同时，路遥也赋予了"交叉地带"以新的含义，借助这一"关键词"来解释农村与城市之间难以调和的矛盾。他将"交叉地带"视为城市与农村长期处于对立状态的生活空间，农村生存在城市的阴影之下，二者没有所谓的"交叉"，只有天然而成的差别。除此之外，安本·实更是发现了"交叉地带"与路遥本人之间的联系：它揭示了路遥既带着"农村味"又带着"城市味"的复杂身份；更代表了与路遥一样具有双重身份的人；"交叉地带"作为路遥身心发展中的一个"关键词"反映在其作品中，成为留下作者个人成长经历的深刻印记。①

李凤亮在《小说：关于存在的诗性沉思——米兰·昆德拉小说存在关键词解读》一文中将"存在"视为米兰·昆德拉（Milan Kundera）小说中的一个核心"关键词"。李凤亮认为，与存在哲学家从"存在"的本体论角度看待"存在"的视角不同，米兰·昆德拉是从人类存在境况的现实出发思考"存在"的。随后，以"存在"一词为中心，李凤亮又进一步挖掘了"轻重""灵肉"和"媚俗"这三个"子关键词"的意义。"轻重"是一对永劫回归的概念，轻重选择之间的两难形成了人类的一个基本生存境遇，将个体人生置于无意义之中。"灵肉"则代表了灵魂与肉体这两种人类得以存在的基本形式。米兰·昆德拉借用托马斯与特丽莎的故事向读者揭示了心灵与肉体不可调和的两重性，并提出了性爱分离的可能性。"媚俗"在米兰·昆德拉笔下成了对于人类共同生存境遇的一种指称。他将"媚俗"放在审美领域之中进行分析，借人物之口提出对社会媚俗现象的批判。通过对三个"子关键词"的解析，作者指出，米兰·昆德拉笔下关于"存在"的质询变成了对人类存在的多重方式的探索，而小说正是其中一种重要的探索方式。②

---

① 〔日〕安本·实：《路遥文学中的关键词：交叉地带》，刘静译，《小说评论》1999 年第 1 期。

② 李凤亮：《小说：关于存在的诗性沉思——米兰·昆德拉小说存在关键词解读》，《国外文学》2002 年第 4 期。

三、共时研究与历时研究的有效兼顾

汪民安曾在哲学论的基础上，从更深层的研究视角谈到了"词语的深渊"。他指出，词语在我们对意义的理解上构筑了三重深渊："理论和哲学都是对世界的表述实践"，而"关键词语和概念的发明，是理论对世界进行表述的权宜之计"，词语是追溯世界的一个通道，但却常常力有不逮，是为第一重"词和物之间的意义的深渊"；理论家在言说词语时，词语意义的增值、变异编织了第二重词语的深渊；域外概念进入我国时，因为翻译造成了第三重词语的深渊。① 而历时研究与共时研究的综合，不失为我们在"关键词批评"中发现词语深渊中隐藏的真相的一条有效路径。共时研究和历时研究是分别从静态与动态、横向与纵向出发，对研究对象展开探讨的方法。费尔迪南·德·索绪尔在《普通语言学教程》（*Cours de Linguistique Generale*, 1916）中指出，语言学的共时研究截取了语言某一特定时代的横截面，描绘这一横截面中的语言现象和规律；语言学的历时研究就语言从某一时代到另一时代的发展过程进行纵向研究。我国文学研究中的"关键词批评"也通过对历史语义学的借鉴以及批评实践中历史意识的加强，实现了历时研究与共时研究的有效兼顾。②

我们在第四章分析过的"关键词批评"所具有的反辞书性也使我国文学研究中的"关键词批评"呈现出多种风姿，即便是像廖炳惠编著的《关键词200：文学与批评研究的通用词汇编》这样辞书性略强的"关键词批评"著作也注重对"关键词"历史语义进行梳理和挖掘，表现出了一定的反辞书性。该书聚焦于文学与文化理论批评术语的"关键词"，其编撰初衷在于改善目前国内学术界在文学和文化理论问题的研究中误解甚至误用"关键词"的状况："目前国内学术界在文学和文化理论的讨论和研究上，存在着不少囫囵吞枣的现象，对

---

① 汪民安主编：《文化研究关键词》前言，江苏人民出版社 2007 年版，第 3 页。

② 参见〔瑞士〕费尔迪南·德·索绪尔：《普通语言学教程》，高明凯译，商务印书馆 1980 年版。

于许多用语在不同学科中的特殊用法不甚了解；当前流行的跨学科研究，也经常将出自不同学科与背景的观念贸然混用。这些做法，其实首先会遇到的，是学科自身的盲点与习以为常的假设，因此，对于来自其他学科的概念，往往只是轻松而不假细想地加以置用，而且没能进一步深究其理论意涵"。① 针对这一情况，作者表示"希望对国内的文学与文化研究者，做一些初步的批评词汇厘清与疏通工作，特别是可以对就读研究所的学生与未来新世代的年轻学者，在未来进一步的学术研究与发展上，能有一些启发性"。② 因此，该书确定了 200个目前在文学和批评研究中不断被提及但仍有待阐发之处的术语，并在具体阐析中内化了雷蒙·威廉斯式结合历史溯源、文化语境辨析词义的特点。作者希望通过整理所选"关键词"的"起源、脉络及趋势"，"借此勾勒出每一词汇所蕴含的涵意与方法，同时尽可能放入台湾历史、文化的脉络中，去演绎其理论与实践启发途径"。③

　　在西方"关键词批评"的启发及我国文学和文化研究工作者的共同努力下，我国"关键词批评"在实践中迸射出多层次、多方面的夺目光芒。在解析西方文学和文化理论的关键术语意涵及其在我国的流变的同时，越来越多的研究者将目光投向了我国现当代文学及文论研究中的"关键词"，还出现了不少对我国古代文论中的"关键词"进行历时性与共时性综合研究的力作。如李建中主持的国家社科基金重大项目《中国文化元典关键词研究》以轴心期中华元典为研究对象，以对五经及先秦诸子等文化元典"关键词"的重新阐释为关注重心，旨在揭示中华文化元典的原创意蕴和现代价值。

　　洪子诚、孟繁华主编的《当代文学关键词》虽是在《南方文坛》刊载论文的基础之上汇编成书的，但在这一汇编过程中，主编对"关键词"条目的安排却并未遵循《南方文坛》刊载相关论文的先后顺序，从中恰可见出以"历史意识"为经纬的匠心。追随历史线索，书中的"关键词"可依序分为三类：一是列居首位

① 廖炳惠编著：《关键词200：文学与批评研究的通用词汇编》序，江苏教育出版社2006年版，第1页。
② 同上书，第2页。
③ 同上。

的词语"中国当代文学"，这既是一个在时间线脉上无限延伸的概念，亦是对全书研究范围的总览；二是紧随其后的从"社会主义现实主义"到"民间"这21个"关键词"，编者大致是按它们提出、盛行的时期或在文学史上指涉的时间段排序的；三是"民间"之后的6个"关键词"，分别是"生活""日常生活""民族性""文艺战线""写真实·真实性"和"重大主题"。相较前21个"关键词"，这6个"关键词"在时间轴上具有更好的延展性。以"写真实·真实性"为例，"写真实"概念可上溯至法国自然主义作家爱弥尔·左拉（Émile Zola），而我国现当代文学史中"写真实·真实性"的论争早在20世纪40年代便初见端倪，50年代末演变为重大理论和政治问题，1979年刘宾雁在《人民文学》第9期发表的《人妖之间》再次引起学界对该问题的讨论。而到20世纪80年代末，随着先锋小说的勃兴，新潮作家解构了"真实性"与"写真实"的概念，这一旷日持久的论争则陷入冷战的僵局。与之相类，"文艺战线"的说法早在新中国成立之前便已被人们使用，"民族性""重大主题""生活""日常生活"亦非当代文学史所独有，这6个"关键词"的选取突破了当代文学史的框架限制，编撰者意在更纵深的时间轴上探寻其意义。概而言之，从"关键词"的阐析、选取和排布来看，《当代文学关键词》的编撰凸显了编写者对我国当代文学批评中历史意识的重视。正如洪子诚、孟繁华声明的那样，他们借用"关键词批评"的方式抵制了那种"把当代文学研究，简化为'现状批评'，并进而削弱了批评本身应有的'历史意识'"①的研究方式。而这一历时研究的理路，无疑与以往的共时研究模式形成了鲜明的对比。历时研究与共时研究兼顾的"关键词批评"视角切实增强了文学研究的深度，我可以《当代文学关键词》收录的"民族性"词条为例。作者首先从共时的角度出发，提出"民族性"的内涵和外延具有不稳定性和不统一性：既为激进主义所主张，又被保守主义所使用。有别于以往研究仅限于共时研究的状况，作者发现了"民族性"的意涵之所以如此丰富，正是因为出于不同阶段不同

---

① 洪子诚、孟繁华：《期许与限度——关于"中国当代文学关键词"的几点说明》，《当代文学关键词》，广西师范大学出版社2002年版，第2页。

时期的语境需要。因此，作者从历时研究的角度对"民族性"进行了深入挖掘，追溯了我国文学界对俄国作家果戈理（Nikolai Vasilievich Gogol-Anovskii）提出的"民族性"这一概念的引入和使用过程，指出革命文学尤其是鲁迅的文学作品赋予了"民族性"很强的政治色彩。20世纪40年代中后期，随着毛泽东文艺思想的权威性地位的确立，"民族性"的意识形态色彩更为鲜明；20世纪80年代之后，随着改革开放的发展，"民族性"的话题被再一次大规模提起。在当时的语境下，"民族性"代表了一种文化开放观念，其权威性的理论话语的地位不复存在；到了20世纪90年代末，关于"民族性"的讨论再度趋于热烈，"民族化"作为抵制全球化的核心力量成为文化界的重要议题之一。从"民族性"词条的写作中，我们不难发现，作者将共时与历时研究有机结合，对该"关键词"的解析由平面走向立体。

而2011年第12期《中国人民大学报刊复印资料·文艺理论》收录的《王国维"意境"新义源出西学"格义"考》和《宗白华意境理论的结构分析与知识构成》二文虽然篇名之中并未出现"关键词"字样，但均为对"意境"这一文论核心术语的深度研究，也体现了"关键词批评"的研究理路，因而被收录进与"关键词"研究有关的栏目。《王国维"意境"新义源出西学"格义"考》一文针对以往研究未能明确作为我国传统固有诗学名词的"意境"如何与西学发生了直接联系之弊，对晚清文献"意境"一词的使用进行了细致的梳理考察，推断出"意境"在晚清的第二种使用形态——对西学的"格义"。作者进而探究"格义"与"意境"之间意义上的互渗，论述了王国维开创性地借鉴"意境"运用于我国文学批评实践的过程，并对"意境"理论的利弊进行了客观分析。《宗白华意境理论的结构分析与知识构成》一文同样将视点聚焦于意境理论，从宗白华的意境理论切入，先由"意境"的外部结构出发，提出"意境"是人生的六大境界之一；再从"意境"的内部结构着手，揭示了"意境"三个层次的本质。就我国文学研究而言，"关键词批评"已经日益成为一种普遍乃至基本的批评方法，"关键词意识"也日益成为治学的常规理路之一。

上述"关键词批评"论著在历时研究与共时研究的有效兼顾中推动了"关键

词"相关研究在更多向度上铺展开来，它们对"关键词"所进行的饱蘸历史意识、现实启迪的理解与辨析，使话语及言说的真实性与有效性得到了加强，并进一步促使"关键词"由明确的词汇衍生为"关键词意识"。不过，这一阶段的"关键词意识"不同于"前关键词批评时期"的"论题"式研究，已经不再只是一种模糊意识的存在，而是在原有的基础上，吸纳西方"关键词批评"之所长，开拓了一片更为广阔和自由的批评星空。

结　语

　　孕育并诞生于文化研究母体的"关键词批评",自问世后颇受西方学术界关注,并对英国新左派运动产生了较大影响。雷蒙·威廉斯在《关键词:文化与社会的词汇》一书中以其甄选出的百余个在特定时间段内起到重要作用的关键性词语为关注重心,从多个层面对这些词语进行了细致的考辨,揭示了词义的词源、发展与流变及其所关涉问题的实质。雷蒙·威廉斯开创的"关键词批评"意蕴丰富:不仅精心选取核心词语,还注重挖掘这些关键性词汇之间的联动关系;不仅关注词语的核心意指,还关注其在一定程度上被遮蔽的边缘性内涵及词语间的关联性;不仅在词源追溯和词义历史变迁中关注其意涵的承继性、基本含义与其他含义之间的关联性与变异性,还力图从词语意涵种种渐变或突变中把握其后隐伏的意识形态意图及权力分配机制。

　　雷蒙·威廉斯在批评理念和批评文体两方面均为"关键词批评"做出了重要贡献。就批评理念而言,《关键词:文化与社会的词汇》确立了"关键词批评"的基本理论特质:在社会、历史、时代、文化变迁的宏阔视野中,对"关键词"进行历史语义学及文化研究层面的梳理与辨析,注重词语间的关联性,在梳理词义生衍的同时,呈现了相关问题的流变及背后蕴含的政治思想倾向与人文踪迹;关注"关键词"意涵的开放性与流变性,将对概念意义的解析融入鲜活的理论研究及阐释实践之中,重视其生成语境、基本含义及在批评实践中的发展变异。就批评文体而言,与其开放的研究理念相应,雷蒙·威廉斯的《关键词:文化与社会的词汇》以社会文化方面的"关键词"钩沉为写作模式,在对这些词语演变的敏锐洞察中形成了独特的批评体例。尤其值得我们注意的是，雷蒙·威廉斯在借鉴辞书编撰理念和文本体例的同时，又突破了为这些"关键词"进行"标准答案"式定评界说的话语权威姿态，表现出了鲜明的反辞书性，并在对相关社会文化现象、问题的多元探讨、多维解读中呈现了批评行进的多种路径。"关键词批评"所具有的反辞书性品格和非权威性倾向，也在方法论上给一定程度上陷入程式化、成见化泥淖的文学研究以莫大启迪，促进文学研究在学科建设和文论研究方面走向理论自觉，并在批评实践中进一步凸显批评主体的社会责任、历史担当与文化使命。总之，雷蒙·威廉斯首开先河的"关键词批评"绝非秉持精英主义立场或局限于象牙塔内的学院派学术研究，而是注重社会文化批评实践，并在这一实践中打破了原有的学科壁垒，开启了以阐释核心术语反思社会文化发展的新视角。

20世纪90年代以降，不论是在西方学术界，还是在我国学术界，"关键词批评"都进入了快速发展阶段，在文学和文化研究等领域产生了较大的学术影响力，并在批评实践中成为学术研究的一个不容忽视的理论资源和研究路径。在众多研究者的共同推进之下，"关键词批评"在理论承传中出现了新的特点和趋向。一方面延续了雷蒙·威廉斯紧密联系特定社会历史文化语境解析"关键词"生成和演变的理路。另一方面，又在文学批评实践层面出现了新变与推进：不再仅以追溯"关键词"语义源起为重心，而代之以"关键词"在批评历史和实践中的生发演变为考察重点，以增益于文学批评理论与相关学科的建构和发展；表现出了重视并紧密联系文学文本进行批评实践的趋向；在编撰体例上进一步彰显了文论性。上述"关键词批评"的新气象昭示了其在雷蒙·威廉斯之后的发展新路向，也体现了"关键词批评"在新时代语境中的盎然生机与研究实绩，整体上愈益体现了充满学术张力的思维特点。

"关键词批评"开辟了从社会文化大视角和多元语境角度诠释核心术语的新视角，对我国近年文学和文化研究的发展起到了重要的推动作用，在批评理念、批评心态、批评文体、研究方法等方面均给我国文学和文化研究及相关学科建设以镜鉴。在繁复多样的文学和文化活动之中，"关键词"恰似经纬线脉纵横交织的"结点"。"关键词批评"所触及的"结点"都是相关领域不可或缺的核心范畴，关涉学科重点、难点、热点、焦点问题，对于科学认识研究对象乃至学科的深入发展都具有极为重要的价值。"关键词批评"以这些处于"结点"要位的"关键词"为切入点，窥斑见豹，展开了由点及线、由线及面的透视分析，而这一个个"关键词"综合起来就构成了对所关涉对象的多维度、全景式分析。这一研究理路既实现了宏观检视、主观研究与微观剖析的有机结合，又做到了历时探析与共时观照的有效兼顾。"关键词批评"对文学研究也具有重要的学术价值，有助于研究者重视并遴选那些具有巨大理论能量、身系学科魂灵命脉的核心术语，在社会发展和历史演变中考察并厘清其词义的扩展、转换与变化，从而更为深入地把握学科的基本问题及发展趋势。

毋庸讳言，"关键词批评"属于晚近新兴的批评类型，学术界对它的研究还不够系统深入，尤其缺少对其不足之处的科学而有信服力的分析。如何在我国文学和文化研究中合理运用"关键词批评"，也是值得我们投注精力深思的问题。我们在充分认识"关键词批评"理论价值的同时，也要清醒地看到它在有力地推进相关研究的同时，在批评实践中已经显露或可能带来的问题，注意避免"关键词批评"的霸权化和中心论，避免"关键词批评"中的政治视角从"一维"成为"唯一"，避免造成"关键词批评"的浅表化、快餐化、简单化，以免客观上助长批评话语膨胀的不良趋向。在全面认识"关键词批评"的价值与不足的基础上，力争有新的理论提升与实践拓展，进一步激发其生机，促进它在更多研究领域的纵深发展，并在跨文化的背景下为中西文学研究的深层对话提供良好支撑，真正起到夯实研究基石、推动研究良性发展的作用。笔者在此所做的只是一个粗浅的尝试，期待学术界有更多的有识之士加入"关键词批评"的研究之中，以促进其在理论特质和批评实践等方面的深入发展。

附　录

中国学术期刊文学和文化研究类"关键词批评"相关专栏及刊发文章一览①

表1："关键词批评"相关专栏

序号	期刊名称	专栏名称	起讫期数	刊发文章数量
1	《读书》	"词语梳理"	1995 年第 2 期	2
		"语词梳理"	1995 年第 4、6、9 期	6
2	《南方文坛》	"当代文学关键词"	1999 年第 1 期至 2000 年第 6 期	20
3	《外国文学》	"文论讲座：概念与术语"	2000 年第 1 期至 2005 年第 6 期	54
		"西方文论关键词"	2010 年第 1 期至 2016 年第 6 期	84
4	《信阳师范学院学报》	"中国现代文学关键词"	2003 年第 1、3 期	4
5	《电影艺术》	"电影理论辞典"	2003 年第 2 期至 2004 年第 5 期	10

① 本附录资料来源为中国知网、吾喜杂志网等电子资源及浙江大学图书馆馆藏期刊。以期刊首次刊发"关键词批评"相关专栏的时间先后为序，表中"关键词批评"相关专栏的整体起讫时间为《读书》1995 年第 2 期至《外国文学》2016 年第 6 期。因本统计的截止日期是 2016 年 12 月 31 日，故一些期刊的相关专栏未能计入表中，如《学术研究》即自 2017 年第 1 期开始开设了"中西文论关键词比较研究"专栏。

序号	期刊名称	专栏名称	起讫期数	刊发文章数量
6	《中国人民大学复印报刊资料·文艺理论》	"文论关键词"	2003 年第 5 期	2
		"关键词解析"	2003 年第 10 至 11 期；2004 年第 1 至 6 期、第 8 至 10 期、第 12 期；2005 年第 1 至 2 期、第 4 至 7 期	57
		"关键词研究"	2005 年第 8、12 期	5
		"关键词解析"	2006 年第 1 至 3 期	7
		"关键词"	2011 年第 5 期	2
		"关键词研究"	2011 年第 12 期	2
7	《湛江师范学院学报》（现名《岭南师范学院学报》）	"中国古代文论关键词研究"	2005 年第 5 期	5
8	《国外理论动态》	"关键词"	2006 年第 1 期至 2006 年第 12 期	24
9	《长江师范学院学报》	"中国现代文学研究·关键词"	2009 年第 2 期至 2010 年第 1 期	29
10	《长江学术》	"中国文化及文论关键词研究"	2013 年第 2 期；2014 年第 2 期；2015 年第 4 期	8
11	《中文学术前沿》	"关键词批评"	第 10 辑	3

表 2："关键词批评"相关专栏刊发文章

序号	期刊名称	专栏名称	作者	题目	期号
1	《读书》	"词语梳理"	陈燕谷	《Hegemony（霸权 / 领导权）》	1995 年第 2 期
2			曹卫东	《Communication（交往）》	
3		"语词梳理"	张 宽	《Discourse（话语）》	1995 年第 4 期
4			曹卫东	《Subject（Object）（主体［客体］）》	
5			汪 晖	《Public sphere（公共领域）》	1995 年第 6 期
6			陈燕谷	《Cultural capital（文化资本）》	

续表

序号	期刊名称	专栏名称	作者	题目	期号
7	《读书》	"语词梳理"	张　宽	《Representation（再现）》	1995 年第 9 期
8			曹卫东	《Theory/Practice（理论 / 实践）》	
1	《南方文坛》	"当代文学关键词"	洪子诚	《"中国当代文学"》	1999 年第 1 期
2			南　帆	《"两结合"》	
3			陈美兰	《"正面人物"》	1999 年第 2 期
4			孟繁华	《"社会主义现实主义"》	
5			陶东风	《"主体性"》	
6			鲁枢元	《"向内转"》	1999 年第 3 期
7			张清华	《"朦胧诗"·"新诗潮"》	
8			王光明	《"后新诗潮"》	
9			丁　帆 朱丽丽	《新时期文学》	1999 年第 4 期
10			谢　泳	《思想改造》	1999 年第 5 期
11			王彬彬	《文艺战线——兼谈文艺用语的军事化问题》	
12			吴义勤	《"写真实"与"真实性"》	1999 年第 6 期
13			王光东	《民间》	
14			洪子诚	《双百方针》	2000 年第 1 期
15			於可训	《干预生活》	2000 年第 2 期
16			郝　雨	《民族性》	2000 年第 3 期
17			程光炜	《文艺黑线专政》	2000 年第 4 期
18			周立民	《重写文学史》	2000 年第 5 期
19			易　晖	《重大主题》	
20			萨支山	《生活》	2000 年第 6 期

序号	期刊名称	专栏名称	作者	题目	期号
1	《外国文学》	"文论讲座：概念与术语"	赵一凡	《结构主义》	2002 年第 1 期
2			汪民安	《权力》	2002 年第 2 期
3			陈永国	《话语》	2002 年第 3 期
4			周启超	《复调》	2002 年第 4 期
5			赵国新	《情感结构》	2002 年第 5 期
6			王晓路	《种族 / 族性》	2002 年第 6 期
7			张中载	《原型批评》	2003 年第 1 期
8			陈永国	《互文性》	
9			赵一凡	《现代性》	2003 年第 2 期
10			殷企平	《重复》	
11			申 丹	《叙事学》	2003 年第 3 期
12			申 丹	《叙述》	
13			赵国新	《文化唯物论》	2003 年第 4 期
14			战 菊	《语言》	
15			王逢振	《全球化》	2003 年第 5 期
16			周小仪	《文学性》	
17			张隆溪	《讽寓》	2003 年第 6 期
18			马海良	《后结构主义》	
19			张中载	《误读》	2004 年第 1 期
20			章国锋	《交往理性》	
21			孟登迎	《意识形态国家机器》	
22			刘意青	《经典》	2004 年第 2 期
23			殷企平	《含混》	
24			罗 婷	《符号学》	
25			申 丹	《视角》	2004 年第 3 期
26			赵国新	《新左派》	
27			王 泉 朱岩岩	《解构主义》	

续表

序号	期刊名称	专栏名称	作者	题目	期号
28			廖七一	《多元系统》	
29			胡继华	《延异》	2004 年第 4 期
30			张 怡	《文化资本》	
31			孙绍先	《女权主义》	
32			金 莉	《生态女权主义》	2004 年第 5 期
33			郭 军	《星座表征》	
34			蓝仁哲	《新批评》	
35			童 明	《飞散》	2004 年第 6 期
36			于奇智	《欲望机器》	
37			王晓路	《性属 / 社会性别》	
38			陈世丹	《代码》	2005 年第 1 期
39			杨向荣	《陌生化》	
40	《外国文学》	"文论讲座：概念与术语"	李 砾	《阐释 / 诠释》	
41			陶家俊	《后殖民》	2005 年第 2 期
42			徐 敏	《时尚》	
43			汪民安	《启蒙现代性》	
44			赵 勇	《大众文化》	2005 年第 3 期
45			程党根	《游牧》	
46			蒋道超	《消费社会》	
47			王 岚	《反英雄》	2005 年第 4 期
48			赵国新	《文化研究》	
49			王丽亚	《解释》	
50			支 宇	《类像》	2005 年第 5 期
51			许德金 崔 莉	《传记》	

序号	期刊名称	专栏名称	作者	题目	期号
52		"文论讲座：概念与术语"	程 巍	《学术制度》	2005 年第 6 期
53			郭 军	《总体》	
54			陈 丽	《迷惘的一代》	
55			赵一凡	《象征权力》	2010 年第 1 期
56			王逢振	《民族—国家》	
57			刁克利	《作者》	2010 年第 2 期
58			杨向荣	《距离》	
59			殷企平	《文化》	2010 年第 3 期
60			汪民安	《福柯》	
61			傅 浩	《自由诗》	2010 年第 4 期
62			刘 英	《文学地域主义》	
63			廖昌胤	《悖论》	2010 年第 5 期
64			赵 元	《十四行诗》	
65	《外国文学》	"西方文论关键词"	尚必武	《叙事性》	2010 年第 6 期
66			时锦瑞	《公民社会》	
67			张 剑	《他者》	2011 年第 1 期
68			梁 工	《神话》	
69			梅 丽	《女性主义类型小说》	2011 年第 2 期
70			胡怡君	《文学达尔文主义》	
71			赵国新	《雷蒙·威廉斯》	2011 年第 3 期
72			胡友峰	《审美共通感》	
73			童 明	《暗恐/非家幻觉》	2011 年第 4 期
74			陶家俊	《创伤》	
75			王轻鸿	《文学终结论》	2011 年第 5 期
76			都岚岚	《性别操演理论》	
77			尚必武	《不可靠叙述》	2011 年第 6 期
78			何 畅	《环境启示录小说》	

序号	期刊名称	专栏名称	作者	题目	期号
79			梁 工	《作为文学的〈圣经〉》	2012 年第 1 期
80			于 雷	《摹仿》	
81			刘 珩	《民族志传记》	2012 年第 2 期
82			杨向荣	《艺术自主性》	
83			廖昌胤	《当代性》	2012 年第 3 期
84			陶家俊	《萨义德》	
85			陈 榕	《哥特小说》	2012 年第 4 期
86			虞建华	《极简主义》	
87			童 明	《解构（上）》	2012 年第 5 期
88			童 明	《解构（下）》	
89			刘 岩	《女性书写》	2012 年第 6 期
90			朱语丞	《身体》	
91			赵国新	《考德威尔》	2013 年第 1 期
92	《外国文学》	"西方文论关键词"	陈 丽	《爱尔兰文艺复兴》	
93			刘 珩	《社会诗学》	2013 年第 2 期
94			于 琦	《真实》	
95			王轻鸿	《虚构》	2013 年第 3 期
96			尹 晶	《生成》	
97			周 韵	《先锋派》	2013 年第 4 期
98			何 畅	《后殖民生态批评》	
99			梁 工	《形式》	2013 年第 5 期
100			于 雷	《替身》	
101			宋艳芳	《学院派小说》	2013 年第 6 期
102			胡永华	《唯美主义》	
103			王 宁	《世界主义》	2014 年第 1 期
104			赵晓彬	《诗性功能》	
105			曾艳钰	《纽约知识分子》	2014 年第 2 期
106			程锡麟	《黑人美学》	

序号	期刊名称	专栏名称	作者	题目	期号
107			王晓路	《文化批评》	2014 年第 3 期
108			周　敏	《媒介生态学》	
109			陈后亮	《伦理学转向》	2014 年第 4 期
110			刘　岩	《男性气质》	
111			李明明	《媚俗》	2014 年第 5 期
112			余　莉	《商品化》	
113			杨晓霖	《自传式批评》	2014 年第 6 期
114			于　琦	《行动》	
115			胡谱忠	《多元文化主义》	2015 年第 1 期
116			郭方云	《文学地图》	
117			尚必武	《非自然叙事学》	2015 年第 2 期
118			刘　晓	《媒介文化》	
119			童　明	《互文性》	2015 年第 3 期
120	《外国文学》	"西方文论关键词"	张　凯	《生命政治》	
121			康　澄	《象征》	2015 年第 4 期
122			孙晓青	《文学印象主义》	
123			隋红升	《男性气概》	2015 年第 5 期
124			杨向荣	《图像转向》	
125			王轻鸿	《仪式》	2015 年第 6 期
126			郑　佳	《新人文主义》	
127			赵　淳	《视差》	2016 年第 1 期
128			郑佰青	《空间》	
129			刘　欣	《事件》	2016 年第 2 期
130			殷企平	《共同体》	
131			霍盛亚	《文学公共领域》	2016 年第 3 期
132			王晓路	《西方马克思主义》	

续表

序号	期刊名称	专栏名称	作者	题目	期号
133	《外国文学》	"西方文论关键词"	刘岩	《第二性》	2016 年第 4 期
134			王安 程锡麟	《语象叙事》	
135			陈红薇	《改写理论》	2016 年第 5 期
136			周才庶	《文化生产》	
137			陈榕	《崇高》	2016 年第 6 期
138			许德金 蒋竹怡	《类文本》	
1	《信阳师范学院学报》	"中国现代文学关键词"	程光炜 管粟	《小说界革命》	2003 年第 1 期
2			赵萍	《诗界革命》	
3			袁诗宁	《人的文学》	2003 年第 3 期
4			郑宇红	《易卜生主义》	
1	《电影艺术》	"电影理论辞典"	侯克明等	《电影学关键词——"艺术电影""主流电影""欧洲电影"》	2003 年第 2 期
2			〔美〕苏珊·海德瓦著，侯克明、钟静宁译	《电影学关键词——黑色电影》	2003 年第 3 期
3			〔美〕苏珊·海德瓦著，侯克明、钟静宁译	《电影学关键词——恐怖片》	2003 年第 4 期
4			〔美〕苏珊·海德瓦著，侯克明、钟静宁译	《电影学关键词——惊险片》	2003 年第 5 期

序号	期刊名称	专栏名称	作者	题目	期号
5	《电影艺术》	"电影理论辞典"	〔美〕苏珊·海德瓦著，侯克明、庞亚平译	《电影学关键词——类型／子类型》	2003 年第 6 期
6			〔美〕苏珊·海德瓦著，侯克明、钟静宁译	《电影学关键词——强盗片》	2004 年第 1 期
7			〔美〕苏珊·海德瓦著，侯克明、钟静宁译	《电影学关键词——西部片》	2004 年第 2 期
8			〔美〕苏珊·海德瓦著，侯克明、钟静宁译	《电影学关键词——战争片（上）》	2004 年第 3 期
9			〔美〕苏珊·海德瓦著，侯克明、钟静宁译	《电影学关键词——战争片（下）》	2004 年第 4 期
10			〔美〕苏珊·海德瓦著，侯克明、钟静宁译	《电影学关键词——音乐片》	2004 年第 5 期

续表

序号	期刊名称	专栏名称	作者	题目	期号
1	《中国人民大学复印报刊资料·文艺理论》	"文论关键词"	赵一凡	《现代性》	2003 年第 5 期
2			殷企平	《重复》	
3		"关键词解析"	申 丹	《叙事学》	2003 年第 10 期
4			吴锡民	《意识流小说关键词审理：意识流》	
5			王 玲	《跨文化研究中一些表示"艺术"概念的词汇分析》	
6			仪平策 王卓斐	《论"理性"概念的五大基本范式——文艺美学关键词研究之一》	
7			王 勇	《套语（doxa）的意识形态内涵与文学解读》	2003 年第 11 期
8			周小仪	《文学性》	
9			张隆溪	《讽寓》	2004 年第 1 期
10			马海良	《后结构主义》	
11			邓 程	《西方文论中的自我》	2004 年第 2 期
12			杨丽娟	《"原型"概念新释》	
13			周荣胜	《论播撒：作为解构的意义模式》	
14			黄科安	《"随笔"文类内涵的多样性和丰富性》	
15			申 丹	《叙事形式与性别政治——女性主义叙事学评析》	2004 年第 3 期
16			朱洪举	《对本雅明文艺批评中"Aura"概念的梳理》	

序号	期刊名称	专栏名称	作者	题目	期号
17	《中国人民大学复印报刊资料·文艺理论》	"关键词解析"	潘德荣	《诠释学——方法论与本体论》	2004 年第 3 期
18			石国庆	《何谓身体话语》	2004 年第 4 期
19			章国锋	《交往理性》	
20			孟登迎	《意识形态国家机器》	
21			张中载	《误读》	2004 年第 5 期
22			刘意青	《经典》	
23			陶家俊	《身份认同导论》	2004 年第 6 期
24			殷企平	《含混》	
25			赵国新	《新左派》	2004 年第 8 期
26			王 峰	《从文本到生活世界——文本阐释的几个意义层次》	
27			周计武	《论黑格尔"艺术的和解"》	2004 年第 9 期
28			邱运华	《"文化诗学"的术语诠释和汉语语境下的话语建构问题》	
29			高建平	《现代文艺学几个关键词的翻译和接受》	
30			马可云	《论文学反讽的艺术形式与属性》	
31			王 泉 朱岩岩	《解构主义》	
32			许德金	《自传叙事学》	
33			俞灏敏	《关于"文学的自觉"二三题》	
34			申 丹	《视角》	2004 年第 10 期
35			廖七一	《多元系统》	
36			胡继华	《延异》	

序号	期刊名称	专栏名称	作者	题目	期号
37	《中国人民大学复印报刊资料·文艺理论》	"关键词解析"	曾耀农 文 浩	《狂欢化雅努斯——兼论巴赫金对诙谐史上拉伯雷的解读》	2004 年第 12 期
38			张 怡	《文化资本》	
39			郭 军	《星座表征》	
40			金 莉	《生态女权主义》	2005 年第 1 期
41			于奇智	《欲望机器》	
42			周卫忠	《双重性》	
43			曾耀农	《论怪诞》	
44			王 峰	《作为偶缘性的游戏——伽达默尔游戏观解析》	2005 年第 2 期
45			童 明	《飞散》	
46			吴子林	《女性主义视野中的"身体写作"》	
47			陈晓明	《论德里达的"补充"概念》	2005 年第 4 期
48			陈世丹	《代码》	
49			杨向荣	《陌生化》	
50			赵之昂	《论肤觉经验与审美创造性》	2005 年第 5 期
51			闫玉刚	《论反讽概念的历史流变与阐释维度》	
52			赵 勇	《反思"跨文体"》	
53			刘 志	《论极端艺术情境》	2005 年第 6 期
54			耿 涛	《"媚俗"正义》	
55			王晓路	《性属 / 社会性别》	
56			李 砾	《阐释 / 诠释》	
57			马永利	《论休闲文学》	2005 年第 7 期
58			邹 强	《乌托邦与审美乌托邦》	
59			支 宇	《复义——新批评的核心术语》	

序号	期刊名称	专栏名称	作者	题目	期号
60	《中国人民大学复印报刊资料·文艺理论》	"关键词研究"	汪民安	《启蒙现代性》	2005 年第 8 期
61			路文彬	《小说关键词新解》	2005 年第 12 期
62			张介明	《荒诞：文学进化的现代成果》	
63			王丽亚	《解释》	
64			支　宇	《类像》	
65		"关键词解析"	杜书瀛	《再说全球化》	2006 年第 1 期
66			郭　军	《总体》	2006 年第 2 期
67			郝永华	《"互文性"理论的后现代文化语境》	
68			黄文达	《"新感受力"的当下意义》	2006 年第 3 期
69			朱迪光	《文学研究中的母题概念的界定》	
70			石天强	《作为动词的"大话"——论文学经典的自我亵渎》	
71			申屠云峰	《试论"故事"与"话语"关系的两个层面》	
72		"关键词"	梁　工	《神话》	2011 年第 5 期
73			张　剑	《他者》	
74		"关键词研究"	赵学存	《宗白华意境理论的结构分析与知识构成》	2011 年第 12 期
75			姜荣刚	《王国维"意境"新义源出西学"格义"考》	
1	《湛江师范学院学报》（现名《岭南师范学院学报》）	"中国古代文论关键词研究"	李建中	《文之为德者也大矣——关于"文"的现代思考》	2005 年第 5 期

续表

序号	期刊名称	专栏名称	作者	题目	期号
2	《湛江师范学院学报》（现名《岭南师范学院学报》）	"中国古代文论关键词研究"	杨文虎	《意：要在有无之间——中国古代文学的一种特殊追求》	2005 年第 5 期
3			毛宣国	《从"气"范畴看中国古代文论观念特色》	
4			林衡勋	《道：中国哲学与文学的众妙之门》	
5			刘金波	《文学之"和"：从关系看本质》	
1	《国外理论动态》	"关键词"	赵　文	《空间的生产》	2006 年第 1 期
2			麦永雄	《千高原》	
3			郭　军	《都市漫步者》	2006 年第 2 期
4			严泽胜	《镜像阶段》	
5			阎　嘉	《情感结构》	2006 年第 3 期
6			张　进	《民族志》	
7			杨俊雷	《狂欢》	2006 年第 4 期
8			王　炎	《解释学》	
9			柯小刚	《时间、时间——空间》	2006 年第 5 期
10			陆　巍	《混杂性》	
11			张　旭	《存在》	2006 年第 6 期
12			黄晓晨	《文化记忆》	
13			张　跣	《市民社会》	2006 年第 7 期
14			凌海衡	《批判理论》	
15			王燕平	《世界体系》	2006 年第 8 期
16			张　跣	《文化帝国主义》	
17			吴　琼	《认知图绘》	2006 年第 9 期
18			李应志	《认知暴力》	
19			曹雷雨	《机械复制》	2006 年第 10 期
20			赵　煜	《社区》	

序号	期刊名称	专栏名称	作者	题目	期号
21	《国外理论动态》	"关键词"	和 磊	《反本质主义》	2006 年第 11 期
22			马聪敏	《礼物》	
23			汪民安	《现代性》	2006 年第 12 期
24			马海良	《言语行为理论》	
1	《长江师范学院学报》	"中国现代文学研究·新关键词"	徐仲佳	《娜拉的出走》	2009 年第 2 期
2			张 剑	《"人性"与"阶级性"》	
3			马航飞 狄 燕	《欲望叙事》	
4			刘绪才	《世纪末思潮》	
5			王 健	《日常生活叙事》	
6			邱焕星	《现代性、近代性》	2009 年第 3 期
7			武善增	《"文革""显流文学"、"潜流文学"》	2009 年第 3 期
8			郭剑敏	《"大我"、"小我"》	
9			童 娣 汤海燕	《想象的共同体》	
10			张晓娟	《底层叙事》	
11			徐先智	《想象现代性》	
12			李 钧	《生态文化》	2009 年第 4 期
13			孙霜霜 王洪岳	《新世纪文学》	
14			邵璐璐	《消费文化》	
15			杨新刚	《都市文化》	
16			朱松方	《无政府主义》	
17			张 勇	《现代传媒》	2009 年第 5 期
18			代廷杰	《"吃人"文化》	
19			王文胜	《基督教文学》	
20			李定春	《个人主义》	
21			吴 妍	《神话叙事》	
22			刘自然	《死亡意识》	

续表

序号	期刊名称	专栏名称	作者	题目	期号
23	《长江师范学院学报》	"中国现代文学研究·新关键词"	刘志权	《网络文学》	2009 年第 6 期
24			范撼骊	《纯文学》	
25			徐仲佳	《现代性爱思潮》	
26			周述波	《文化认同》	
27			耿雪芹	《空间性》	
28			赵普光	《现代文学史料学》	2010 年第 1 期
29			汪成法	《大学教育》	
1	《长江学术》	"中国文化及文论关键词研究"	吴中胜	《文：从先秦元典到〈文心雕龙〉》	2013 年第 2 期
2			钟书林	《"宇宙"语义的古今转换和中西对接》	
3			聂长顺	《中西对译间古典词的近代转义——以丁韪良译〈万国公法〉为例》	
4			李建中 胡红梅	《关键词：困境与出路》	2014 年第 2 期
5			游志诚（台湾）	《中国文化元关键词示例两题》	
6			张金梅	《儒家文化关键词现代转型路径考察——以"毛诗序"尊废之争为例》	
7			李建中	《前学科与后现代：关键词研究的前世今生》	2015 年第 4 期
8			游志诚（台湾）	《文心雕龙》的三个关键词：情理、华实、正论——兼论刘勰的"文皮子骨"，以《哀吊篇》为例证的讨论	

续表

序号	期刊名称	专栏名称	作者	题目	期号
1	《中文学术前沿》	"关键词批评"	孟 瑞	《20世纪90年代以来中国"关键词批评"发展检视》	第十辑
2			杨 艳	《"关键词批评"对中国文学研究与文论转向的理论启示》	
3			叶沈俏	《"关键词批评"生成发展的文化语境》	

参考文献①

著　作

陈建华：《"革命"的现代性：中国革命话语考论》，上海古籍出版社 2000 年版。

陈思和：《中国当代文学关键词十讲》，复旦大学出版社 2002 年版。

盖生：《20 世纪中国文学原理关键词研究》，人民出版社 2013 年版。

古风：《中国传统文论话语存活论》，社会科学文献出版社 2013 年版。

管怀国：《迟子建艺术世界中的关键词》，中南大学出版社 2006 年版。

郭宏安、章国锋、王逢振：《二十世纪西方文论研究》，中国社会科学出版社 1997 年版。

洪子诚、孟繁华主编：《当代文学关键词》，广西师范大学出版社 2001 年版。

胡亚敏主编：《西方文论关键词与当代中国》，中国社会科学出版社 2015 年版。

黄侃：《文心雕龙札记》，中国人民大学出版社 2004 年版。

季广茂：《意识形态》，广西师范大学出版社 2005 年版。

金永兵等：《当代文学理论范畴导论》，北京大学出版社 2011 年版。

---

① 中文部分按音序排列，英文部分按字母顺序排列。译著则根据译者所用中译名排列，因此，同一个作者的著作可能由于出版时中译名不同而被分开排列了，特此说明。

亢世勇、刘海润主编：《现代汉语新词语词典》，上海辞书出版社 2009 年版。

柯思仁、陈乐：《文学批评关键词：概念·理念·中文文本解读》，南洋理工大学中华语言文化中心、八方文化创作室联合出版，2008 年版。

旷新年：《中国现代文学理论批评概念》，清华大学出版社 2014 年版。

李建盛：《艺术学关键词》，北京师范大学出版社 2007 年版。

李建中：《體：中国文论元关键词解诠》，中国社会科学出版社 2014 年版。

廖炳惠编著：《关键词 200：文学与批评研究的通用词汇编》，江苏教育出版社 2006 年版。

刘纲纪主编：《马克思主义美学研究》（第 2 辑），广西师范大学出版社 1999 年版。

刘进：《文学与“文化革命”：雷蒙德·威廉斯的文学批评研究》，巴蜀书社 2007 年版。

刘彦顺：《时间性——美学关键词研究》，人民出版社 2013 年版。

刘自雄、闫玉刚编著：《大众文化通论》，中国广播电视出版社 2013 年版。

南帆主编：《二十世纪中国文学批评 99 个词》，浙江文艺出版社 2003 年版。

施旭升主编：《中外艺术关键词》，江苏人民出版社 2009 年版。

陶东风、和磊：《文化研究》，广西师范大学出版社 2006 年版。

陶东风主编：《文学理论基本问题》，北京大学出版社 2004 年版。

汪晖：《旧影与新知》，辽宁教育出版社 1996 年版。

汪民安主编：《文化研究关键词》，江苏人民出版社 2007 年版。

王守仁、胡宝平等：《英国文学批评史》，南京大学出版社 2013 年版。

王晓路等：《文化批评关键词研究》，北京大学出版社 2007 年版。

严翅君、韩丹、刘钊：《后现代理论家关键词》，江苏人民出版社 2011 年版。

闫广林、徐侗：《幽默理论关键词》，学林出版社 2010 年版。

阎嘉：《马赛克主义：后现代文学与文化理论研究》，巴蜀书社 2013 年版。

杨东篱：《伯明翰学派的文化观念与通俗文化理论研究》，山东大学出版社

2011 年版。

杨击：《传播·文化·社会：英国大众传播理论透视》，复旦大学出版社 2006 年版。

杨乃乔主编：《比较文学概论》，北京大学出版社 2002 年版。

张帆、刘小新主编：《文学理论与文化研究》，江苏大学出版社 2012 年版。

张凤阳等：《政治哲学关键词》，江苏人民出版社 2006 年版。

张惠民主编：《语言逻辑辞典》，世界图书出版公司 1995 年版。

张亮编：《英国新左派思想家》，江苏人民出版社 2010 年版。

赵国新：《新左派的文化政治：雷蒙·威廉斯的文化理论》，外语教学与研究出版社 2009 年版。

赵克勤：《古代汉语词汇学》，商务印书馆 1994 年版。

赵一凡、张中载、李德恩主编：《西方文论关键词》，外语教学与研究出版社 2006 年版。

《中国大百科辞典·图书馆学、情报学、档案学卷》，中国大百科全书出版社 1993 年版。

周宪编著：《文化研究关键词》，北京师范大学出版社 2007 年版。

朱晓兰：《文化研究关键词：凝视》，南京大学出版社 2013 年版。

〔英〕安德鲁·本尼特、尼古拉·罗伊尔：《关键词：文学、批评与理论导论》，汪正龙、李永新译，广西师范大学出版社 2007 年版。

〔英〕安娜贝拉·穆尼、〔美〕贝琪·埃文斯编：《全球化关键词》，刘德斌等译，北京大学出版社 2014 年版。

〔英〕彼得·威德森：《现代西方文学观念简史》，钱竞等译，北京大学出版社 2006 年版。

〔英〕丹尼·卡瓦拉罗：《文化理论关键词》，张卫东、张生、赵顺宏译，江苏人民出版社 2013 年版。

〔英〕拉曼·塞尔登、彼得·威德森、彼得·布鲁克：《当代文学理论导读》，刘象愚译，北京大学出版社 2006 年版。

〔英〕雷蒙·威廉斯：《关键词：文化与社会的词汇》，刘建基译，生活·读书·新知三联书店 2005 年版。

〔英〕雷蒙德·威廉斯：《文化与社会：1780—1950》，吴松江、张文定译，北京大学出版社 1991 年版。

〔美〕雷纳·韦勒克：《近代文学批评史》（第 5 卷），伍自修译，上海译文出版社 2002 年版。

〔英〕罗吉·福勒主编：《现代西方文学批评术语词典》，袁德成译，朱通伯校，四川人民出版社 1987 年版。

〔德〕马克斯·霍克海默、特奥多·阿尔多诺：《启蒙辩证法》，洪佩都、蔺月峰译，重庆出版社 1990 年版。

〔美〕迈克尔·格洛登、马丁·克雷斯沃斯、伊莫瑞·济曼主编：《霍普金斯文学理论和批评指南》（第 2 版），王逢振等译，外语教学与研究出版社 2011 年版。

〔美〕乔纳森·卡勒：《文学理论入门》，李平译，译林出版社 2013 年版。

〔美〕R. 韦勒克：《批评的诸种概念》，丁泓、余徽译，周毅校，四川文艺出版社 1988 年版。

〔英〕苏珊·海沃德：《电影研究关键词》，邹赞、孙柏、李玥阳译，北京大学出版社 2013 年版。

〔英〕T. S. 艾略特：《基督教与文化》，杨民生、陈常锦译，汪淶校，四川人民出版社 1989 年版。

〔法〕雅克·德里达：《文学行动》，赵兴国等译，中国社会科学出版社 1998 年版。

〔美〕于连·沃尔夫莱：《批评关键词：文学与文化理论》，陈永国译，北京大学出版社 2015 年版。

Bennett, Tony, Lawrence Grossberg and Meaghan Morris, eds. *New Keywords: A Revised Vocabulary of Culture and Society*. Malden, MA: Blackwell Publishing, 2005.

Burgett, Bruce and Glenn Hendler, eds. *Keywords for American Cultural Studies*, Second Edition. New York: New York University Press, 2014.

Dix, Hywel Rowland. *After Raymond Williams: Cultural Materialism and the Break-up of Britain; Writing Wales in English*. Cardiff: University of Wales Press, 2008.

Eagleton, Terry. *Criticism and Ideology: A Study in Marxist Literary Theory*. London: Verso, 1976.

Eagleton, Terry. ed. *Raymond Williams: Critical Perspectives*. Cambridge: Polity Press, 1989.

Edgar, Andrew and Peter Sedgwick. *Key Concepts in Cultural Theory*. London; New York: Routledge, 1999.

Eldridge, J.E.T and Lizzie Eldridge. *Raymond Williams: Making Connections*. London; New York: Routledge, 1994.

Gorak, Jan. *The Alien Mind of Raymond Williams*. Columbia: University of Missouri Press, 1998.

Higgins, John. *Raymond Williams: Literature, Marxism and Cultural Materialism*. London: Routledge, 1999.

Higgins, John. ed. *The Raymond Williams Reader*. Oxford; Malden, Mass.: Blackwell, 2001.

Ingils, Fred. *Raymond Williams*. London; New York: Routledge, 1995.

Milner, Andrew. *Contemporary Cultural Theory*. London: UCL Press, 1994.

Mulhern, Francis. *The Moment of 'Scrutiny'*. London: Verso, 1981.

Nel, Philip and Lissa Paul, eds. *Keywords for Children's Literature*. New York: New York University Press, 2011.

O'Connor, Alan. ed. *Raymond Williams on Television: Selected Writings*. New York and London: Routledge, 1989.

O'Connor, Alan. *Raymond Williams: Writing, Culture, Politics*. New York, NY,

USA: Basil Blackwell, 1989.

O'Sullivan, Tim, John Hartley, Danny Saunders, Martin Montgomery and John Fiske. *Key Concepts in Communication and Cultural Studies.* Second Edition. London; New York Routledge, 1994.

Pinkney, Tony. *Raymond Williams.* Bridgend: Seren Books, 1991.

Smith, Dai. *Raymond Williams: a Warrior's Tale.* Cardigan: Parthian, 2008.

Steele, Tom. *The Emergence of Cultural Studies: Adult Education, Cultural Politics and the English Question.* London: Lawrence and Wishart, 1997.

Storey, John, *An Introduction to Cultural Theory and Popular Culture.* Second Edition. London: Harvester Wheatsheaf, 1997.

Surber, Jere Paul. *Culture and Critique: An Introduction to the Critical Discourse of Cultural Studies.* Boulder: Westview Press, 1998.

Turner, Graeme. *British Cultural Studies: An Introduction.* Second Edition. London & New York: Routledge Press, 1996.

Ward, John Powell. *Raymond Williams.* Cardiff: University of Wales Press on behalf of the Welsh Arts Council, 1981.

Williams, Raymond. Television: *Technology and Cultural Form.* London: Fontana/ Collins, 1974.

Williams, Raymond. *Culture.* London: Fontana Paperbacks, 1981.

Williams, Raymond. *Politics and Letters：Interview with New Left Review.* London: Verso, 1981.

Williams, Raymond. *Culture and Society 1780-1950.* New York: Columbia University Press, 1983.

Williams, Raymond. *Keywords: A Vocabulary of Culture and Society.* Revised edition. New York: Oxford University Press, 1983.

Williams, Raymond. *What I Came to Say.* London: Hutchinson Radius, 1989.

Williams, Raymond. *Marxism and Literature.* Oxford: Oxford University Press, 1997.

论 文

〔日〕安本·实:《路遥文学中的关键词:交叉地带》,《小说评论》1999 年第 1 期。

曹莹莹:《雷蒙德·威廉斯国内研究综述》,《文学界》2010 年第 6 期。

陈崇正:《短阅读与关键词写作》,《新民周刊》2014 年第 3 期。

陈光祚:《谈谈关键词索引》,《山东图书馆季刊》1982 年第 3 期。

陈平原:《学术史视野中的"关键词"》(上),《读书》2008 年第 4 期。

陈平原:《学术视野中的"关键词"》(下),《读书》2008 年第 5 期。

冯黎明:《关键词研究之"关键技术"》,《粤海风》2014 年第 3 期。

冯宪光:《文化研究的词语分析——雷蒙德·威廉斯〈关键词〉研究》,《绵阳师范学院学报》2006 年第 3 期。

付德根:《词义的历史变异及深层原因——读雷蒙·威廉斯的〈关键词〉》,《文汇读书周报》2005 年 5 月 6 日。

关峰:《平民·复仇·晦涩——中国现代文学关键词三例》,《南都学坛》2015 年第 3 期。

胡亚敏:《"概念的旅行"与"历史场域"——〈概念的旅行——西方文论关键词与当代中国〉导言》,《湖北大学学报》2015 年第 1 期。

黄继刚:《文学研究中的关键词批评及其价值反思》,《语文学刊》2012 年第 5 期。

黄丽萍:《"所指"变迁下的文化史:论雷蒙·威廉姆斯的"关键词"研究》,《上海大学学报》2007 年第 3 期。

黄璐:《中西学术视阈中的雷蒙·威廉斯研究》,《江西师范大学学报》2011 年第 6 期。

黄开发:《真实性·倾向性·时代性——中国现代主流文学批评话语中的几个关键词》,《中国现代文学研究丛刊》2012 年第 3 期。

姜荣刚：《王国维"意境"新义源出西学"格义"考》，《学术月刊》2011 年第 7 期。

姜子龙：《唐代律赋的"雅"与"丽"——关于唐代律赋批评的两个关键词》，《暨南学报》2009 年第 1 期。

金惠敏：《一个定义·一种历史——威廉斯对英国文化研究发展史的理论贡献》，《外国文学》2006 年第 4 期。

金莉：《生态女权主义》，《外国文学》2004 年第 5 期。

赖勤芳：《"关键词"及其对文学理论研究的现实意义》，《青年文学家》2011 年第 1 期。

李凤亮：《小说：关于存在的诗性沉思——米兰·昆德拉小说存在关键词解读》，《国外文学》2002 年第 4 期。

李洪波：《构建多元、开放的文学理论学习体系——近 30 年英美文学理论教材的特色及启示》，《文学理论研究》2015 年第 2 期。

李建中、胡红梅：《关键词研究：困境与出路》，《长江学术》2014 年第 2 期。

李巧霞：《雷蒙·威廉斯的"文化唯物主义"研究》，河南大学马克思主义哲学专业硕士学位论文，2010 年。

李兆前：《范式转换：雷蒙德·威廉斯的文学研究》，首都师范大学文艺学专业博士学位论文，2006 年。

李紫娟：《作为文化研究方法的"关键词"：读雷蒙·威廉斯的〈关键词：文化与社会的词汇〉》，《中国文化产业评论》2012 年第 1 期。

林平乔：《北岛诗歌的三个关键词——北岛前期诗歌简论》，《理论与创作》2005 年第 2 期。

刘保亮：《阎连科小说关键词解读》，《名作欣赏》2008 年第 10 期。

刘登翰：《双重经验的跨域书写——美华文学研究的几个关键词》，《文学评论》2007 年第 3 期。

刘继林：《雷蒙·威廉斯的文化理论及"关键词"研究给予中国的意义》，《武汉科技大学学报》2011 年第 4 期。

刘坛茹：《关键词研究在中国当代文艺理论建构中的价值》，《济南大学学报》2010 年第 4 期。

刘永丽：《租界文化：解读中国近现代文学的关键词——评李永东〈租界文化语境下的中国近现代文学〉》，《现代中国文化与文学》2013 年第 2 期。

刘志华：《"典型"的"纯粹"与"负累"——"十七年文学批评"关键词研究》，《学术论坛》2006 年第 7 期。

马驰：《文化研究要重视关键概念研究——〈文化理论：关键概念〉中文版序言》，《黑龙江社会科学》2013 年第 3 期。

任可：《"中西文化关键词"计划》，《世界汉学》1998 年第 1 期。

宋姝锦：《文本关键词的语篇功能研究》，复旦大学中国语言文学博士学位论文，2013 年 3 月。

孙立：《释"势"——一个经典范畴的形成》，《北京大学学报》2011 年第 6 期。

〔英〕特里·伊格尔顿：《纵论雷蒙德·威廉斯》，王尔勃译，载刘纲纪主编：《马克思主义美学研究》（第 2 辑），广西师范大学出版社 2010 年版。

妥建清：《中国现代文学关键词研究——以"现代性"为中心》，《文艺理论与批评》2012 年第 6 期。

王春林：《理解蒋韵小说的几个关键词——兼谈中篇小说〈心爱的树〉》，《北京文学·精彩阅读》2006 年第 5 期。

汪晖：《关键词与文化变迁》，《读书》1995 年第 2 期。

王明丽：《中国现代文学生态主义叙事中的女性形象》，兰州大学现当代文学专业博士学位论文，2008 年。

王宁：《现实主义、现代主义和后现代主义》，《文艺研究》1989 年第 4 期。

王晓路、肖薇：《文化理论与多元现代性——以文化理论关键词为例》，《长江学术》2006 年第 4 期。

文贵良：《回归与开拓：语言——文学汉语作为中国现代文学史书写的关键词》，《华东师范大学学报》2008 年第 2 期。

吴学先：《燕卜荪的词义分析批评》，《外国文学研究》2001 年第 1 期。

夏中义：《"革命"探源启示录——评陈建华的〈"革命"的现代性——中国

革命话语考论〉》,《文艺研究》2003 年第 6 期。

辛春:《论雷蒙德·威廉斯的文化唯物主义思想》,黑龙江大学马克思主义哲学专业硕士学位论文,2009 年。

徐德林:《英国文化研究的形成与发展——以伯明翰学派为中心》,北京大学比较文学与世界文学专业博士学位论文,2008 年。

杨扬:《一部小说与四个批评关键词——关于孙惠芬的〈上塘书〉》,《当代作家评论》2005 年第 2 期。

姚文放:《话语转向:文学理论的历史主义归趋》,《文学评论》2014 年第 5 期。

张清华:《二〇〇四诗歌的若干关键词》,《当代作家评论》2005 年第 1 期。

张荣翼:《现代性、对话性、异质性——中国当代文论的内在关键词》,《湘潭大学学报》2006 年第 5 期。

张燕玲:《海南文学的三个关键词》,《海南师范大学学报》2010 年第 1 期。

张颐武:《文化研究与大众传播》,《现代传播》1996 年第 2 期。

张勇:《"摩登"考辨——1930 年代上海文化关键词之一》,《中国现代文学研究丛刊》2007 年第 6 期。

赵国新:《情感结构》,《外国文学》2002 年第 5 期。

郑丽娜:《对作家思想潜质与艺术真髓的精彩探寻——评管怀国的〈迟子建艺术世界中的关键词〉》,《名作欣赏》2008 年第 10 期。

朱水涌:《关键词、话语分析与学术方法》,《当代作家评论》2004 年第 2 期。

朱寿桐:《中国现代文学的三个关键词》,《学术研究》2012 年第 6 期。

网络资料

黄峪:《词语旅行的轨迹》,http://book.hexun.com/2007-10-15/103347342.html.

Google books Ngram Viewer, http://books.google.com/ngrams.

KEYWORDS, http://keywords.nyupress.org/american-cultural-studies/keywords-an-introduction/.

Keywords project, http://keywords.pitt.edu/whatis.html.

后 记

　　本书系我在主持的国家社会科学基金青年自选项目"'关键词批评'的理论范式及其在中国的批评实践研究"（项目批准号为11CZW019）、教育部人文社会科学规划青年项目"'关键词批评'研究"（项目批准号为10YJC751035）、浙江省之江青年人才资助项目"关键词批评"的理论范式及其在中国的批评实践研究（项目批准号为G20）最终成果的基础上修改定稿而成的，在此向项目立项和结题时的各位匿名评审专家致以真诚的谢意，没有你们的公正评审可能就不会有现在呈现在各位朋友面前的这部著作了。

　　追溯起我研究"关键词批评"的缘起，得分外感谢蒋述卓、洪治纲和陈建新三位先生。记得在2009年前后，蒋述卓教授、洪治纲教授在策划主编《文学批评教程》，陈建新先生推荐了我参与写作，我负责撰写的内容中有一节就是"关键词批评"。当时，国内关注"关键词批评"的研究者非常少，我也由此对"关键词批评"生发了深入探究的兴趣，并申报了相关课题。在课题申报和后续研究过程中，我参酌了海内外先哲时贤的研究成果，也有幸得到党圣元、陈思和、张永清、吴秀明、金健人、吴笛、俞忠鑫等我尊敬的师长和龙迪勇教授、杨莉教授、朱惠仙博士、朱首献博士、张玉娟博士、梁慧博士、卢燕飞博士等朋友的大力襄助。

　　本书的写作思路、框架章节均由我设计，吸纳了陈思和教授、张永清教授的中肯建议。本书写作的分工如下：绪论、第一章、第四章、第八章、第九章、结语由我完成，第二章、第六章、附录部分内容的初稿由孟瑞写作，第三章、第五章的初稿由叶沈俏写作，第七章、第十章、附录部分内容的初稿由杨艳写作，全书由我统一修改定稿。由于本人的学养不足，讹误在所难免，尚祈方家不吝赐教。在书稿写作过程中与三位博士生的切磋让我切实体会到了教学相长，也感激她们和我一起经历这段值得回忆的学术时光。我的学生段廷军、李超、许诚、裘雪琼也帮助查找资料或校对文稿，在此一并致谢。

本书的若干章节曾经以单篇论文形式在《外国文学研究》《浙江大学学报》《浙江社会科学》《江西社会科学》《山东师范大学学报》《中文学术前沿》《文化正义论丛》发表过，其中一些论文为《中国社会科学文摘》、《文艺理论》（中国人民大学书报资料中心）、《高等学校文科学术文摘》全文转载，在此谨向这些刊物的负责人或责编聂珍钊教授、李玲博士、徐枫博士、刘洋博士、傅守祥教授等致以诚挚的谢意。

最后，我要特别感谢促成本书早日在商务印书馆出版并拨冗为本书作序的党圣元先生，感谢勤勉高效、热心推广学术的商务印书馆文津公司总编辑丁波先生和责任编辑金寒芽女士。

黄　擎

乙酉孟夏于静水斋